Denis Jeambar

Il s'est passé quelque chose

roman

CALMANN LEVY

Couverture
Maquette : Olo éditions
Illustration © Tableau d'Edward Hopper,
Nighthawks (1942). Photo © Art Institute of Chicago,
Dist. RMN-Grand Palais/ image The Art Institute of Chicago
ISBN 978-2-7021-9081-4

À Jacqueline et André, ma mère et mon père
À Henri Edgard, mon grand-père inconnu

« En vérité, il n'est pas de théorie qui ne soit un fragment, soigneusement préparé, de quelque autobiographie. »

Variété II, IV, V, Paul Valéry

« Chaque guerre est la toute dernière. »

Fragments, Victor Hugo

The Unanswered Question, Œuvre pour ensemble de cordes, trompette solo et quatuor à vent

Charles Ives

1
Jacob et Sidné

Saura-t-on jamais ce qu'il est advenu de Jacob Sfrec ? Officiellement porté disparu le 21 février 2023, il s'est évanoui dans la nature, ou le néant, le jour de ses soixante-quinze ans. Pas de corps retrouvé, pas de trace laissée, pas de piste à explorer. La police a vite refermé le dossier sans même avoir au préalable lancé un avis international de recherche en dépit du passé de globe-trotter et de bourlingueur de cet homme. Sa notoriété, m'expliqua le souriant commissaire Achille Pacelli en charge du dossier, était trop faible pour soulever le moindre intérêt au-delà des frontières de la France. Toute requête, précisa-t-il d'un ton à la fois blasé et curieusement amusé, serait restée lettre morte, perdue au milieu de l'immense océan des disparus à travers le monde. « Vous savez, me dit-il, en moyenne, pas moins de quarante mille personnes disparaissent dans la nature en France chaque année. Vivantes ? Mortes ? On ne sait pas. Sfrec n'est qu'un cas parmi tant d'autres. On ne va pas perdre notre temps avec lui. » Une affaire classée en quelque sorte. Dans l'Hexagone, l'évaporation de Sfrec n'occupa les médias guère plus de trois journées. Pas un mot à la radio, une évocation de vingt secondes sur une chaîne d'information en continu où il était intervenu quelques fois dans un lointain passé, silence sur les réseaux sociaux qui l'avaient enterré depuis des années dans le cimetière des « vieux cons » après une courte polémique télévisée à laquelle j'avais assisté.

J'avais dix-huit ans et j'étais en première année à Sciences Politiques Paris quand cet épisode se produisit. Fin mai 2014, contraint par mes études mais aussi poussé par la curiosité, je suivis les résultats des élections européennes sur la Chaîne parlementaire. L'extrême droite arriva ce soir-là pour la première fois en tête d'une consultation nationale, devançant largement les formations traditionnelles de droite et de gauche. À peine le verdict tombé, un débat s'engagea entre un politologue de renom, un député et deux journalistes dont l'un d'une soixantaine d'années, au visage tourmenté. Son nom fait d'une accumulation de consonnes me sembla imprononçable et je ne le retins pas quand l'animateur le présenta. En vieux routier des plateaux, le politologue s'empara de la parole d'un ton à la fois suffisant et définitif. Il expliqua longuement que le score du Front national ne signifiait rien. L'abstention record le privait de tout caractère représentatif. Une fois son soliloque terminé, le député et le journaliste, beaucoup plus jeunes, blablatèrent quelques minutes avant de saluer son analyse. Le débat semblait clos. Le quatrième invité entra alors en scène et lança sans qu'on lui ait donné la parole : « Je pense le contraire. Hélas, on peut dire que le Front national est devenu aujourd'hui le premier parti de France. » Il ne put aller plus loin. Le politologue sortit de l'affaissement satisfait dans lequel l'avait conduit sa démonstration, redressa sa carcasse de mandarin outragé et lança d'une voix de stentor : « Foutaise, Sffffrrrrec, vous n'y comprenez rien ! Vous feriez mieux de vous taire plutôt que de proférer de telles bêtises ! Les chiffres sont clairs, encore faut-il savoir les lire, ce qui n'est pas votre cas. »

Cette exécution en direct ravit le plateau et l'étudiant bon chic bon genre que j'étais, forcément d'accord avec le grand-prêtre de la politologie, porte-parole de la pensée alors dominante. Après trois ou quatre longues secondes de flottement, Sfrec sortit de son silence et déclara d'un ton très posé : « Il n'est de pire aveugle que celui qui ne veut pas voir. » Il se leva aussitôt et, sans prononcer un autre mot, sortit du studio plongé soudain dans la sidération. L'affaire dura une journée, on oublia vite l'auteur de l'incident qui ne parut plus jamais à la télévision où l'on continua à inviter le politologue de renom. Les médias ont la mémoire courte. La notoriété y compte plus que la vérité. Personne ne rappela cet échange lors des élections présidentielles de 2017 et 2022 lorsque la candidate d'extrême droite s'invita au second tour dans la course élyséenne. La prévision de Sfrec que nul n'avait voulu partager tomba comme lui dans les oubliettes et je dois convenir que, moi-même, je ne m'en souvins que lorsque je vis réapparaître son nom dans les rares articles consacrés à sa disparition. Des brèves à caractère nécrologique, noyées dans les faits divers, parurent dans deux grands quotidiens et un hebdomadaire pour rappeler en raccourci sa carrière journalistique pourtant copieuse et évoquer en deux lignes *La Violence et la Guerre,* le seul de ses trois livres qui ait connu, à la fin des années 1990, un succès d'estime. Un simple « disparu » fut ajouté au bas de sa lapidaire notice Wikipédia. Je découvris néanmoins dans ces rapides comptes rendus que son nom de plume était le patronyme de sa mère. Ce fait m'intrigua. Personne d'autre ne tira ce fil et ne s'intéressa à lui au-delà de l'annonce de sa brutale éclipse. Faute de cadavre, sa maigre famille, de vagues cousins qu'il avait perdus de vue depuis son adolescence, ne put donc même pas se recueillir devant sa dépouille. La page Sfrec fut ainsi tournée sans corps ni couronne.

Jeune folliculaire papillonnant depuis trois ans sans grand succès dans le monde du journalisme, j'avais fini par décrocher au début de l'année 2022 un CDI au *Corsaire*, un hebdomadaire d'information générale d'inspiration libérale à l'image de son lointain ancêtre créé sous la monarchie de Juillet. Il avait été lancé à la fin des années 1990 par Martin Cénabre, un ami très proche et très fortuné de mes parents. À l'image de tant de milliardaires à travers le monde, cet homme réputé discret avait été attiré par la presse comme une phalène par la lumière. J'étais entré dans ce magazine à la fois lucide et plein d'espoir. Je savais bien que j'avais été embauché pour mon nom mais j'imaginais pouvoir faire la preuve de mon talent dans le service société, où l'on m'avait casé pour remplacer une journaliste de renom décédée de la Covid-19 et regrettée de toute la rédaction. Quelques chiens de garde s'étaient ouvertement émus de mon inattendu parachutage. Ils avaient effectué une recension de tous mes articles au cours des trois années précédentes et s'étaient interrogés sur le pourquoi de mon recrutement. Il est vrai qu'aucun de mes papiers de pigiste n'avait laissé une trace indélébile, soulevé le moindre sourcil de surprise ni révélé un talent exceptionnel. Au mieux, j'étais un tâcheron de la presse au style correct, sans plus, et je peinais à démontrer mes qualités dans ce métier qui me faisait rêver depuis mon adolescence. Je n'avais d'ailleurs pas convaincu le propriétaire du *Corsaire* avec mon dossier qu'il n'avait même pas pris le temps de consulter après m'avoir ainsi accueilli : « Comme ça me fait plaisir de te voir, Sidné. Dire que je t'ai vu naître ! » Il m'avait reçu par compassion, en souvenir de mon père et de ma mère, et des inoubliables bordeaux Premier cru qu'il avait bus à leur table. Je ne sais pour quelle raison, il se sentait redevable à leur endroit alors qu'ils n'étaient plus de ce monde. M'interrogeant sur son passé, il m'est apparu qu'à la fin de la Seconde Guerre mondiale, dans un Bordeaux où sévissait une sévère traque aux collabos, son père avait connu quelques ennuis. Il avait reçu dans cette épreuve le soutien inconditionnel de mon grand-père, Julien Guillaume, homme de bonne réputation, jugé au-dessus de tout soupçon alors qu'il avait choisi une passivité frileuse en ne se souciant que de ses vignes durant toute l'Occupation. Il avait néanmoins obtenu un brevet de résistant pour avoir accueilli pendant quelques jours une famille juive amie en fuite vers l'Espagne et les États-Unis. Bref, j'étais un pistonné et ça ne trompait personne autour de moi. Que je sois payé au Smic était même aux yeux de mes contempteurs la preuve de mon inutilité et d'une injustice flagrante. Tant d'autres jeunes journalistes au talent avéré ne frappaient-ils pas à la porte du *Corsaire* ? Je ne vivais pas dans un ostracisme déclaré mais, très vite, je pus lire presque dans chaque regard : « Tu n'as pas ta place ici. » Dans cette rédaction vibrionnante de rumeurs et de ragots, tout le monde savait que j'étais riche et considérait que je ne cherchais ici qu'à occuper un peu mon temps.

J'entendais bien démontrer que l'on se trompait à mon sujet. Je me jetai donc dans le travail, proposai, enquêtai, écrivis sans relâche pour m'améliorer. Rien ne sembla cependant convaincre ma chef de service, une femme pourtant très amène et souriante. Dès mon premier article, elle me lança d'un ton narquois : « L'habit ne fait pas le moine, votre style est banal et vous avez tout à apprendre. Il va vous falloir de l'huile de coude pour y arriver. » Elle ne me lâcha plus et je lui en sais gré. J'ai progressé sous sa férule sans pour autant recevoir de sa part, et de quiconque d'autre, le moindre encouragement. J'en souffris très vite au point de mettre sous le boisseau nombre de mes idées et surtout mon sentiment naissant que *Le Corsaire* s'égarait en traitant une multitude d'informations sans avoir les moyens de les enrichir, ce qui revenait à simplement les effleurer. Je n'avais de leçons à donner à personne et je m'en gardais bien mais je voyais là l'une des raisons de l'érosion régulière des ventes du journal. Je savais qu'on ne m'écouterait pas, voire qu'on me raillerait, si je livrais mon point de vue de blanc-bec sur la situation de la presse et la nécessité de repenser les hebdos en offrant aux lecteurs beaucoup moins d'articles mais plus longs, mieux documentés, enquêtés à plusieurs. Aucune chance qu'on me prenne au sérieux si je tentais de défendre ma théorie un peu pompeuse de la plus-value éditoriale collective, à rebours d'un journalisme narcissique d'opinion qui voyait bien des rédacteurs du *Corsaire* pérorer à la télévision pour y trouver une consécration. Qui étais-je, en effet, pour oser bousculer un ordre éditorial établi depuis des décennies ? Personne, même si, dans le milieu huppé que je fréquentais depuis mon enfance, on me présentait en insistant sur mon métier comme si j'en étais déjà une star. Jamais cependant ne m'y était adressé un compliment sur ce que j'écrivais. Il est vrai que l'on ne me confiait que des papiers marginaux peu susceptibles d'attirer l'attention. La place qui leur était accordée dans le magazine était toujours minime. J'étais réduit à la portion congrue.

Au fil des semaines et de mes déceptions, je finis par m'interroger sur ma légitimité dans ce métier, par douter aussi bien de mes qualités que de mes réflexions et, j'en fais l'aveu, par céder au syndrome de l'imposteur. Ce diagnostic fut formulé par un psychologue parisien de renom que j'avais décidé de consulter juste avant l'été 2022 tant mon vague à l'âme s'aggravait. Sans ménagement, il souligna devant moi la contradiction entre mon statut d'héritier d'une célèbre famille bordelaise et mon poste de gratte-papier au mieux de second rang. Ma fortune et mes relations mondaines étaient devenues un passif social dans un milieu prompt, non sans raison, à s'inquiéter de la prise de contrôle des médias par les grandes fortunes du pays. Son diagnostic établi, mon psy voulut m'aider à échapper au sentiment de médiocrité professionnelle qui m'envahissait comme une gangrène. Il supposa, à tort, que mes parents défunts avaient rêvé de me voir en homme de plume renommé et que mon orgueil souffrait de ne pouvoir leur faire ce cadeau post-mortem. Il m'assura que seuls les préjugés de mes confrères à mon endroit expliquaient leur indifférence à la valeur réelle de mes articulets. Le sérieux de mon travail finirait, selon lui, par venir à bout de cet a priori. Il n'y avait aucune raison, m'expliquait-il sans cesse, que la stigmatisation dont je faisais l'objet me conduise à douter de mes capacités. C'était juste, sans doute, mais je me sentais de plus en plus menacé par ce problème de santé mentale que l'on appelle la haine de soi. Comme beaucoup d'autres, cette rédaction était impitoyable et ses jugements sans appel. Elle ne me laisserait jamais ma chance. J'en étais au point de croire que je n'étais en rien qualifié pour appartenir à cet hebdomadaire prestigieux. Le temps passant, le mépris de mes confrères me semblait de plus en plus justifié.

Au début de l'automne, jugeant qu'il me fallait désormais combattre mes doutes seul pour en finir avec le malaise qui me minait, je mis un terme à ces consultations. J'acquis petit à petit la certitude que je devais claquer la porte du *Corsaire* pour en finir avec le mal-être qui m'avait gagné. Même si je parvenais à y progresser, j'y traînerais à jamais le boulet du planqué friqué. M'acharner serait inutile, on ne m'y prendrait jamais au sérieux. Tout en multipliant les efforts et dissimulant mon désarroi, une issue se dessina peu à peu dans ma tête. Pour me tirer d'affaire, il fallait que je me lance dans un projet personnel audacieux, que je coure le risque de la solitude et devienne convaincant en dehors de ce milieu qui m'avait mis sur la touche sans autre forme de procès. J'en étais là de mes réflexions quand, le 21 février 2023, le jour de mes vingt-sept ans, je découvris dans une dépêche laconique l'étrange disparition de Jacob Sfrec. J'y vis une étonnante coïncidence calendaire, voire un signe, et ma curiosité en fut excitée. Le souvenir de son coup d'éclat à la télévision me revint en mémoire. Je n'avais plus entendu parler de lui depuis. Vu son âge, il devait avoir pris le chemin d'une retraite muette, convaincu peut-être qu'il n'est jamais bon d'être prophète dans les médias. Dans les jours qui suivirent, je lus les maigres textes évoquant sa carrière. Je fus surtout troublé par l'effacement de ce curieux personnage. J'avais vu des célébrations et des évocations funéraires plus larmoyantes pour des personnages certes connus mais insignifiants.

En me lançant dans une enquête au long cours, je m'imaginais m'imposer dans le milieu journalistique. Je fis un travail de recherche assez approfondi sur Internet pour en savoir plus sur ce fantôme. Il me sembla très vite que le curriculum vitæ de Sfrec méritait mieux que les brèves qu'on lui avait consacrées. Il avait beaucoup écrit, le plus souvent de très longs articles. J'y vis évidemment un écho à mes convictions balbutiantes sur le journalisme mais je retins surtout qu'il avait tout le temps travaillé en solo. De toute évidence, il avait choisi d'exercer son métier en marge des grosses troupes de la presse. Ce constat décupla mon intérêt, sans doute parce que j'étais moi-même rejeté par mes confrères. Sans que j'y prenne garde, cet homme finit par m'obséder. Était-il vraiment mort ? Pourquoi Sfrec aurait-il orchestré sa propre disparition alors qu'il avait déjà renoncé à toute existence publique depuis près de neuf ans ? Mon goût pour le polar s'emballa en apprenant, dans l'un des rares articles parus, qu'il n'était, semble-t-il, frappé d'aucun mal secret. Il me vint alors ce raisonnement : s'il existe une seule chance de découvrir la vérité sur ce personnage très singulier, il faut remonter le cours de son existence et la reconstituer. Peut-être trouverais-je dans son histoire personnelle un indice qui me permettrait de désembrouiller cette sortie sans préambule. Je devins si convaincu de l'intérêt de mener une enquête sur ce Sfrec que je proposai le sujet à ma rédactrice en chef. Elle m'écouta sans m'interrompre, puis elle me rit au nez et s'exclama : « Quoi, ce has been ! Il ne mérite même pas les lignes que certains lui ont consacrées. »

Ces mots me renvoyèrent au traitement qu'elle me réservait depuis une année, au sentiment d'injustice de plus en plus grand que j'éprouvais, au syndrome de l'imposteur qui me rongeait. Dans une sorte d'éclair qui me fit sourire devant elle, cette exécution cinglante me rapprocha de Sfrec. Ce fut comme une révélation, je compris à cet instant que ma formation était finie, qu'il était temps que je largue les amarres et que mon compagnon de journalisme, mon maître, mon sujet, mon obsession, mon fardeau devait désormais s'appeler Jacob Sfrec. « Qu'est-ce qui vous faire sourire ? », me lança-t-elle d'un ton agressif inhabituel chez elle. Me surprenant moi-même, je lui répondis d'une voix calme : « Je vous remercie pour tout ce que vous m'avez appris, madame, et pour ce que vous venez de me dire. Vous n'imaginez pas combien c'est important pour moi. Je ne me moque pas de vous, croyez-le bien, mais je vous présente ma démission. » Je crus que sa mâchoire se décrochait. Elle resta stupéfaite pendant que je me levais et me dirigeais vers la porte de son bureau. Je ressentis à cet instant une bouffée d'allégresse emplie d'une assurance qui m'était jusque-là inconnue. Alors que je sortais tout en lui disant : « Au revoir et encore merci », elle s'arracha à son silence, soudain inquiète, et murmura d'une voix lasse : « Mais où allez-vous ? » « Ne craignez rien, madame, lui répondis-je, je ne parle jamais à Martin Cénabre et mon départ, soyez-en sûre, ne vous coûtera pas votre fauteuil. Je ne ferai pas de vagues, croyez-moi sur parole. Je vous le répète : sincèrement merci. Maintenant, je sais où je vais. Enfin presque ! »

Habité comme par miracle par mon propre destin, sans jouer pour autant les jeunes coqs ou les fiers-à-bras, et mû par la volonté de prouver enfin mon savoir-faire d'enquêteur et d'auteur, je conçus dans les jours qui suivirent le projet d'un travail biographique conduit comme un thriller. Je m'en ouvris auprès du psychologue qui m'avait suivi quelques mois plus tôt. « Sans doute, au point où vous en étiez, était-ce le mieux que vous aviez à faire, reconnut-il. Même si elle doit durer longtemps, surtout allez au terme de votre recherche, vous en sortirez probablement guéri de tous vos maux. » Cette perspective me conforta dans ma démarche. Je pris malgré tout le temps de revenir sur terre, de refroidir mon enthousiasme et d'examiner mon projet avec une lucidité glacée. Après quelques jours, sans naïveté donc, conscient que l'épreuve qui m'attendait serait longue et rude, je décidai de me jeter à corps perdu dans mon enquête et me jurai de découvrir la vérité sur Jacob Sfrec. Je savais que j'allais avancer dans un épais maquis et qu'il me faudrait sans doute de nombreux mois pour y tracer ma route. Je partais de presque rien mais j'avais tout de même quelques atouts. D'abord, ce puissant besoin d'échapper au jugement des autres et de m'imposer une épreuve qui me convaincrait de mes qualités de journaliste, à commencer par la ténacité et une curiosité dévorante. Ensuite, je ferais de ma passion pour la lecture des leçons d'écriture. J'associerai au seul plaisir de lire une exigence nouvelle, un travail d'analyse et de compréhension de la construction, du style, du sens. Enfin, dans ce qui serait sans doute un marathon, je disposais d'un très solide compte en banque venu d'une succession familiale prématurée. Il me permettait de me plonger dans cette recherche sans me préoccuper le moins du monde de mes fins de mois.

D'une certaine manière, ma vie recommençait. J'avais vingt-sept ans, j'étais riche, j'habitais face au jardin du Luxembourg, rue Guynemer, au sixième étage d'un immeuble étonnamment moderne bien que datant de 1927. L'énigme Sfrec enflammait mon esprit. Mes rares amis crurent à une lubie. J'y vis la preuve qu'ils me connaissaient mal. Ils avaient de moi l'image d'un dilettante – Dieu leur pardonne, je l'avais jusque-là délibérément entretenue. Ils ignoraient combien mon passage dans la rédaction du *Corsaire* m'avait transformé. Même si je n'y avais pas été reconnu, j'y avais travaillé d'arrache-pied et j'étais prêt à prendre le mors aux dents pour mon métier. Je démontrerais qu'on s'était trompé sur mon compte. J'étais à la fois réaliste et en effervescence. Je ne cédais pas à une simple pulsion de revanche ou à un caprice de riche. Une nécessité m'animait qui ne concernait que moi, un besoin de savoir ce que j'avais vraiment dans les tripes. Il ne s'agissait pas de sortir de ma zone de confort, selon l'expression à la mode, mais de choisir une vie et d'avoir le courage de l'assumer, même si elle devait se solder par un fiasco. J'allais consacrer le temps qu'il faudrait à cette histoire avec la volonté de me mettre à l'épreuve et de ne jamais baisser les bras. Fini l'enclos douillet dont se satisfaisait jusque-là mon orgueil sans ambition alors que, les années passant, je m'y sentais in petto de moins en moins à l'aise. Une culpabilité inavouée rôdait maintenant dans ma tête. Je n'avais pas l'éternité devant moi pour devenir autre chose qu'un rejeton gâté par l'existence.

Plus de trois ans se sont écoulés. Un flot de jours agités, exaltants, décevants, surprenants. Toute une vie en un triennat. Ces années ont été faites d'espoir et de bien des désillusions mais je n'ai rien lâché en dépit des remarques goguenardes du milieu frelaté que je fréquentais de moins en moins. À bien des égards, j'ai remporté dans cette affaire la victoire sur moi-même que j'espérais. Ce constat au moins est une certitude même si j'ai appris au cours de ce voyage chaotique que la vérité n'est qu'illusion. Autant dire que je ne suis pas devenu journaliste. À la poursuite de Jacob Sfrec, j'espère au moins m'être transformé en écriveron. Rude chemin également.

Très vite, je compris que je ne pourrais raconter le parcours de ce personnage dans un récit linéaire. Sa vie était décousue et mystérieuse, faite de choix déroutants qui ne lui donnaient aucune cohérence. L'ambivalence semblait en être la clé. Sfrec avait beaucoup écrit, de grands reportages pendant vingt ans, de nombreux articles politiques, une foultitude de papiers sur l'actualité internationale et nationale, bref un solide matériau pour essayer de débusquer des convictions qu'il s'efforçait le plus souvent de dissimuler. Son subterfuge était une religion proclamée des faits. Il prétendait toujours s'effacer devant eux et disait adorer qu'ils lui donnent tort. Il revendiquait également une volonté constante de laisser ses lecteurs libres de leurs conclusions sur les questions qu'il abordait. Il ne se considérait pas comme un éditorialiste et affirmait ne jamais vouloir peser sur l'opinion. Son attitude le plaçait donc en marge de l'évolution subjectiviste de sa profession que j'avais observée de si près au sein de la rédaction du *Corsaire*. Sfrec était-il sincère ? Était-ce une posture ? Je ne pouvais répondre à ces interrogations qu'en déshabillant son existence. Rapidement, cependant, je fus frappé par le profond désenchantement qui traversait la plupart de ses écrits. La chute de l'un de ses articles de 1992, au tout début de la guerre dans l'ex-Yougoslavie, résume son état d'esprit : « La génération de l'après-guerre a vécu dans les bras rassurants de la paix en Europe jusqu'à ignorer que l'inhumanité ne meurt jamais. » Ce texte, comme nombre d'autres, dévoilait un personnage autrement plus complexe que ce qu'en avaient dit les très rares commentateurs de sa disparition.

Ce trait majeur de son caractère devint évident au cours de la période monastique de six mois qui me vit à la fois fréquenter avec assiduité la bibliothèque François-Mitterrand à Paris pour y lire tout ce que Jacob Sfrec avait publié et fouiller frénétiquement, dans son antre, ses documents personnels : une multitude de carnets de tous formats achetés au cours de ses voyages et remplis jour après jour, une montagne de dossiers et de feuilles volantes classées à la va-vite, une grande boîte cartonnée rouge sur laquelle était écrit *Citations*, des livres et encore des livres, cent fois parcourus et annotés. Ce capharnaüm envahissait son vaste atelier d'artiste, éclairé par une large baie vitrée donnant sur une arrière-cour dominée par un immense tilleul squelettique en hiver mais à l'ombre rafraîchissante en été. Il avait acheté au milieu des années 1970 cet agréable refuge dissimulé derrière un bel immeuble du XVIIIe siècle au bas de la rue Cardinal-Lemoine, dans le 5e arrondissement. Il ne l'avait pas payé très cher et avait simplement organisé ce vaste loft en une chambre, une salle d'eau, une cuisine agrémentée d'une petite table ronde en verre pour prendre les repas, ouverte sur une immense pièce qui lui servait tout à la fois de bureau, de bibliothèque, de salle d'archives et de salon. En entrant, on découvrait l'ensemble d'un regard. Les murs étaient peints en blanc pour rendre l'espace plus lumineux. Je compris par la suite combien il aimait ce lieu proche des bords de la Seine où cet insatiable marcheur solitaire allait se promener de jour comme de nuit car, ai-je aussi appris plus tard, il était insomniaque. Tout y était demeuré en l'état depuis sa disparition au point que j'eus l'impression de pénétrer dans un sanctuaire et de violer l'intimité de cet homme tout juste envolé. On devinait encore sa présence dans ses murs. Une très légère odeur de cigare flottait même dans la pièce. Je n'avais pas la froideur d'un flic en quête de pièces à conviction. Ce décor était comme une empreinte de Sfrec. J'éprouvais la jubilation du chercheur faisant sa première découverte tout en étant soudain intimidé par cette irruption dans le monde d'un inconnu. Je restai longtemps immobile, mon regard s'attardant sur chaque détail, m'imprégnant de l'univers et des goûts de celui que j'allais appeler de plus en plus souvent « Jacob ». Les meubles étaient rares, une solide armoire normande dans sa chambre pour ranger ses quelques vêtements, deux fauteuils Chesterfield en cuir marron patiné, posés au centre du salon devant une très longue table de travail en ébène d'un noir digne de Soulages sur laquelle ne restait qu'une boîte à cigares en bois précieux, deux meubles bas à tiroirs sur roulettes version Ikea, de longues et hautes étagères en pin recouvrant les murs pour accueillir livres, dossiers et CD au classement incertain. Pas de fioritures ni d'œuvres d'art. Seul un tableau était accroché au-dessus de son lit, une copie assez réussie de *Nighthawks* d'Edward Hopper, dont j'appris plus tard que c'était son père, peintre du dimanche, qui l'avait réalisée à sa demande. Peut-être se reconnaissait-il dans le personnage solitaire, vu de dos, faisant face au couple accoudé comme lui au grand bar en L.

Pour pénétrer dans cette tanière, il avait fallu que j'obtienne le feu vert d'Eugène Solonet, le notaire de Jacob, dont j'avais très vite trouvé la trace grâce à la concierge de l'immeuble de la rue du Cardinal-Lemoine, Louise Mannier, une femme d'une cinquantaine d'années tout en rondeurs, sympathique, aussi bavarde que curieuse de savoir ce qu'il était advenu de celui qu'elle appelait avec respect « Monsieur Sfrec ». Elle louait sa politesse avec cette formule d'un autre temps : « Un homme si bien élevé. » Elle possédait les clés de l'atelier où elle faisait le ménage deux fois par semaine. Bien que portant un nom balzacien, Solonet n'avait rien d'un vieux gratte-papier sorti du XIXe siècle. Il avait alors soixante-dix-huit ans et paraissait avoir avalé un élixir de jeunesse avec son épaisse chevelure encore blonde coiffant un visage sans ride. Sa silhouette était élégante, soulignée par des costumes bleu marine coupés sur mesure, entretenue aussi par une pratique régulière du tennis dans les jardins du Luxembourg, à deux pas de son étude rue Royer-Collard. Il m'avait reçu avec une amabilité extrême destinée, ai-je fini par découvrir, à dissimuler un réel embarras. Il se réfugia derrière le secret professionnel pour me dire qu'il ne pouvait pas me révéler grand-chose. Il me dressa un portrait plein de nuances de celui qu'il appelait « mon cher ami Sfrec » ou plus familièrement « Jacob ». Il avait été très sensible à sa fidélité depuis plus de cinquante années qu'ils se connaissaient. Il le disait réservé, taciturne, un peu compliqué mais loyal et se flattait de sa confiance jamais démentie. Il manifestait un tel désarroi que son propos me sembla sincère. Il m'affirma ne rien savoir de la disparition de Jacob tout en me glissant qu'il n'aimait plus le monde dans lequel il vivait et que cet homme sans repos était épuisé par sa chasse de la vérité dans les coulisses de l'éphémère. « Il était journaliste jusqu'au bout des ongles, m'expliqua-t-il dès le début de notre entretien, accroché à l'actualité comme une bernique à son rocher mais il refusait la tyrannie de l'immédiateté et travaillait nuit et jour pour aller au-delà des apparences. "L'important, aimait-il répéter, est ce qui reste, c'est difficile à dénicher." Cette boulimie l'avait usé physiquement et psychologiquement. Il était délabré. »

Eugène Solonet arrêta là ses premières confidences. Il fit ensuite des tours et des détours, sans doute pour évaluer ma propre fiabilité, avant de me confier que, pour des raisons qu'il ne pouvait révéler, la succession de Jacob n'était pas encore ouverte. J'insistai pour en savoir davantage. Solonet se déroba puis finit par m'expliquer que Sfrec avait souscrit une importante assurance vie sans désigner de bénéficiaire. Comme il n'avait pas d'enfant, il fallait retrouver les héritiers légaux, remonter dans son ascendance et démêler ce qu'il appelait « un imbroglio familial ». Il ajouta qu'il n'avait rien trouvé dans l'atelier qui eût pu l'aider dans la constitution d'un dossier notarial solide. Il y avait passé beaucoup de temps pour constater finalement qu'il n'y avait là qu'une incroyable accumulation d'archives professionnelles. « Cet homme ne jetait rien, me dit-il, sauf ce qui concernait son intimité. C'était un coffre-fort sur sa vie privée dont je ne sais pas grand-chose et c'est bien ce qui complique mes recherches. »

À la fois surpris et excité, je sortis de ce premier rendez-vous troublé par les ombres de cette succession et convaincu que je ne trouverais pas la vérité profonde de Sfrec dans ses écrits journalistiques. Ils avaient néanmoins en commun de dévoiler un pessimisme radical sur les abandons qu'il constatait. À la bibliothèque François-Mitterrand, je lus ainsi dans l'un de ses articles sur la Hongrie daté de décembre 2010 : « Le paradoxe actuel des démocraties est de rogner les libertés qui la fondent comme si les pouvoirs en place et les peuples en avaient désormais peur. On le voit dans les pays de l'Est qui ont rejoint l'Union européenne depuis la chute du mur de Berlin. L'euphorie née de la fin du joug soviétique y retombe déjà comme un soufflé. Budapest est à l'avant-garde de cette régression de l'État de droit. On y piétine maintenant les médias, la justice, les valeurs européennes auxquelles les Magyars ont pourtant adhéré. La servitude serait-elle plus forte que l'aspiration à la liberté dans l'âme humaine ? La progression de l'extrême droite chez nous obéit à cette sujétion devant les "mange-peuples" ainsi que les nommait La Boétie. » Ne voulant pas passer pour un donneur de leçons, il aimait contester ses propres points de vue, quand il en donnait, par des réflexions sur les progrès continus de l'humanité. Y croyait-il vraiment, lui qui avait lu Vassili Grossman et scotché sur l'abat-jour de son bureau cette phrase terrible, condensé de ce qu'il avait constaté pendant ses vingt années de reportage de guerre : « L'humain ne s'accroît pas dans l'homme. »

Bien qu'il ait décidé très jeune de se regarder une fois pour toutes en face, il se dérobait donc parfois à lui-même, sans doute pour essayer de réveiller chez lui une petite flamme d'optimisme. Cette ambiguïté ne facilitait guère ma tâche. Il me fallait plonger plus profondément dans l'existence de Sfrec pour avoir une chance de percer le brouillard de sa dissolution. Cette perspective qui en aurait découragé plus d'un me dopa. L'épreuve qui m'attendait rendait inutile toute fébrilité. Je devrais faire preuve de patience et m'en remettre pour partie à la fatalité et aux caprices de ma bonne étoile de gosse de riches. Un brin de confiance germait. Premier acte de ma métamorphose ! Malgré son scepticisme sur mes chances de succès, le notaire m'encouragea et me demanda de l'informer de mes découvertes. « Si vous en faites », précisa-t-il d'un ton plein de sous-entendus. « Votre projet me plaît. Revoyons-nous de temps à autre », conclut-il enjoué. Ce que nous fîmes très régulièrement au cours de ces trois dernières années. Cet homme qui aurait pu être mon grand-père devint au fil des ans un guide et un ami.

Je me lançai alors dans une authentique enquête journalistique, une course au long cours pour débusquer ce Jacob Sfrec que je voyais un peu vite comme un héros de roman. Cet enthousiasme était au fond un trait de mon caractère. Même si je n'avais pas fait grand-chose jusque-là et avais tant douté de moi-même au sein de la rédaction du *Corsaire,* je me pensais depuis toujours capable de renverser des montagnes. Jour après jour, mon enthousiasme un brin puceau reprit le dessus au point que je me convainquis rapidement de pouvoir écrire seul le destin, si ce mot a un sens, que j'avais choisi en démissionnant pour me regarder moi aussi en face.

L'entreprise fut cependant semée d'embûches et dura longtemps. Elle me permit de découvrir une autre facette de mon tempérament que j'ignorais et qui m'avait fait défaut jusque-là : la ténacité. Elle calma l'homme virevoltant que j'étais. Ma fortune d'héritier avait alimenté ma légèreté. Sans me défaire complètement de cette ancienne peau, je devins obsessionnel, méticuleux et persévérant. Je finis même par ressembler un peu à Sfrec, qui ne recherchait guère la compagnie des autres. Au fil de mon enquête, il m'apparut en effet de plus en plus conforme au personnage que j'avais vu en mai 2014 foutre le camp d'un plateau de télévision en plein direct. Son attitude avait alors levé un bout du voile sur sa véritable nature, nul calcul pour marquer les esprits, un geste purement spontané révélateur d'une forme particulière de misanthropie, d'une volonté constante d'observer le monde tout en se tenant le plus souvent à l'écart de la troupe médiatique. Bref, à bien des égards, il avançait masqué. Ce comportement brouillait les pistes. Et les quelques confrères qui l'ont côtoyé ne m'ont raconté que des anecdotes sans grand intérêt. Je devinais même dans ces récits lacunaires un fond d'antipathie qui me fit penser que Sfrec avait suscité plus de jalousie voire de mépris que d'estime. Il n'était pas du sérail, le fuyait, et ses membres ne le lui pardonnaient pas. Ce constat fit écho d'une certaine manière à ce que j'avais vécu dans la rédaction du *Corsaire* et me rapprocha affectivement de « mon » sujet. Entre leurs mots à peine aimables, quelques-uns allaient jusqu'à dire avec cruauté qu'il avait un regard incertain et sous-entendaient que c'était un usurpateur, qu'il affabulait, décrivait des choses qu'il n'avait pas vues, bref qu'il ne méritait aucun hommage posthume de leur part. Sa manière maniaque et secrète d'exercer son métier l'avait placé dans une quarantaine professionnelle qui, au demeurant, lui convenait. J'en conclus assez vite, peut-être trop vite, que Jacob avait passé son existence à travestir la réalité de son être. Cette conviction me permit de ne jamais baisser les bras. Il y avait beaucoup de grain à moudre dans cette histoire.

La pelote commença à se débobiner quand, pour me témoigner sa sympathie, Solonet me révéla lors de notre deuxième rencontre que Jacob avait été très brièvement marié alors qu'il n'avait que vingt-deux ans. Il me dit avoir connu Sfrec à cette époque-là à Aix-en-Provence et qu'ils s'étaient retrouvés par la suite à Paris où, lui-même, avait repris la très prospère étude de son oncle. C'était celle-là même où il me recevait et je dois dire qu'elle avait perdu de son éclat. L'élégant Solonet semblait décalé dans ce décor vieillot jamais rénové avec néanmoins des tapis de valeur, des meubles des années 1950 signés, des murs couleur crème ornés de magnifiques gravures sous verre de Piranèse. L'absence d'apparat du lieu participait de sa stratégie notariale. Il avait transformé son bureau en confessionnal et déployait dans sa pénombre un talent exceptionnel pour gagner la confiance de sa clientèle, longtemps source d'une évidente prospérité.

Je le remerciai de son aide sans me rendre compte qu'il m'expédiait dans un interminable jeu de piste. Il me révéla peu après que Jacob lui avait raconté son divorce lorsqu'ils s'étaient retrouvés pour l'achat de l'atelier de la rue du Cardinal-Lemoine en 1976. Ils n'en avaient plus reparlé par la suite, m'affirma-t-il, mais il se souvenait du prénom de cette femme, « Miriam avec un *i* pas un *y* », insista-t-il. Il lui revint ensuite que Jacob lui avait confié qu'elle s'était remariée avec un riche banquier américain du nom d'AAranson-Wahl dont elle avait eu une fille.

Fort de ces renseignements, il me fallut peu de temps pour retrouver la trace de son ancienne épouse. Elle vivait à New York où je l'ai rencontrée cinq fois entre avril 2024 et septembre 2025 après avoir frappé en vain à sa porte pendant près d'une année. Selon Solonet, une fois leur divorce prononcé, elle n'avait pas échangé le moindre mot avec Jacob pendant seize ans. Puis, à la fin d'un déjeuner bien arrosé, il me fit cette révélation. Au hasard, ou pas, d'un voyage à Paris en compagnie de son mari, elle l'avait revu en 1989. Au cours de cette rencontre, elle réalisa qu'il n'avait jamais cessé de l'aimer et qu'il avait été et serait pour toujours l'homme de sa vie. Dès lors, toujours à l'initiative de Miriam, ils recommencèrent à échanger à intervalles très irréguliers par téléphone. Il lui arrivait de rester silencieuse pendant des mois et des mois. Sans dévoiler dès à présent ce que j'ai découvert par la suite, je peux affirmer qu'elle a été la rampe de secours de Jacob dans les années qui ont précédé sa disparition. Il s'est cramponné à elle pour ne pas sombrer. Dès lors qu'elle a accepté de me parler, je me suis moi aussi agrippé à cette femme exceptionnelle qui, pas à pas, m'a guidé dans les méandres du cerveau de son premier mari mais aussi du sien pour me conduire au plus près de leur personnalité respective.

⁂

Après mille détours, me voici, aujourd'hui, très proche en ce mois d'août 2025 de découvrir la vérité sur la disparition de Sfrec. Elle est là, à portée de main, je la devine plus que je ne la connais mais, avant de la faire éclater et de la révéler à Eugène Solonet qui, toujours fringant à quatre-vingt-un ans, prétend l'attendre avec impatience pour refermer son dossier et prendre une retraite définitive, j'ai éprouvé le besoin de mettre de l'ordre dans mes notes et mes découvertes. Impossible d'écrire une biographie classique car, en dépit de tous mes efforts, je ne dispose que de multiples fragments. Il me faut maintenant les agencer pour que ma propre démarche trouve un sens et me permette de pousser la dernière porte derrière laquelle m'attend le terme de mon exploration, sans doute dans les prochaines heures, à New York, où Miriam m'a demandé de venir la retrouver de toute urgence. *Ceteris paribus*, j'ai l'impression d'être Howard Carter sur le point de desceller la pierre obstruant la tombe de Toutankhamon. Près de trois années de travail qui furent aussi une interminable cure personnelle. J'ai appris en cheminant lentement à ne jamais désespérer, porté par une rage de réussir qui a balayé nombre de mes maux antérieurs. Pour autant, je ne triomphe pas car je n'ai pas encore la clé du dénouement de cette histoire. Je redoute même qu'un nouveau vide s'ouvre sous mes pas lorsque je la trouverai. *Who knows* ? *I don't know, I don't know*, comme le chantait Jimi Hendrix.

Ma pêche jusqu'ici n'a pas été négligeable sans pour autant être miraculeuse car Sfrec n'est pas un héros aux exploits mémorables. Néanmoins, tout m'a pris par surprise dans mon enquête sur cet homme si subtilement singulier. Les quelques épisodes de son existence que j'ai pu reconstituer dans le détail sont déroutants. Son quotidien est à la fois anodin et romanesque, une hybridation d'ordinaire et d'inattendu. Les vies parfois se tressent ainsi, faites d'insignifiances et de coups d'éclat. Leur tout ne fait pas un roman mais un étrange labyrinthe, une suite discontinue d'histoires sans articulations naturelles entre elles, comme un puzzle qui n'aurait pas de forme finale et ne serait qu'un agglomérat de scènes aux contours inconciliables. À moins que la dernière clé de l'énigme Sfrec, sa mort ou sa fuite, ne donne un sens à ce fatras de paradoxes.

La fortune, dit-on depuis Virgile, sourit aux audacieux. L'étais-je en entreprenant mon travail d'archéologue « sfrecsien » par des questions à la police ? Pas vraiment car le commissaire Achille Pacelli qui avait été saisi de la disparition de Jacob par Solonet me reçut sans la moindre difficulté. À peine me demanda-t-il de décliner mon identité quand je le rencontrai. Sidné Guillaume, né le 1er janvier 1996. Au détour d'une de ces phrases alambiquées dont il a le secret pour ne jamais aller droit aux faits, le notaire m'avait suggéré de prendre ce rendez-vous avec celui qu'il appelait « son ami Achille ». Il avait passé, me dit-il, plusieurs heures dans l'atelier de Jacob après le signalement de sa disparition par la concierge de l'immeuble. Pacelli avait un visage aussi rond que bienveillant. Tout en lui respirait le bonheur de vivre bien qu'il ait mené une carrière animée et chassé les truands en tout genre. Il était proche de la retraite et finissait sa vie de flic dans le service des disparus à l'Office central pour la répression des violences faites aux personnes. Il me confia sans hésiter son mince dossier en me précisant qu'il n'y avait donné aucune suite. À mes pourquoi insistants déjà évoqués, il répondit de manière aussi agacée que définitive : « Des histoires comme ça, on en a tous les jours, basta ! » Il me laissa photocopier les quelques documents qu'il avait collectés en me précisant qu'il n'y avait là rien d'intéressant sinon les prénoms de ses parents, Ava et Edgard. Il avait résumé en cinq lignes le témoignage de la concierge. Il en avait retenu que Sfrec était un homme correct car il la payait bien. Aucun doute, cependant, Louise Mannier ne savait rien. Il tint aussi à me préciser, manie de flic, qu'elle ne couchait pas avec Jacob bien qu'elle fût en adoration devant lui. À mon tour, je perdis mon temps à l'interroger quelques jours plus tard. Eut-elle su, d'ailleurs, quelque chose qu'elle n'aurait rien dit de cet homme qu'elle avait plus ou moins panthéonisé pour ses bonnes manières et son impressionnante bibliothèque où il lui laissait piocher les livres qu'il lui conseillait de lire. Je trouvai également dans le mince dossier du commissaire la confirmation des coordonnées américaines de Miriam, méticuleusement notées dans un agenda, un petit carnet rempli de notules factuelles et de réflexions à l'emporte-pièce qui, à mes yeux, en disaient déjà beaucoup sur ce spectre, enfin un texte étrange, assez long, imprimé, daté sans plus de précision de l'hiver 2021-2022. Sfrec l'avait raturé par la suite à la plume d'une écriture nerveuse sans doute peu de temps avant de partir en fumée. Pacelli me précisa qu'il l'avait découvert dans le tiroir central de la table-bureau de Jacob, soigneusement rangé, comme s'il s'était agi d'un brouillon de testament. De toute évidence, il avait laissé en jachère ces réflexions faute d'en être satisfait ou de pouvoir en dire plus. L'écriture en est souvent pompeuse, chacun en jugera. La lecture de cette confession inachevée me semble pourtant nécessaire pour appréhender comme un prologue l'univers fragmenté de Jacob. La voici dans son intégralité en ouverture de ce récit désaccordé comme un vieux piano.

« Comme toujours, je commence à écrire à l'heure désespérante du crépuscule, l'heure des revenants, du passé, du passif, de l'attente d'un sommeil réparateur qui sans cesse se dérobe. Dès les premiers pas de l'obscurité, chaque jour une question surgit désormais et me taraude. Par quel mystère me vient à présent à l'esprit celle-ci : pourquoi ai-je si vite refermé *Guerre et Paix* de Tosltoï à l'âge de dix-huit ans alors que je ne songeais qu'à dévorer des livres et que j'avais passionnément aimé *Anna Karénine* ? Paresse adolescente, devant l'épaisseur du roman ? Je ne le crois guère. Ma vie était faite de livres en ce temps-là. Les mille pages des *Frères Karamazov*, les vingt tomes des Rougon-Macquart,

Manhattan Transfer, *La Comédie humaine* de Balzac, Alexandre Dumas, Martin du Gard, Jules Romain, Céline dont le style m'éblouissait, Proust évidemment, l'*Ulysse* de Joyce sans sauter une seule ligne en dépit de mon incompréhension et le sentiment de n'être personne face à ce texte, Faulkner et son immense ombre, Hemingway à gogo, Scott Fitzgerald à l'infini, Kerouac, J. D. Salinger, García Márquez, Tchekhov, Camus pour tous ses romans avec au premier rang *La Chute*, Sartre, surtout pour *Les Mots* et *Le Diable et le Bon Dieu*, et bien d'autres encore qui enchantaient mon insatiable appétit littéraire mais ne laissaient dans ma mémoire déjà défaillante que de fragiles traces périssables. Peut-être comprenais-je que si la littérature est éternelle, j'allais hélas passer mon existence dans l'éphémère et le périssable, sous la tyrannie de l'idéologie et du moralisme, ces deux mamelles sans cesse régénérées de la haine. En dépit de cette gloutonnerie, j'avais, sans que j'y trouve encore aujourd'hui la moindre explication, abandonné en cours de route le prince Andréï Nikolaievich Bolkonsky, Pierre Bézoukhov, Hélène Kouraguine, les Rostov et cette société russe prise dans le flot des guerres napoléoniennes. Ce roman était passé par pertes et profits et n'avait même pas résisté aux multiples réaménagements de ma bibliothèque. Allez donc savoir pourquoi ai-je fini par le racheter en édition de poche et par le lire. Il faut accepter la loi du hasard et la louer. Oui, la louer.

Je venais de franchir le cap des soixante-douze ans, en février 2020, quand j'ai pris la décision de lire *Guerre et Paix* en me procurant pour 4 euros un exemplaire de poche en très bon état chez un bouquiniste lors de l'une de mes fréquentes errances sur les quais de la rive gauche de la Seine du pont de Sully au Petit-Pont. Il fit mon bonheur pendant le sévère confinement décrété deux semaines après cet achat. Deux ans plus tard, Vladimir Poutine envahissait l'Ukraine et réveillait en moi cette apostrophe d'Anna Pavlovna Scherer au prince Vassili : "Peut-on rester tranquille à notre époque quand on a des sentiments ?" Jusqu'à mon dernier souffle, qui peut-être n'est plus très loin, je risque aussi de devoir remâcher cette phrase du tsar à l'adresse de Bonaparte : "Nous ne voulons plus traiter avec un homme qui, tout en protestant de son désir pour la paix, continue ses envahissements." La Russie pensait alors qu'elle avait pour mission de sauver l'Europe de cet Antéchrist corse. Comment l'Europe à présent va-t-elle pouvoir arrêter le scélérat du Kremlin après qu'il s'est jeté sur l'Ukraine il y a quelques semaines ? L'Histoire à l'envers. Au fond, j'avais eu bien raison de capituler autrefois devant Tolstoï. Les aléas de l'existence en auraient troublé voire gommé la marque comme celle de tant d'autres écrivains que j'ai côtoyés et adorés dans mes jeunes années. Que de bonheurs de lecture égarés dans ma mémoire de poisson rouge ! Lev Nikolaïevitch sera, lui, un compagnon de choix pour aller jusqu'au terme de mon long voyage dans le monde "cruel" des hommes, je ne connais pas de qualificatif plus juste. Un compagnon pour tout ce qu'il écrit mais aussi pour cette phrase inoubliable sur la guerre et ses morts : "Assez, assez les hommes, cessez, reprenez vos esprits, que faites-vous ?" Il est temps pour moi de le faire.

Combien de mots, de phrases, d'articles, de livres ai-je pu écrire et lire pour en arriver à la conclusion qu'il faut connaître la fin d'une histoire si l'on souhaite en déceler la véritable origine. Une vie ne s'éclaire que lorsqu'elle arrive à son terme et que surgit l'effroi de découvrir que l'on n'est déjà plus rien par rapport à ce que l'on a été. Moment fugace, constat de déchéance, avant le plongeon final dans le vide. La mort est une embouchure dans laquelle surnage, avant de disparaître *ad aeternam*, la vérité d'un homme. Il faut alors ramer vite et fort, remonter à contre-courant ce fleuve indomptable pour en trouver la source et devenir orpailleur de son propre secret. Ainsi va la vie. Son origine énigmatique dicte l'absurdité de chaque traversée. L'avant est une inconnue. L'après une certitude.

Ainsi suis-je parti depuis quelque temps à la découverte des rouages de ma vie. Il y avait des illusions, une déchirante et ineffaçable passion, de brèves joies, de longues tristesses, de la violence, une flopée de cadavres, des flots de sang, des peurs paniques, des chagrins, du désespoir, des évasions et des renoncements, la conviction que l'écriture délivre de ses tombeaux intérieurs, le spectre récurrent du suicide, le seul problème philosophique sérieux, comme disait Camus, des remords et des regrets, qui n'en a pas quand approche le rideau de fin ! Mais faut-il vraiment en avoir ? Ils naissent immanquablement du choc des rêves et du réel. Quel était chez moi le socle de cette fatalité ? Tout ceci n'avait pu exister ou survenir sans une genèse heureuse. Il fallait qu'il y ait eu une espérance, ou autre chose encore, pour qu'advienne cette lente désagrégation et que je devienne obsolescent. J'avais couru le monde à la recherche de je ne sais quoi et le monde courait désormais loin devant moi. Plus jamais je ne le rattraperais. J'étais largué. Le malheur, ai-je imaginé, ne naît que du bonheur et le Mal de la recherche aveugle du Bien. L'Inquisition est la fille monstrueuse de l'Église, le djihad est l'infamie sanglante du Coran, les crimes contre l'humanité dans les goulags et les camps de concentrations sont le produit impensable du communisme et du nazisme. Avant l'enfer, il y a l'utopie d'un paradis dans l'au-delà et un rêve de pureté sur terre. Toute vie commence par le temps de l'innocence. Il en va ainsi pour moi et toute ma généalogie. Nous avons espéré dès le premier souffle. Que de temps ai-je perdu avant de résoudre mon équation vitale ! J'ai trop longtemps cavalé, refusant de regarder par-dessus mon épaule. Seul le présent et l'avenir m'intéressaient, tout le reste, l'avant, était sans intérêt. Je me fabriquais sans ce passé qui maintenant me rattrape au grand galop. En vérité, je le fuyais depuis que Miriam m'avait quitté après deux brèves années de mariage sans que je fasse le moindre geste pour la retenir. Je me savais seul responsable de ce qui advenait. Miriam, dossier encore interdit aujourd'hui malgré le lien jamais défait. Quand trouverai-je la force de le rouvrir ? Il faudrait que ce jour advienne pour dresser un bilan sincère de ma vie.

Le séisme qui m'amène à présent à voir les choses autrement n'est pas si récent. Je mentirais si je niais toutes les secousses qui m'ont contraint à regarder le chaos de moraines que j'ai laissées derrière moi. Jusqu'au mitan de ma vie, disons quarante-cinq ans en étant optimiste, ces coups d'œil rétrospectifs n'ont pas freiné ma frénésie à me mettre à l'épreuve du présent. Ils étaient brefs, précis et n'avaient d'autre objet que de me rassurer sur ma marche forcée. Je chassais jour après jour la mélancolie qu'entretenait un sentiment constant de culpabilité né de l'idée que ma vie avait perdu tout sens depuis que Miriam s'en était allée. Je luttais aussi contre la peur viscérale d'une lâcheté qui serait installée au plus profond de moi. Pour vaincre cette confusion dans ma tête trop jeune, la fuite en avant et la confrontation avec la mort ont été mes remèdes. Je m'exposais sans cesse au danger pour ne pas rester prisonnier du piège dans lequel j'étais tombé dès mon premier reportage de guerre à l'âge de vingt-trois ans. Jusqu'où des hommes pouvaient-ils aller pour s'autodétruire ? La morsure de cette maladie de l'âme m'a conduit, pendant des années, partout où des affrontements m'offraient une mise à l'épreuve sans le moindre témoin pour juger de mon comportement. Je ne jouais pas au héros, il s'agissait d'une affaire entre moi et moi. Le baume de l'horreur, quelle ironie ! *Tutto avanti* dans les cloaques et les charniers ! Crever ou dégorger enfin mes fantômes venus de je ne sais où. Je voyais bien les décombres puants qui jalonnaient ma route, ma lucidité ne soulevait pas pour autant ma charité, elle n'alimentait que mes déchirantes questions existentielles sur la violence moléculaire des êtres humains. C'était le prix à payer pour savoir.

Si la chance m'a souri au milieu des décombres que je parcourais – ne suis-je pas encore un peu en vie ! –, je ne lui accordais qu'un rôle secondaire dans ma cavale aveugle. J'assumais les risques que je prenais. Je ne trichais pas, je croyais à l'effort et au travail, ce que j'appelais *in petto* mes succès tenait d'abord à mon tempérament studieux, à mon respect maniaque du factuel et, avant tout, à mon combat contre mes cauchemars. De guerre en guerre, je poursuivais mon voyage intérieur, le regard fixé sur une quête personnelle que je ne questionnais pas. Sisyphe entêté, je poussais mon rocher, convaincu que jamais il ne me retomberait sur la gueule. Mon insatiable appétit du malheur des autres devait me guérir de moi-même et de mon péché originel : avoir vu le jour en février 1948 dans les décombres de la Seconde Guerre mondiale. Mes parents ne m'ont pas protégé de ses remugles, ils ne m'ont rien tu. La vérité, selon eux, était bonne à dire. La guerre est donc entrée dans ma peau dès l'éveil de ma conscience. Le bonheur que ma mère et mon père s'efforçaient malgré tout de fabriquer autour de moi, enfant unique après un enfant mort-né, ne pouvait m'empêcher de penser que chaque homme cache en lui une part de barbarie qui peut se réveiller à tout instant. Les cérémonies du 11-Novembre devant l'imposant monument aux morts de notre ville, le froid mordant mes mollets nus sous mes culottes courtes, et les gerbes solennellement déposées tous les mois de juin devant la stèle érigée en l'honneur des quarante victimes d'une affreuse razzia SS sur notre ville en 1944 me le rappelaient chaque année. Les évocations par mon père et ma mère ou mes grands-parents de la peur qu'ils avaient connue entre 1939 et 1945 et les leçons d'histoire apprises année après année, jusqu'à en faire mon parcours en faculté, m'avaient convaincu que la guerre est un horizon en attente. Elle a dévoré ma vie. Tombe maintenant la neige ! Se profile le temps du coup de froid et de la ouate finale. Avant de m'y laisser ensevelir, il faudrait que je retrouve les limbes de mon existence pour y dénicher ce quelque chose qui m'a fait tel que j'ai été et que je suis encore. Éternel pourquoi ? Je n'ai pas d'autre choix à mon âge que de traquer l'absurdité de mon passage sur terre en commençant par les méandres de mon imprononçable pseudonyme emprunté à ma mère : Sfrec. »

Si cette confession inachevée avait une dimension testamentaire, elle pouvait être aussi bien le prologue d'une mort annoncée qu'une bouteille à la mer avant de quitter l'univers dans lequel Sfrec avait vécu jusqu'alors pour se transformer en un insaisissable Crusoé. Où était-il ? Sous terre ? Quelque part sur terre ? Dans le désordre de sa pensée, bien des phrases m'ont interpellé mais l'une de ses expressions m'a particulièrement intrigué : quel était ce « quelque chose » évoqué à la fin de son texte ? Qu'était-il survenu dans la vie de ce type pour qu'il se retrouve au bord d'un gouffre dans lequel il se serait noyé ou bien à une croisée des chemins qui l'aurait conduit à se planquer ? Je m'ouvris de toutes ces interrogations à Eugène Solonet qui me répondit par une moue boudeuse et un simple : « Allez savoir ce qui lui est passé par la tête ! »

À force de parcourir les papiers de Sfrec, je me mis, cependant, à creuser la piste la plus évidente : cette obsession de la guerre dans tous ses articles, ses livres, ses notes et ses archives. Il la décrivait mais à distance, sans jamais livrer ses pensées sur les faits affreux qu'il relatait. Il refusait d'ouvrir dans ses articles une fenêtre sur ses sentiments et ses émotions. Jamais de trémolos. Cadenassé ! Sur un carnet, hâtivement rédigé le 21 février 2022, le lendemain de l'envahissement de l'Ukraine par la Russie, et le jour de ses soixante-quatorze ans, ce poème avorté laissait percer néanmoins un « quelque chose » :

Une aveugle folie,
Des hommes semblables.
Carnages de leurs furies,
La guerre. L'innommable,
Des corps emmêlés,
Du sang et des entrailles,
Des poitrails éventrés,
Les ordures de la bataille.
Les yeux à jamais clos,
La mort sans tribune,
Plus de bruits, plus de mots,
Juste le silence des fosses communes.

Ses écrits publics étaient, eux-mêmes, toujours glaçants et glacés. Les bribes d'informations personnelles qu'il avait semées derrière lui étaient toutes des impasses. Pas de cailloux blancs pour le débusquer ! Il s'employait à masquer sa personnalité à ses lecteurs. Ce comportement éclaire la méfiance de ses confrères à son endroit. « Un salaud égoïste », me dirent même certains, adeptes du travail en équipe.

Sfrec, à coup sûr, était un naufragé mais avait-il coulé corps et âme ou flottait-il encore sur son radeau de la Méduse ? Je crois savoir ce qu'il en est maintenant que je suis presque au terme de ma patiente collecte de fragments de son existence. Les voici tels que je les ai découverts et reconstitués au cours de ces trois dernières années. J'ai parfois choisi de m'effacer, de minimiser les méandres de ma tâtonnante enquête et de rédiger de manière brute les épisodes que j'ai retenus. J'ai malgré tout livré mes commentaires au terme de chacun car, au cours de ce voyage, j'ai dû revisiter ma courte et décevante existence. Elle me revenait sans cesse en un écho assourdissant et dérangeant. Pour juger cet homme avec équité, je devais me juger moi-même et m'évaluer sans complaisance. Ces multiples postfaces, sortes de notes de bas de page, me sont apparues aussi nécessaires que la morale à l'issue d'une fable. De chaque vie, il y a des leçons à tirer. J'en ai reçu beaucoup pendant cette immersion qui m'a fait revisiter douloureusement parfois ma propre enfance de gosse de riches et mon amère expérience du métier de journaliste. J'ai pris aussi la liberté, peut-être trop audacieuse et trop romanesque, d'imaginer au fil de ces petites histoires les pensées et les réactions de celui que j'avais pris l'habitude de nommer Jacob. Certes, rien ne s'emboîte dans ce casse-tête mais tout est lié. J'ai renoncé aux facilités d'un récit purement chronologique pour privilégier un bout à bout de scènes éloignées dans le temps, des portraits de ses rares proches, des évocations de ses parents, tout un fouillis donnant, à mes yeux, du corps à la vie de Sfrec par leur seule juxtaposition.

Il m'a semblé qu'il fallait commencer par sa mère et son père, Ava et Edgard. N'avait-il pas fini son incipit inachevé par une question sur son imprononçable nom de plume ! Je devais essayer d'y répondre. Cette généalogie constitue après tout les fondations de son parcours et peut éclairer son attitude. Cet avant-propos familial, un brin historique, n'est en rien un pas de côté, il présente à mes yeux un intérêt particulier. Il prouve combien l'équilibre bonheur-malheur est fragile dans la marée de l'Histoire. Tout peut s'envoler dans un simple coup de vent, comme la casquette de Jacob quand il avait deux ans et que ses parents le trimballaient sur les routes de l'après-guerre dans la remorque qu'ils avaient accrochée à leur tandem. Un petit rien qui dit tout. L'évocation de ces deux êtres est une manière de traquer les origines de ce « quelque chose » qui a chahuté son existence. Dans leur histoire, il y a beaucoup de ce bien et de ce mal que lui-même évoque et, malgré tout, une genèse heureuse. Comment sur de tels soubassements, un homme peut-il partir en vrille et connaître une vie de souffrance ? Cette interrogation n'a cessé de me guider dans cette enquête sur Monsieur Sfrec.

2
Ava et Edgard

Au cours de notre première conversation, j'avais interrogé Eugène Solonet sur la famille de Sfrec. Il m'affirma ne pas en savoir grand-chose sinon qu'ils avaient toujours vécu dans la petite ville provençale où Jacob était né. Je fis donc le voyage. Ma moisson fut assez fructueuse. Je me rendis sur leur tombe, un caveau de marbre blanc sur lequel était gravée cette phrase signée « Votre fils » : « Avec vous, mon bonheur s'est à jamais envolé. » Les gens de leur génération avaient tous disparu mais j'eus la chance de rencontrer cinq octogénaires qui les avaient connus et en conservaient quelques souvenirs. À la mairie, on m'indiqua où ils avaient habité et l'on m'ouvrit les archives municipales. On m'offrit aussi une histoire détaillée de la ville où sont évoquées l'entreprise du père de Jacob et la famille de sa mère. Ainsi ai-je pu répondre à la question que je me posais : comment ces deux êtres-là se sont-ils rencontrés ? Une dose de hasard a fait la chose mais aussi une part de nécessité, l'un ne va pas sans l'autre. Pour que deux individus se rapprochent et s'aiment, il faut que leurs regards se croisent. Tant d'hommes et de femmes faits pour vivre ensemble n'ont pas eu la chance de se regarder une fraction de seconde dans le fond des yeux !

À la périphérie de cette petite ville du sud du Luberon, un charmant garçon. Il habite une maison crépie couleur sable mouillé, posée sur la longue ligne droite qui file vers Aix-en-Provence. Au centre de la bourgade, une très jolie jeune femme brune. Elle réside dans un bel hôtel particulier proche de la cathédrale Sainte-Anne. Deux mondes à la fois si proches et si lointains qu'ils tiennent à distance les habitants qui y vivent. A priori, Ava et Edgard ne s'aimeront jamais tant leurs origines et leur quotidien les séparent. Avant eux, il y a eu des arbres de vie tourmentés qui ont conduit des grands-parents à échouer là, venant pour les uns du Sud-ouest où de lointains ancêtres faisaient commerce du bois, d'Alsace pour les autres qui fuyaient l'occupation allemande des années 1870, poursuivant la longue cavale d'une famille juive chassée de Russie puis d'Europe de l'Est par des pogroms à répétition. Ces migrants de l'intérieur auraient pu poser leurs valises plus au sud encore, de l'autre côté de la Méditerranée comme tant d'autres, rejoindre l'Orient et la Terre promise ou par-delà l'océan Atlantique les Amériques. Les uns sont de longue souche gauloise. Les autres des Juifs errants prisonniers des tempêtes d'un destin immémorial. La guerre déjà, comme une marque au fer rouge. Le Sud Luberon n'est que leur terre d'accueil, un accidentel échouage. Ils y ont été adoptés mais n'en sont pas les enfants. Qui peut, d'ailleurs, affirmer de bonne foi que sa terre est vraiment la sienne ? Chaque être humain est un continent qui dérive. La vie n'est que mouvement et les racines des contes de fées pour se rassurer. L'ici naît toujours d'un ailleurs.

Tout oppose ces deux personnages qui vont concevoir un enfant, leurs histoires familiales et leur situation sociale. Edgard appartient à la *working class* de l'époque dont trop souvent l'image est un stéréotype. Son père a tout fait avant de créer sa propre entreprise. Il a vu la richesse de près dans les cuisines des grands hôtels de la Riviera où il était marmiton au sortir de la Première Guerre mondiale. Il y a compris que l'argent ne fait pas la dignité. Les manières des nouveaux riches l'ont étonné et éclairé sur la nature humaine. Ces profiteurs de guerre claquant leur fric resteront à jamais à ses yeux l'incarnation de la vulgarité. Combien de fois les a-t-il vus boire l'eau de leurs rince-doigts ! Il n'en a pas ri. Il les a simplement jugés. Il ne leur ressemble pas. Il est grand, droit comme un I, imposant même. Pour masquer les angoisses qui le tenaillent après avoir connu deux guerres mondiales et vaincre son penchant pour la solitude, ce colosse aime célébrer la vie et l'amitié. Il est généreux sans ostentation. Sans doute est-ce la musique qui l'a fait tel qu'il est. Il lui a toujours suffi de prendre un instrument entre les mains pour savoir en jouer. Ce don n'en fait pas un surdoué mais il l'a mis au service des autres. Il a formé un orchestre et animé des bals sur les places publiques quand la fabrique de crayons qu'il avait rachetée à l'âge de trente ans lui en laissait le loisir.

Cet artiste à sa manière a transmis sa sensibilité et ses peurs à son fils. Dès l'adolescence, Edgard aime dessiner, peindre, chanter et monter sur les planches. Cette insouciance dissimule une haine des armes et un effroi devant le sang qui coule. Il a hérité de sa mère la gentillesse des gens modestes. Élevée par une marâtre, celle-ci n'a pas eu la vie facile, pourtant jamais elle ne s'est plainte. Quand l'entreprise familiale leur apporte enfin un peu d'aisance, elle ne change rien à ses habitudes. Le paraître n'est pas son affaire. Elle aime plus que tout son fils et le protège. Ces gens-là restent à leur place. Ils n'ont pas fait d'études et le temps n'est pas encore venu où l'on pousse ses enfants vers les cimes par les chemins pentus de l'instruction laïque. Leur unique descendant n'ira pas au-delà du brevet élémentaire, qui était alors un beau diplôme. Sa voie est tracée, comme il aime le dessin il sera fabricant de crayons à papier comme son père. Ou coureur cycliste car il a le cœur d'un champion et pourrait faire des miracles sur un vélo. On ne rêve pas haut dans leur monde mais on rêve tout de même. Il est très beau avec ses airs d'acteur américain, séducteur, mince, yeux bleu pâle, cheveux abondants coiffés en arrière à la manière de Rudolph Valentino. Le fils apprend son métier à la dure, dès l'âge de quatorze ans, tout en s'imaginant triompher sur des planches ou maillot jaune du Tour de France sur les épaules. Il sait qu'il vit une enfance heureuse dans cette bourgade animée où se conjuguent petite industrie et arboriculture. Il y a un cinéma, le César, installé dans une ancienne chapelle des Pénitents blancs, où l'on se presse. Edgard y jouera parfois avec ses camarades théâtreux. Il vient d'avoir seize ans quand éclate la guerre en septembre 1939. Ce n'est pas un garçon fantasque ou léger mais il a l'insouciance qui va avec cet âge. *La vita è encora bella.*

Le temps n'est pas tout à fait venu pour qu'il rencontre sa future femme. Elle n'est pourtant pas loin. Moins d'un kilomètre les sépare, rien cependant ne les rapproche ! Et sa vie est peu ordinaire. Elle n'est pas née dans ce Sud où ses grands-parents se sont réfugiés. Sa mère, Judith, a épousé un banquier juif alsacien, Baruch Sfrec. Un mariage arrangé, heureux et bref. Elle a très vite aimé cet homme plus âgé qu'elle. Sa fille Ava est née pendant l'été 1923 à Strasbourg, deux après ans leur union. Le vent a alors mal tourné. Conséquence de la Grande Guerre qui lui a fait perdre sa clientèle allemande, la banque Sfrec est tombée en faillite et les ennuis judiciaires ont suivi. Six mois après sa naissance, Judith, bébé dans les bras, revient dans sa famille après un divorce imposé par son père, sévère patriarche à la grande barbe blanche, pour que le déshonneur carcéral de son gendre n'atteigne pas les siens. Sans doute la peur guide-t-elle aussi sa conduite inflexible. Cette banqueroute sonne trop juive pour cet homme qui ne veut être que français. L'épisode devient un secret de famille et la jolie Ava une enfant sans père. Elle ne le croisera que furtivement sur le quai de la gare d'Aix-en-Provence, accompagnée par une bonne aussi fidèle que discrète. Pauvre paria qui n'eut que le tort de n'avoir pas su échapper aux répercussions financières d'un carnage mondial. Son emprisonnement fut de courte durée mais sa belle-famille ne le réhabilita pas. Son droit de visite fut rythmé par les coups de sifflet des chefs de gare. Trois à cinq minutes pas plus et pendant de maigres années. En 1928, il ne vint plus. Une voiture l'avait soi-disant fauché dans une rue de Colmar. Personne dans son ascendance maternelle n'eut le feu vert du patriarche pour aller lui rendre un dernier hommage. Pas d'infamie pour Ava Sfrec, ce patronyme imprononçable venu d'on ne sait où et que Jacob a adopté dans sa vie professionnelle pour faire revivre sa mère et ce grand-père inconnu. Nul n'a jamais pris le temps d'en remonter l'histoire, pas même lui, qui en a pourtant fait son masque.

Sa mère et sa grand-mère se retrouvent dans un cocon protecteur après cette tempête bancaire. L'enfant est ravissante, joyeuse, douée pour le piano au point de devenir une merveilleuse interprète de Chopin. Bien entendu, les études sont une obligation dans ce milieu bourgeois. C'est une bonne élève, en route pour passer le baccalauréat, ce qui n'est pas alors le lot commun des filles. Elle est promise à des études supérieures. Elle fait partie de cette avant-garde de jeunes femmes qui veulent échapper au destin de mère au foyer et entendent travailler. La porte leur est entrouverte, elles la bousculent en obtenant de meilleurs résultats que les garçons. Mais les événements trop souvent brisent rêves et projets. Éclate la Seconde Guerre mondiale, adieu études, rendez-vous avec la peur.

Comment ont-ils pu réchapper de ce drame et ne pas finir comme tant de martyrs dans les camps d'extermination nazis ? La réponse est simple : bien que des rafles y aient eu lieu dès le mois de décembre 1942, la ville où ils résident est peuplée de Justes. Même parmi les salauds qui ont rejoint la milice, il n'y aura aucun corbeau pour les dénoncer. Les Israélites qui vivent là sont protégés par tous ces gens, braves ou pas, pour qui balancer un youpin serait, j'en fais l'hypothèse optimiste, trahir l'idée qu'ils se font de l'honneur. Certains, sans doute, furent tentés de les livrer, ils ne passèrent pourtant pas à l'acte, effrayés peut-être de se retrouver parias parmi les leurs, voire abattus pour délation. Pas d'autre explication à chercher dans cette cité du Sud Luberon à jamais fière de son comportement irréprochable, payé du massacre de quarante innocents en juin 1944.

C'est évident, « il s'est passé quelque chose » dans ce gros bourg de sept mille habitants qui a fabriqué la conscience politique de Jacob et nourri en lui cet espoir que l'on trouve dans une phrase plusieurs fois répétée dans ses écrits à partir du milieu des années 1990 : « Il n'y a rien de mieux que le mariage de la démocratie et de la République. » Alors qu'il vient de renoncer au grand reportage et à des années de travail sur l'inhumanité, il se dit que seule cette union peut guérir les êtres humains de tout fanatisme idéologique. Il manifeste aussi dans certaines notes personnelles un rejet virulent du nationalisme étriqué qui rejaillit autour de lui. Il y voit, je le cite, « une recherche mortifère d'un passé révolu et à jamais éteint ». Il exalte à la fois l'universalisme et la diversité mais s'inquiète du culte galopant de l'identité. Bien qu'il ne le suive pas sur tous les sujets, il me semble que, à partir de ce moment-là, il se passionne pour les écrits de Charles Péguy. Après sa disparition, *Notre jeunesse* traînait sur sa table de travail, preuve évidente qu'il avait consulté ce livre récemment. Une page en avait été maladroitement cornée d'une main qui devait trembler et un passage y avait été souligné en bleu : « On prouve, on démontre aujourd'hui la République. Quand elle était vivante, on ne la prouvait pas. On la vivait. Quand un régime se démontre aisément, commodément, victorieusement, c'est qu'il est creux, c'est qu'il est par terre. Aujourd'hui, la République est une thèse [...] Quand un régime est une thèse, parmi d'autres, (parmi tant d'autres), il est par terre. Un régime qui est debout, qui tient, qui est vivant, n'est pas une thèse. » Dans la marge, Jacob avait écrit d'un trait appuyé, visiblement rageur : « Toujours vrai ! »

Mon enquête m'a permis d'explorer le contenu de sa bibliothèque faite de plus de quinze mille ouvrages. Elle témoigne de l'immense intérêt qu'il portait à cette question républicaine souvent abordée dans les chroniques qu'il a pu écrire dans la deuxième partie de sa carrière. Il n'a cessé de changer de journal, de statut, fuyant le confort des situations acquises. « L'immobilité, c'est la mort », écrit-il dans un carnet à l'âge de trente ans alors qu'il vient de démissionner, sans le moindre parachute, de *Vues*, le prestigieux magazine dans lequel il est entré à tout juste vingt-deux ans pour parcourir le monde de l'horreur. Son instabilité professionnelle n'est qu'apparence. Dans tous ses choix, il est animé par la passion républicaine qui dicte sa vie. Dans un autre carnet daté de mai 1995, alors qu'il vient de décider de ne plus travailler que sur la France pour sortir des charniers du XXe siècle, il note brièvement : « En raison des polémiques qu'il suscite, lu *Voyage au centre du malaise français* de Paul Yonnet. Pas gai pour mon retour dans l'Hexagone. Fin de la nation, de l'universalisme français et de son projet égalitaire. Rdv dans 20 ou 30 ans pour le pire, selon Yonnet. Pourvu qu'il se trompe ! »

Je ne peux dissimuler que ses convictions souvent empreintes d'un tas de vieilleries m'ont d'abord perturbé et irrité. Je suis très sensible à toutes les formes d'inégalité et d'oppression. Ce sentiment est d'autant plus affirmé chez moi que j'ai grandi dans cette région bordelaise marquée par près de deux siècles de traite négrière. Dès l'âge de quatorze ans, j'ai posé des questions sur ces cent cinquante mille Noirs déportés vers les Amériques depuis les rives de la Gironde. « Le passé est passé », me répondaient mes parents, indifférents à cette histoire. L'hypothèse d'un privilège blanc me semblait assez pertinente et j'avais le sentiment d'avoir passé mon enfance dans son cocon. Ma révolte s'est tempérée au fil de mes études supérieures et surtout en enquêtant sur Sfrec. Je n'adhère plus à l'idée qu'on peut charger l'homme blanc de tous les maux de la terre sans autre forme de procès. En me plongeant dans l'univers de Jacob, j'ai constaté qu'il ne théorisait rien mais, dans ses reportages de guerre, transparaît clairement qu'il ne voit aucune différence innée entre les hommes et les peuples. Souvent, il repousse violemment cette idée. En revanche, il suggère que la géographie et l'environnement naturel dans lesquels ont évolué les multiples sociétés humaines ont créé de terribles inégalités. Ces déséquilibres, en particulier dans la répartition des richesses, éclairent, selon lui, les rapports de puissance au fil des siècles, les forces et les faiblesses des unes et des autres, les conquêtes et les asservissements.

Les réflexions que ces écrits m'inspirent sont balbutiantes. Je les nourris désormais de nombreuses lectures pour ne pas m'enfermer dans un système de pensée. Par exemple, si je suis sensible au puissant mouvement égalitaire né au sein de ma génération et si je m'intéresse à la dénonciation « woke » de toutes les formes d'injustice, je redoute qu'ils engendrent des aveuglements idéologiques désastreux. Après celle de l'homme blanc, d'autres mises en accusation se dessinent et une mécanique de fissiparité identitaire se met en marche qui me trouble à présent. Sfrec n'a rien écrit de précis sur ces sujets, mais j'ai relevé ces mots griffonnés dans un carnet au retour d'un théâtre de guerre : « Même si elles ont au départ les meilleures intentions, les révolutions et les idéologies marchent toujours sur un fil puis tournent mal. » Mes interrogations ne vont pas, je l'avoue, sans une certaine lâcheté. Devant mes amies et amis, je fais profil bas. Pendant mes douze mois au sein de la rédaction du *Corsaire*, je me suis bien gardé de livrer mon point de vue quand surgissaient des débats sur ces sujets. Au terme de mon exploration de la vie de Sfrec, qui est aussi une expédition dans les ténèbres du XXe siècle, je sais néanmoins que je suis différent. Fini le syndrome de l'imposteur ! Je reste sensible aux questions soulevées par mes congénères mais, désormais, je me sens davantage moi-même, c'est-à-dire capable, comme Jacob me semble-t-il, d'une pensée libre, autonome et ouverte. Jamais je n'accepterai d'être assigné à résidence dans une utopie, une idée préconçue ou un prêt-à-penser.

3
Thanatos

La mère de Jacob est morte à l'âge de quarante-neuf ans, à la fin du mois de mai 1973, foudroyée en quelques semaines par un cancer du pancréas. Un demi-siècle plus tard, Sfrec ne pouvait l'évoquer, ai-je découvert, sans avoir encore les larmes aux yeux. Fils unique, il l'avait adorée seconde après seconde pendant les vingt-cinq années où elle avait été à ses côtés. Elle l'avait couvert d'une affection de mère juive d'autant plus grande qu'elle avait perdu un bébé deux ans avant sa naissance. Marqués par ce décès et les souffrances qu'ils avaient connues pendant la guerre, Ava et Edgard avaient décidé de n'avoir qu'un enfant. Ils vivaient l'instant avec optimisme mais regardaient toujours l'avenir avec inquiétude. Après la Shoah, faire le bonheur de Jacob leur semblait déjà un défi considérable.

La tendresse, la gentillesse et la générosité de cette mère n'avaient pas de limites. Pour Jacob, elle n'était qu'amour et vigilance au point de dire : « S'il le fallait, je me prostituerais pour le protéger. » J'en ai acquis la certitude, Jacob n'a jamais oublié son ultime rencontre avec Ava. Quelques notes éparses trouvées dans un carnet de deuil m'ont permis de la reconstituer. « Elle est là, plongée dans un profond coma, de l'autre côté d'une vitre, inatteignable, agonisant seule dans la chambre stérile d'un hôpital marseillais. Pendant de longues minutes mon regard s'attarde sur elle et le désespoir m'envahit. Plus jamais elle ne me prendra dans ses bras comme si j'étais toujours un enfant qu'elle doit protéger. Plus jamais elle ne me glissera à l'oreille : "Comment va mon petit homme ?" Plus jamais, je ne pourrais l'appeler pour le seul plaisir d'entendre le son rassurant de sa voix. Plus jamais je ne connaîtrai le bonheur. »

Edgard et Jacob sont flanqués du médecin qui veille sur elle. Son visage est livide. Il est broyé par la fatigue, les yeux rougis de ne presque jamais dormir, la peau terne, désemparé de ne pouvoir vaincre la mort qui s'avance. Le père et le fils sont des naufragés, serrés l'un contre l'autre pour ne pas se perdre dans leur désespoir. Ils regardent intensément Ava pour en garder le souvenir.

Bouleversée d'apprendre par Edgard que les jours de cette femme qui continuait à la considérer comme sa fille malgré sa séparation avec Jacob étaient comptés, Miriam a sauté dans un avion. Elle est juste derrière le père et le fils, une main sur l'épaule droite de Jacob car elle sait que cet homme qu'elle a passionnément aimé va tituber, fracassé par la mort de sa mère. Grâce aux drogues, le beau visage d'Ava ne présente aucun signe de souffrance.

Au fond de lui, Jacob espère qu'elle devine leur présence et veut leur offrir la plus belle des dernières images. À cet instant, il décide de porter dans son métier son nom de jeune fille pour qu'elle ne meure jamais et que le nom de son grand-père condamné soit réhabilité. Plus tard, il découvrira le journal que Roland Barthes a écrit après la mort de sa propre mère. Jacob a griffonné ces quelques mots à la fin du livre : « Comme Barthes, je vis depuis la mort de maman un quotidien de deuil. Plus qu'ineffaçable, elle est irremplaçable. Enfant, elle recourait parfois au yiddish pour me parler. Me prenant dans ses bras lors de mes nuits de terreur enfantines, elle m'appelait son "petit *mensch*" et passait des heures à m'apaiser. J'avais le sentiment que ses grands yeux ambrés ne me quittaient jamais, même lorsque j'étais loin d'elle. Ils m'observent encore. Bien de mes décisions sont prises sous ce regard qui ne cesse de veiller sur moi. Combien de fois ai-je secrètement pleuré en pensant à elle. Pas une journée sans elle depuis son départ. Un jour proche ou lointain, la mort me prendra par la main, je ne lui résisterai pas, je cesserai de me battre pour vivre car je sais que sur ce chemin, tel Orphée se retournant vers Eurydice, je ferai tout pour rester avec elle dans le monde des défunts. »

Edgard lui aussi fut anéanti par cette disparition et n'eut d'autre recours pour ne pas se suicider que de voyager et de multiplier les aventures amoureuses. Pouvait-on lui en vouloir ? Jacob savait qu'en dépit des apparences, la blessure était si profonde qu'elle ne cicatriserait jamais. Il lui en a laissé la preuve lors de son étrange décès. Tous les dimanches soir, Jacob avait son père au téléphone. Jamais il ne se plaignait. Il ne s'inquiétait que de son fils sans pour autant encombrer son existence. Avec le recul, Jacob se prit à croire qu'il appartenait sans le savoir à la famille des stoïques. À ses yeux, la vertu était un bien essentiel. Il détestait la violence, la chasse, la cruauté. La guerre avait laissé cette ineffaçable empreinte. C'était un homme pudique, plutôt solitaire sans être asocial. Il n'étalait pas ses sentiments. Jacob avait pris la mesure de sa profondeur le soir des obsèques. Cet homme avare de mots avait confié à son fils et à Miriam : « Je n'ai vécu que par elle et pour elle. Sa générosité et son amour de l'autre étaient sans limite. J'ai essayé d'être digne d'elle. L'existence est injuste, j'aurais dû partir avant elle tant elle avait encore de bonté à offrir. Je n'en ai, hélas, pas autant. » Jamais Jacob n'avait vu son père dans une telle détresse. Edgard s'est éteint ce jour-là, même s'il a continué à vivre et à donner le change pendant encore une trentaine d'années. Il faisait porter des roses toutes les semaines sur sa tombe mais refusait de se rendre lui-même au cimetière. « Ce serait reconnaître qu'elle n'est plus de ce monde », avait-il dit à Jacob. Pourquoi la vie a-t-elle été aussi injuste pour ces deux êtres que Jacob a tant aimés et qui lui ont tant donné ? Au dos de *Nighthawks,* le tableau d'Edward Hopper qu'il a copié à la demande de son fils bien après la disparition d'Ava, Edgard a écrit ce mot : « solitude ». Comme la guerre, elle a écrasé son existence jusqu'au bout.

Le père de Jacob est parti tout seul à quatre-vingts ans en 2003. Sans doute s'est-il levé pour faire comme chaque jour quelques minutes d'exercices physiques. Son cœur, qui avait été celui d'un champion dans sa jeunesse, a probablement sonné l'alarme. Il s'est allongé sur son lit pour en calmer les battements devenus beaucoup trop lents comme cela lui arrivait quand surgissait sans prévenir un malaise vagal. Sa vie est alors partie en cavale. Son cadavre est resté pendant trois jours dans cette chambre avant qu'on ne le découvre. Il s'en est allé avec cette discrétion qu'il mettait en toutes choses. Un jour, en veine de confidences, le si discret Eugène Solonet, en charge de la succession d'Edgard à la demande de Jacob, me confia que ces trois journées étaient restées dans la mémoire de Sfrec comme un éternel remords. Il était hanté par l'image du corps de son père sur sa couche, par ce départ solitaire, sans mot d'adieu, abandonné devant la mort. Sur une feuille volante, Jacob a écrit : « J'espère qu'il a eu le temps de penser qu'il allait rejoindre maman et qu'il en a été empli de bonheur. »

Alors qu'il se protégeait de toute intrusion dans sa vie, Jacob avait, toujours selon Solonet, tiré un constat de ce douloureux épisode : on n'en sait jamais assez sur les gens qu'on pense aimer, parents ou amis. Ils sont si proches que la curiosité s'arrête aux portes de leur vérité. Il en est allé ainsi pour moi. En me comblant d'affection monétaire, mes parents ont alimenté mon indifférence. Une histoire de nanti. J'appartiens à une vieille famille bordelaise sans le moindre quartier de noblesse qui a fait fortune dans le négoce du vin, traversé la Seconde Guerre mondiale sans gloire mais sans grand déshonneur sinon une passivité que je juge aujourd'hui coupable. Depuis longtemps, notre nom, Guillaume, a pignon sur rue à Paris. Dresser l'état de mon patrimoine n'a aucun intérêt. Je ne suis qu'un héritier choyé, comme ma sœur aînée, par des parents, héritiers eux-mêmes, toujours absorbés par leur travail et leur besoin jamais assouvi de possession. Ils en sont morts en 2019 alors que j'avais vingt-trois ans. Ils se sont écrasés sur un platane, trop pressés d'aller sceller une nouvelle acquisition, un vignoble prestigieux dont ils rêvaient alors qu'ils possédaient déjà deux très grands crus. Devant leurs cercueils, alors que je pleurais leur disparition, j'ai réalisé que je ne les connaissais guère et ne les aimais que formellement. Mes larmes n'en furent pas séchées pour autant mais une enclume écrasa ma poitrine et mon émotion. Je me vis comme un bateau s'éloignant de son port d'attache, ignorant quel cap prendre et je craignis qu'il en soit ainsi pour toujours.

Âgée alors de trente-quatre ans, ma sœur fut heureuse de découvrir que je me moquais bien de la société familiale que ce double décès décapitait. De onze ans mon aînée, elle avait été élevée pour en prendre les rênes. Mes parents avaient imaginé que mon destin serait ailleurs, ils me voyaient énarque, grand serviteur de l'État, pourquoi pas ministre, membre éminent de cette société superficielle qu'ils recevaient à leur table parisienne du 7e arrondissement dans l'espoir d'y trouver une place et une reconnaissance autre que celles qu'ils avaient acquises dans les affaires. Dans leur immense appartement décoré par un designer en vogue, ils servaient leurs meilleurs millésimes à des invités qui venaient juste se goberger et les oubliaient à peine repartis dans leur monde élitaire. J'avais intégré Sciences Po pour leur complaire et obtenu mon diplôme en même temps qu'une maîtrise de droit à la Sorbonne. Allez savoir pourquoi je me suis lancé dans ces études juridiques ! Une idée suggérée au détour d'une conversation avec mes parents. Rien de plus. Je lisais surtout frénétiquement et, contrairement à Sfrec, j'avais avalé *Guerre et Paix* à dix-huit ans sans en tirer, je dois l'avouer, le moindre enseignement. J'ingurgitais la littérature avec l'espoir d'y acquérir les ressources nécessaires pour réaliser mon rêve secret : devenir journaliste ou écrivain. Inutile de préciser que cette perspective n'enthousiasmait guère mon père et ma mère. Ils s'y résignèrent en pensant que leur ami Martin Cénabre m'ouvrirait, si nécessaire, les portes du *Corsaire*. Il le fit, en effet, trois ans après leur mort quand je vins frapper à sa porte après mes deux années passées à faire ici et là des piges dans des magazines de second ordre sans y trouver la moindre renommée. On sait ce qu'il advint de mon passage dans cet hebdomadaire où, sans que je m'en plaigne, Cénabre m'avait accordé le Smic. J'étais le rejeton que la famille Guillaume avait casé là faute de pouvoir faire de lui autre chose qu'un scribouillard de troisième zone. Ainsi vont les stéréotypes sur les riches héritiers. Ils ne peuvent être que des bons à rien et des usurpateurs profitant de la fortune de leurs brillants ascendants, jouissant de leur passé connu de tous et gaspillant l'avenir. Bref, une histoire pré-écrite faite de poncifs qui ne trouvent d'ailleurs aucun écho dans l'existence de Sfrec.

Jacob dut, en effet, attendre longtemps avant de découvrir les détours de la personnalité de son père.

Edgard avait laissé dans ses rares papiers personnels un modeste récit. Son écriture était presque illisible. Il fallait avoir l'âme d'un Champollion pour la déchiffrer. Quand Jacob l'a lu, je suis certain qu'il s'est passé « quelque chose ». Alors que mon histoire familiale a toujours été scintillante comme les grands crus de nos vignobles, la sienne, me semble-t-il, s'est enfin éclairée à travers ce récit de guerre et peut-être a-t-il réalisé que l'espérance parfois résiste au désenchantement.

4
Un couple

Lorsqu'il écrit ce texte, Edgard a cinquante et un ans. Il le fait avec le vieux stylo-plume en bakélite noire 18 carats qu'il a reçu de son père. Le préambule est bref : « Je commence mon histoire ce jour au milieu de ma collection de crayons. Un an déjà qu'Ava est morte. Il m'arrive quelques fois d'avoir des moments de lassitude tant il est difficile de faire vivre cette petite entreprise face aux grands fabricants depuis qu'Ava n'est plus là pour me soutenir. Je n'ai plus envie de poursuivre mon travail. J'ai donc décidé d'écrire cette histoire, mon histoire. Peut-être inspirera-t-elle à Jacob un roman… » Mais l'essentiel est dans la suite. Son père y dépeint le quotidien de la guerre et s'y met à nu.

Un doute m'a taraudé. Avais-je le droit de divulguer ce document intime ? J'ai longtemps hésité mais, après tout, Edgard a lui-même donné son feu vert à Jacob pour son utilisation. Je redoutais également que ce détour testamentaire m'éloigne trop longtemps du sujet de mon enquête. J'ai levé cet obstacle en considérant qu'il me fallait suivre le fil d'Ariane tendu par Jacob lui-même : après n'avoir cru qu'à la vie devant lui, il avait fini par se dire que seules comptaient les limbes de l'existence. Nul doute qu'on plonge dans les siennes à travers ce manuel de survie. On y découvre un homme et une femme qui souffrent sans jamais renoncer. Tel est leur héritage. Pourquoi Jacob n'a-t-il pas su en faire son propre bagage ? Quelque chose s'est passé qui a gommé les leçons d'Edgard et d'Ava.

« La sirène hurle violemment, accompagnée par les cloches qui sonnent le tocsin à toutes volées. Nous sommes le 3 septembre 1939. Il est midi. Ce vacarme angoissant annonce la déclaration de guerre de la France à l'Allemagne. En écoutant ce tintamarre, je suis à cent lieues de penser que mon destin est train de se décider et que je ne pourrai rien y changer. Il va m'entraîner dans des moments de grand bonheur mais aussi me précipiter dans de grandes douleurs.

Après que tout ce bruit s'est tu, la terrible nouvelle nous assomme. Bien sûr, depuis plusieurs mois, nous pensons que cette guerre est inévitable, chacun espère cependant dans son for intérieur qu'elle n'adviendra pas.

Comme beaucoup d'hommes de son âge, mon père est mobilisé. Je reste seul avec ma mère et mon grand-père. Mes parents ont alors une petite entreprise qui fabrique des crayons à partir de planchettes de bois et de plombagine. Heureusement réquisitionné au début des affrontements à seulement trente kilomètres de chez nous, mon père vient souvent nous rejoindre le soir en semaine pour préparer les commandes. Je mets la main à la pâte et débute ainsi, sans y prendre garde, dans ce métier qui va me donner le goût du dessin et de la peinture.

Au mois d'octobre, je retourne au collège et retrouve mes camarades. Ces temps troublés ont amené des gens nouveaux dans notre région et leurs enfants se retrouvent à l'école. J'ai seize ans et j'effectue ma dernière rentrée scolaire. Avec mes amis, nous connaissons des jeunes filles de notre âge mais les amours de cette époque sont beaucoup moins libres qu'à présent. Tous les jours après l'école, avec mes camarades de classe, nous attendons la sortie de l'étude des filles puis nous rentrons chez nous en groupe. La vie s'écoule ainsi malgré les menaces de la drôle de guerre. Nous profitons de toutes les occasions pour faire des sorties à bicyclette. Le cinéma le César est notre seule distraction. Il n'y a plus de bals.

Je me joins aussi à une autre bande de jeunes de mon âge. Ils préparent des soirées théâtrales dont les bénéfices sont versés au Comité des prisonniers de guerre. Jouer la comédie m'amuse. Même si la période est peu réjouissante, nous rigolons tous ensemble. De mon côté, je change, je deviens plus bringueur. Comme nous ne savons pas ce qui nous attend et que les privations sont de plus en plus nombreuses, nous songeons surtout à bien manger et bien boire. Les réveillons, les anniversaires, toutes les occasions sont prétextes à faire la fête. Nous y passons la nuit et les lendemains sont parfois difficiles.

C'est ainsi que se déroulent 1940 et 1941. Mon brevet élémentaire en poche, je cesse d'aller au collège et travaille aux côtés de mon père dans l'usine de crayons. Au cours de l'année 1942, des amis plus âgés que moi sont appelés aux chantiers de jeunesse qui remplacent le service militaire. Les Allemands deviennent plus méfiants. Les mouvements de résistance s'organisent et se dévoilent en passant à l'action. Au mois d'octobre 1942, je suis à mon tour appelé à rejoindre un camp Jeunesse et montagne dans les Pyrénées. La pilule est amère mais je ne peux reculer. Je pars pour Luchon qui n'est qu'une parenthèse de deux mois. Les Allemands font évacuer toute la frontière espagnole car de nombreux résistants la franchissent clandestinement pour rejoindre l'Angleterre. Nous sommes donc expédiés dans les Alpes mais faisons en chemin une halte d'un mois près de Toulouse, enfermés dans un vaste cantonnement grillagé à deux cents mètres du camp de Noé où sont parqués des civils, pour la plupart des Juifs et des Républicains espagnols. Je découvre avec effroi ce que sont la concentration et sa violence sauvage. Nous sommes ensuite transférés à Gap puis dans la vallée du Valgaudemar au cœur du massif des Écrins. L'année 1943 est la pire bien que l'on pressente déjà la fin de la guerre. Je reste dans les Alpes de juin à octobre. Des équipes font de la coupe de bois dans les montagnes. Je me débrouille pour travailler dans un bureau du camp à Aspres-lès-Corps. On y mange mieux, ailleurs on manque de tout. Il m'est également plus facile d'obtenir des permissions.

Au début du mois d'octobre 1943, alors que j'ai eu vingt ans, je repars chez moi dans le Luberon. Se ravitailler est difficile, même si mon père, démobilisé après la défaite de juin 1940, parvient à trouver du pain, de la viande et des pommes de terre grâce à son ami Roger, chef de la résistance locale. Je reprends le travail dans l'atelier de crayons. Je retrouve des amis restés au village. Beaucoup cependant sont partis se cacher dans les montagnes environnantes pour échapper au Service du travail obligatoire que viennent d'instaurer les Allemands et entrer dans la Résistance. Ma classe est à son tour appelée au STO, j'ai la chance d'être affecté chez moi. Le hasard va alors changer le cours de ma vie.

Un soir, je me rends à un spectacle destiné à financer des colis aux prisonniers. Bien des participants sont des copains. Il y a également des nouveaux venus, garçons et filles. Assistant aux répétitions, je fais la connaissance d'Ava. Elle joue si bien du piano que je tombe sous son charme. De taille moyenne comme moi, elle a des cheveux d'un noir intense ondulés coupés assez court, de grands yeux ambrés, un sourire éclatant, très joyeux et bienveillant. Chaque fois que je la vois, je tente de me placer au plus près d'elle. Un dimanche soir, alors que nous nous sommes tous donné rendez-vous au César, mon existence est soudain bouleversée. Toute notre petite équipe de garçons se retrouve sur le côté gauche du balcon, le rang de devant est réservé aux filles. Je m'assois au bout de la rangée contre le mur. Ava s'installe juste devant moi. Nous bavardons au début de la séance puis à l'entracte. Quand vient enfin le film, je lui caresse doucement le cou, elle ne s'écarte pas, ne proteste pas, bien au contraire, elle me prend la main et la serre très fort. Je ne songe qu'à un flirt sans conséquence et je me dis que je ne suis pas mal parti. Je propose à Ava de la raccompagner, je la prends par le bras et la presse un peu contre moi. Nos premiers pas. Nous nous revoyons par la suite sans aller plus loin mais en cherchant à toujours nous retrouver l'un près de l'autre.

Ava se prend au jeu plus vite que moi. En février 1944, alors que nous avons enterré mon grand-père paternel le matin même, je suis au café avec une amie, juste en face de l'arrêt du car qui arrive d'Aix-en-Provence où Ava prépare sa première année universitaire. Nous parlons de nos amours respectifs. Elle me confie alors qu'Ava est très éprise de moi et qu'il serait préférable que je prenne une décision. Tout se précipite. À peine est-elle descendue du car que je lui propose de nous marier. Elle est très heureuse et en parle le soir même à sa mère et à ses grands-parents. J'aborde de mon côté le sujet devant mes parents qui ne sont pas surpris et ne font pas de difficultés. Pour la forme, ils émettent quelques objections, je suis jeune, je n'ai pas encore vingt et un ans, je peux, disent-ils attendre un peu, mais je suis résolu. Même si mes parents me laissent très libre, je veux être indépendant et quitter la maison familiale.

Je peux l'écrire à présent, je suis aussi très fier d'épouser une Juive. C'est ma réponse aux nazis, à leurs horreurs, aux souffrances et tortures qu'ils ont fait subir aux Israélites. Ava me présente à sa famille. La tablée est impressionnante car sont réunis là par la guerre sa mère, ses grands-parents, sa tante et son oncle, ses deux cousines germaines et une autre cousine qu'ils ont baptisée « la grande Louise ». Ava vient à son tour à la maison. Il faut d'autant plus respecter les formes que nous venons de milieux si différents ! Personne cependant ne met d'obstacles à notre union. Nos deux familles se rencontrent et se découvrent. Un respect mutuel s'impose vite et même une forme de complicité entre mon père et le grand-père d'Ava, tous deux travailleurs acharnés. La guerre a gommé bien des différences. Nous fixons la date de la demande en mariage au mois d'avril. Elle a lieu lors d'un apéritif en compagnie de mes parents dans la très belle demeure qu'habite la famille d'Eva. Les fiançailles sont célébrées en mai 1944. Nous organisons pour nos amis ce que l'on appelle alors une surprise-partie. Ava met entre parenthèses ses études à Aix. Nous nous voyons tous les jours, après le déjeuner jusqu'à quatorze heures, le soir à dix-huit heures, puis après le dîner. Je vais dans sa famille. Elle vient chez moi. Nous sortons avec sa cousine Aliza, nous retrouvons nos amis dans nos cafés préférés. La guerre est certes très présente mais peu à peu sa menace s'éloigne. Depuis le début du mois de juin, nous suivons la situation militaire et comprenons que la fin approche. Le 15 août 1944, les Alliés débarquent en Provence et le 28, le jour des vingt et un ans d'Ava, nous avons la joie de voir les Américains libérer notre ville qui avait vécu une tragédie deux mois plus tôt.

Le 12 juin, l'horreur nazie a fracassé notre vie et l'a bouleversée à jamais. Une division de la Waffen-SS qui avait quitté la côte méditerranéenne et remontait en urgence vers la Normandie s'est détournée de son chemin dans la vallée du Rhône pour liquider la Résistance très active dans notre ville. Des centaines de chars vrombissant comme des fauves enragés ont foncé sur elle, laissant un sillage de sang dans tous les villages qu'ils traversaient. Le vacarme de cette colonne d'acier était tel que nous l'avons entendu plus d'un quart d'heure avant que le centre-ville soit cerné. Affolé, j'ai laissé mes parents pour foncer chez Ava. Je redoutais le pire pour elle, sa mère et ses grands-parents très âgés. Je les ai rapidement conduits à l'hôpital où un médecin a accepté de les faire passer pour des malades intransportables. Avec leur accord, Ava et moi avons décidé de fuir à toute vitesse dans la campagne. Nous ne sommes pas allés bien loin. Très vite, nous avons été obligés de nous plaquer au sol dans un champ pour éviter les mitraillages aveugles des Allemands tout autour de la ville. Cet enfer dura de longues minutes. Les officiers SS ordonnèrent ensuite à leurs hommes souvent ivres de rassembler sur la place de l'hôtel de ville transformée en théâtre de mort toutes les personnes qu'ils pouvaient trouver. Heureusement, ma future belle-famille fut épargnée. Comme beaucoup d'autres, mes parents ont été raflés et ont vécu des heures terribles car les Allemands voulaient exécuter toute la population. Seul le courage du maire, offrant sa vie contre celle des otages, permit d'éviter le pire mais plus de quarante hommes, suspectés d'être résistants, furent fusillés sur un mur devenu depuis un sanctuaire de désolation. Le massacre terminé, ils refusèrent qu'on récupère les corps. Quand vint la nuit, envers et contre les SS repus de sang, une partie de la population décida de les transférer dans une chapelle ardente. Le lendemain, les chars et leur armée de tueurs repartirent vers la Normandie. Je ne veux pas m'attarder sur ce que nous avons ressenti avec Ava. Nous avons raconté les faits à Jacob. Pour se rendre à l'école, il devait passer tous les matins devant le mur des fusillés. Il fallait qu'il sache. Peut-être avons-nous eu tort de le plonger dans le récit de notre effroi… »

Le texte se poursuit et décrit la vie de couple d'Ava et d'Edgard dans l'après-guerre, le bébé perdu et la naissance de Jacob dans la maison d'Ava avec l'aide d'une sage-femme. Dans sa simplicité, il dit tout de ces existences malmenées, la peur dissimulée et dominée, le dénuement que la guerre a imposé, le besoin de se nourrir, l'angoisse mais aussi l'authenticité des joies qui se glissent au milieu des drames. Les années ont passé et l'Europe a fini par oublier la guerre et croire à la paix éternelle. Sfrec n'a jamais été victime de cette amnésie. Ce texte de son père qu'il a découvert après son décès aurait pu tempérer ses tourments, je crains qu'il n'ait fait qu'aggraver sa désespérance. Dans les années 1990, il a vu la paix remise en cause sur ce vieux continent dans l'ex-Yougoslavie. En 2022, il a revu le sang couler en Ukraine, folie d'un tsar dont nul ne sait jusqu'où il est prêt à aller pour imposer ses projets de grandeur. Il y aura une fin, les armes finissent toujours par se taire et les dictatures par s'écrouler sous le poids de leurs crimes. Ou une apocalypse si l'Occident, par nécessité ou engrenage, doit affronter directement un ours russe aux réactions de plus en plus suicidaires. Tout cela a-t-il replongé Jacob dans le cauchemar qu'il n'avait cessé de vivre et d'explorer depuis un demi-siècle et sa découverte à vingt-quatre ans de la guerre dans les rizières du pays khmer ?

S'il avait poursuivi son récit au-delà des années 1940, le père de Jacob aurait pu décrire les problèmes matériels des années 1950 et les efforts de la reconstruction, l'arrivée du confort avec les années 1960, la prospérité, les sacrifices consentis pour que leur fils poursuive des études supérieures et connaisse une vie meilleure que la leur, enfin la disparition d'Ava qui est aussi la fin d'une histoire en 1973. Il se passe alors quelque chose de radical dans l'existence d'Edgard. Il a cinquante ans et plus rien n'a de sens. Certes, il tente de refaire sa vie comme on dit, mais un voile de tristesse envahit pour toujours son doux regard bleu. Le souvenir d'Ava l'accompagne à chaque instant et son avenir n'est plus que fuite en avant. Un drame assez ordinaire au fond, banal même, qui mérite pourtant mieux que cette phrase rituelle : « Il faut continuer à vivre. » Edgard et Jacob n'ont pas pu refermer le tombeau d'Ava. Ces taiseux ont camouflé leur désespoir, l'ont enfoui dans leurs catacombes intimes. Jacob, à ma connaissance, n'a jamais évoqué cette fracture ouverte devant les personnes qui l'ont connu à l'exception de Miriam, sa compagne dans ce malheur. Je suis certain qu'il s'est noyé dans ce chagrin, il ne débordait pas de ses lèvres mais, selon Miriam, il étranglait sa gorge dès que ce souvenir s'imposait soudain à lui, en fait chaque jour qui passait.

Après la lecture de ce texte, je n'ai pu m'empêcher de revisiter ma propre histoire familiale. J'ai alors compris que mon enquête n'irait pas sans une inévitable introspection. Il me faudrait voyager en moi-même pour rester à distance de Sfrec. Mes parents avaient donc disparu dans un accident de voiture alors que j'avais vingt-trois ans. J'entretenais avec eux des liens à la fois proches et peu affectueux. Les sentiments n'étaient pas de mise dans ce monde d'épigones. L'affection ne s'affichait jamais. Eux-mêmes n'avaient pas eu à se battre pour vivre. S'ils avaient tout reçu en héritage, ils avaient veillé à poursuivre l'enrichissement de cette lignée de grands bourgeois-vignerons. N'ayant pas à s'inquiéter du lendemain, ils ne se préoccupaient guère de leur progéniture, convaincus de servir de modèles à leurs enfants et certains de l'inéluctabilité de leur réussite sociale. De mon côté, je faisais le nécessaire pour satisfaire leurs attentes, des études correctes, des amis et amies de bon goût et fortunés, bref rien qui puisse les alarmer et les conduire à s'intéresser d'un peu plus près à moi et à mon désir longtemps dissimulé de devenir journaliste. Avec mes diplômes, j'avais déjà rempli le contrat implicite que j'avais avec eux avant leur mort. Après leurs obsèques, j'ai pu enfin donner libre cours à mes envies d'écriture. Je leur en avais parlé et m'étais attiré cette réponse sans surprise : « Ce n'est pas un métier. » Caprice de riche, non, passion tant j'ai lu et puisé de rêves dans leur bibliothèque, idéale aux yeux de leurs amis mais qu'ils ne fréquentaient pas ou si peu. Comment aurais-je pu vraiment aimer mes parents, puisque le paraître était leur obsession ? Je fus un bon fils mais, au contraire de Sfrec, je ne porte pas leur deuil comme une blessure inguérissable. Paix à leur âme, malgré tout. Je leur dois d'être là à écrire ce qui me chante sans me préoccuper de gagner mon pain. On me dira cynique. Si je le suis, pourquoi m'en inquiéter ? Ne suis-je pas en train d'offrir mon temps et peut-être ma vie à un homme autrement plus mystérieux et intéressant que mes « braves » parents.

5
Sarah et Nathan

Tous les témoignages que j'ai pu recueillir en sont la preuve : dès son plus jeune âge Jacob Sfrec veut arpenter le monde. La curiosité est le trait à la fois le moins visible et le plus fort de sa personnalité. J'ai appelé ça le paradoxe de Sfrec. Il se tient à distance de ses semblables tout en se consacrant à leur observation. Il n'est pas vraiment misanthrope car il n'a pas d'aversion radicale pour le genre humain. Il entend à la fois voir de près ses errements et ne jamais s'y laisser prendre. Les autres l'intéressent davantage que lui-même car il ne se trouve que peu de qualités. Il écoute plus qu'il ne parle. Il n'est pas modeste, il se juge simplement sans complaisance. Il n'apprécie guère son physique qu'il estime dénué de tout intérêt, notamment son visage de bande dessinée tourmenté de rides profondes. Son corps est certes assez bien proportionné, plutôt élancé, de longues jambes, un buste court. Rien de bien original, sur ce point tous ceux qui l'ont connu sont d'accord. Il a la silhouette d'un passe-muraille, aggravée par l'immuable banalité de ses vêtements : à Paris, pantalon gris foncé, blazer bleu marine, chemise bleu clair, cravate assortie ; en reportage, jean, tee-shirt, pull-over gris, blouson plus ou moins épais selon les saisons. Personne n'a su me définir la couleur de son regard. Il m'a fallu lire *L'océan est mon frère* de Jack Kerouac pour trouver les mots justes la décrivant telle qu'on peut l'imaginer sur les photos prises le jour de son mariage, rassemblées dans une petite boîte en carton glissée comme un secret au milieu de ses vêtements dans l'armoire de sa chambre : « Bleu pâle avec une trace de vert, et la vague promesse d'un gris de tempête. » J'aime tant cette phrase qu'il m'est impossible de ne pas m'en servir pour le décrire. S'il est toujours en vie et que je le retrouve, j'espère déchiffrer cette palette dans l'iris de ses yeux. Il ne voyait pas non plus, m'a-t-on dit, l'intérêt de ses mains aux doigts si longs et si fins qu'on les aurait crus gantés. Il les trouvait « cadavériques ». Alors que rien ne les liait encore, Miriam, sa future femme, lui assura pourtant qu'elles étaient belles. Il trouvait étrange, me dira-t-elle un jour, d'avoir conservé le souvenir de ce compliment qui, à la réflexion, fut la première marque de l'intérêt de Miriam pour lui. De son côté, lors de leur toute première rencontre, il la trouva charmante, avec ses yeux noisette et sa gorge pigeonnante évoquant la Gina Lollobrigida qu'il avait tant aimée enfant dans *Fanfan la Tulipe*. Il regarde alors beaucoup trop les filles en général pour arrêter son regard sur une seule. Elles enchantent sa vie. Il ne leur court pas après, ne cherche pas à les conquérir, il pense surtout qu'elles donnent de la lumière à l'existence. Pourquoi renoncer à les admirer, pourquoi ne les observer qu'à la dérobée ? Il adore leur compagnie et la préfère à tous les paysages qu'il a pu découvrir, aux livres qu'il a lus, aux milliers de chefs-d'œuvre qu'il a vus dans des musées ou des expositions.

Elles donnent de la fantaisie à son quotidien. Il n'en a pas la vision sexuelle d'un prédateur ou d'un séducteur, c'est leur être qui le fascine. Il estime qu'elles sont l'unique raison pour un homme de rester sur terre. Il a deux ou trois amis, plutôt des relations, qu'il apprécie sans ressentir ce sentiment que fait jaillir en lui la présence d'une femme, la conviction que chacune d'entre elles est la clé du mystère et de l'accomplissement de la vie.

Le récit qui suit me vient pour l'essentiel d'Eugène Solonet. Au fil de nos rencontres, j'ai compris qu'il était vraiment très proche de Jacob. Il dit pourtant n'en avoir jamais reçu de grandes confidences et ne parle, à son sujet, que de ce qu'il pense être certain. La disparition de Sfrec l'a plongé dans un grand désarroi et il répète, avec presque trop d'insistance, souffrir de ne pas savoir ce qu'il est advenu de lui. Si son corps devait être un jour retrouvé, il veillerait à ce qu'il rejoigne Edgard et Ava dans le caveau familial en marbre blanc où ils reposent dans le sud du Luberon. Il se dit que Jacob serait heureux de rejoindre ainsi ses parents qu'il a tant aimés et admirés.

C'est à Aix-en-Provence où il poursuit des études d'histoire que Miriam devient la petite amie de Sfrec. Elle achève une thèse sur les Juifs dans les États des papes d'Avignon de 1309 à 1376. Française par son père, elle est américaine par sa mère arrivée en Europe après le débarquement de juin 1944. Ses parents se sont rencontrés à Paris à la fin de la guerre en 1945.

Tous deux sont alors traducteurs. Plus tard, ils ont choisi l'enseignement universitaire et se sont installés à Aix. Ils ont gardé des liens étroits avec Sarah, la grand-mère maternelle de Miriam, jusqu'à sa disparition en 1995 à l'âge de quatre-vingt-quatorze ans. Elle vivait à New York, dernière représentante de deux familles de Juifs français qui ont traversé ensemble l'Atlantique en 1882 pour fuir eux aussi l'occupation de l'Alsace par l'Allemagne et ont uni leurs enfants uniques. Nathan, son mari, a disparu dans des conditions mystérieuses. Au printemps 1943, âgé de quarante-huit ans, le grand-père de Miriam se rend en Espagne pour gagner clandestinement la France et tenter d'y retrouver sa sœur cadette et son beau-frère demeurés à Nice avec leur fils malgré l'occupation nazie. Depuis la fin novembre 1942 et l'envahissement de la zone dite libre, il n'a plus de nouvelles d'eux et redoute qu'ils aient été raflés ou tués. Il adresse un ultime message à Sarah pour la rassurer juste avant de franchir les Pyrénées par la route de Lister, en surplomb de la Méditerranée entre Portbou et Banyuls, un chemin caillouteux de contrebandiers emprunté par les Républicains espagnols. La suite n'est qu'un long silence jamais interrompu. Enfoui comme un chien dans une fosse commune, le corps de Nathan ne sera jamais identifié, pas plus que ceux de sa sœur, de son mari et de leur garçon. Sarah gardait de lui quelques photos et relisait souvent cette phrase de Walter Benjamin décrivant si bien l'état d'esprit de Nathan lorsqu'il a embarqué pour l'Espagne : « C'est seulement à cause de ceux qui sont sans espoir que l'espoir nous est donné. »

Jacob n'imaginait pas qu'en tombant amoureux de Miriam, il ouvrait, lui, une porte sur un inconnu sans espoir. Ce qui me ramène à sa disparition. Dès que j'ai découvert le destin de Nathan, j'ai pensé que Jacob avait voulu le reproduire à la fois en s'effaçant du monde et en laissant derrière lui un éternel point d'interrogation. Il a été fasciné par le mystère de la dilution de cet homme. « Quelle belle fin que celle du prince Andrei après sa blessure pendant la bataille de Borodino, a-t-il griffonné à la fin de son exemplaire de *Guerre et Paix*. Elle me fait penser à Nathan. Comme lui, il a choisi le devoir, sauver les siens, et la mort. » Jacob avait-il quelque chose ou quelqu'un à sauver ? Et suis-je capable de dénouer cette énigme ?

Tout en explorant ces vies inconnues, je voyage en moi-même et dans ma courte existence. Puis-je y trouver des réponses ? Je suis si différent de Jacob que cette introspection pourrait bien être un cul-de-sac. Jamais, de toute évidence, il n'a éprouvé ce sentiment d'imposture qui m'a jeté dans cette enquête comme un naufragé sur une bouée de sauvetage. J'ai l'impression qu'il a toujours agi sans prêter la moindre attention aux jugements qu'on portait sur lui car il avait choisi de se faire l'implacable procureur de lui-même. J'ai relevé dans un de ses carnets cette phrase illustrée par un petit dessin au crayon de Donald Duck : « Tout laisser glisser comme l'eau sur les plumes du canard. » Il faut désormais que j'évolue psychologiquement vers lui pour appréhender ses ressorts intimes, deviner les pensées qu'il n'a jamais formulées, notamment sur Miriam, l'amour de sa vie qu'il a laissé s'envoler. Comment y parvenir ? Cette démarche nécessite que je me défasse de mes préjugés et que j'examine mes propres points de vue sans complaisance. L'exercice ne me rebute pas car la froideur que l'on m'a inculquée depuis mon enfance est proche de l'impudence, épaisse couverture quand on s'expose au vent glacial de l'autocritique. Elle permet de se protéger de la culpabilité, d'être à la fois lucide et indifférent à ses propres failles ou faiblesses.

Mes fréquentations – comme Jacob, avec qui je partage au moins cela, je ne me connais que très peu de vrais amis – me définissent souvent comme un dandy. En suis-je un ? Sans doute, si je m'en tiens à la définition qu'en fit Baudelaire dans *Mon cœur mis à nu* : « Un jeune oisif, fier, fringant, désinvolte, qui se montre aux terrasses du Boulevard et flâne dans les jardins des Tuileries. C'est un conversationniste spirituel. » Les mœurs ont certes changé mais pas les comportements et les caractères depuis l'époque du poète maudit. J'ai tant d'argent que je n'ai eu jusqu'à présent qu'à m'occuper de gérer mon temps avec une élégance et une distance calculées. On ne l'imagine guère mais il s'agit d'un travail exigeant. Il ne faut jamais décevoir, demeurer pertinent et masqué, sauf à passer pour un nanti idiot. En dépit des mauvais jours passés dans la rédaction du *Corsaire*, je ne me suis pas résigné, je n'ai pas sombré dans le pessimisme et, au fond, je ne pense pas comme Homère que « les hommes sont semblables aux feuilles des arbres ». Je ne suis pas tombé, peut-être maintenu debout par la suffisance de mon dandysme devenue une armure, sans doute aussi par une réaction d'orgueil au bord de la dépression. Pour ne pas tomber, il faut de la ténacité. Mon obsession de l'écriture n'en est-elle pas le signe ? Toujours prêt à la satisfaire pleinement et repoussant sans cesse le moment d'y céder, je l'ai trop longtemps gérée en dilettante. Grâce à Jacob, elle est enfin le seul objet de mon existence. Je vais le vampiriser pour en faire un livre et entrer enfin de plain-pied dans le journalisme.

J'ai, à présent, la certitude chevillée au corps d'avoir trouvé mon chemin de traverse, loin du parcours familial et de l'adiaphorie pyrrhonienne que l'on m'a enseignée : accepter sans s'en émouvoir le moins du monde les choses comme elles sont et comme elles vont pour se protéger des autres. Si Jacob me lisait, ricanerait-il sur mes interrogations d'enfant né avec une cuillère d'argent dans la bouche ou me dirait-il : « Et si on parlait, tous les deux ? » Je suis certain que nous aurions beaucoup de choses à nous dire. Mais cet homme est-il encore de ce monde ? À ce stade de mon enquête, je le crois plutôt dans un cul de basse-fosse sur les rivages de la Méditerranée ou bouffé par les poissons par mille mètres de fond. N'a-t-il pas noté quelque part : « Je veux mourir en regardant la mer. »

6
Paul

Pour comprendre Jacob, il m'a souvent fallu faire des pas de côté, emprunter des routes vicinales, travailler sur des histoires parallèles, m'éloigner de mon sujet, comme je l'ai fait avec ses parents, pour mieux y revenir. Il en va ainsi avec Paul qui fut son unique véritable ami, plus proche encore de lui qu'Eugène Solonet. La relation que je vais décrire est une reconstitution réalisée à partir de maigres témoignages. Faute de sources nombreuses et solides, j'ai choisi d'en faire un récit à la fois précis et fictionnalisé, notamment en imaginant les pensées et les réflexions de Jacob et de son camarade. J'ai osé me mettre dans leur peau et je ne suis pas sûr de m'être défait depuis de cette tunique de Nessus.

Au mois de mai 1968, Jacob est en troisième année de licence d'histoire et envisage déjà de faire une thèse sur l'origine des guerres avant de devenir grand reporter comme il en rêve depuis l'enfance. Comme chaque année depuis qu'il est à la fac, il part se réfugier dans la maison familiale à la pointe de la presqu'île de Giens. Ce lieu paradisiaque l'enchante et l'inspire. La bâtisse, construite dans un style espagnol, surplombe le petit port du Niel, crique naturelle où sont ancrés quelques pointus clapotant en permanence sur l'eau. Il aime le parfum qui flotte dans le jardin et la pinède, mélange enivrant de résine et d'iode. Paul, dont il est proche depuis l'enfance, l'accompagne pour réviser. Jacob nourrit une immense admiration pour ce garçon, fils de paysans, à l'intelligence lumineuse. Paul a tous les talents et il est plein d'humour. Jacob a vingt ans, il aime rire, son âme n'est pas encore grise, il apprécie la vivacité de Paul, son esprit de repartie alors que lui-même a toujours une fraction de seconde de retard dans les conversations. S'il ne se juge pas lent, il mesure avec lucidité ce déficit d'acuité et tout ce qui lui manque. Il n'utilise pas le mot défaut car ce serait une manière de se décharger de sa propre responsabilité. Il pourrait, pense-t-il, combler ses insuffisances s'il cultivait mieux son jardin. Il s'accuse de ne pas y employer assez d'énergie. Il travaille pourtant dur depuis qu'il est à l'université car il ne veut pas alourdir la charge de ses parents, il franchit les étapes sans trébucher, pour autant il n'est pas dupe de sa vraie nature. Il s'est très tôt diagnostiqué un fond de paresse et un déficit intellectuel qu'il combat avec l'ardeur d'un besogneux inquiet à l'idée de ne pas être à la hauteur des défis qu'il se fixe. Il ne s'évalue qu'à la mesure de ce qu'il ne sait pas. S'il lit énormément et travaille comme une brute, ce n'est jamais assez à ses yeux. Il considère que, toute sa vie, il devra courir après ce qu'il a négligé dans cette jeunesse que les prospères années 1960 rendent délicieuse.

Il porte comme un regret de ne pas avoir tiré les leçons de cette phrase qu'un jour son père lui a lancé alors qu'il avait quatorze ans : « Jacob, tu fais ce qu'il faut, jamais plus ! » Suivant le fil de sa pensée, Edgard avait ajouté que seul l'effort permet de s'élever au-dessus de soi-même et des autres. Ce n'est pas l'ambition de Jacob et ce ne le sera jamais. Les « autres » lui semblent toujours beaucoup plus intéressants que lui-même. Il est convaincu qu'il n'aura jamais rien à leur enseigner, en revanche, il est certain qu'il apprendra tout d'eux et de leur observation. Il a adoré Sartre en philo mais il ne peut croire à sa définition de l'enfer. Jamais il n'a considéré ou constaté qu'autrui aliénait sa liberté. Sans renoncer le moins du monde à son libre arbitre, il sent qu'il s'enrichit dans la plupart de ses échanges, amis ou ennemis, proches ou inconnus, qu'importe, tout est bon à prendre. Il ne réfléchit qu'après avoir recueilli les faits et écouté avec attention ce qu'on lui a dit, raconté ou confié. Il compare l'élaboration de sa réflexion à la fabrication délicate d'un parfum fait de multiples essences. Il accepte sans difficulté que son point de vue soit erroné et refuse d'en faire porter la responsabilité à ceux qui l'ont influencé. Bref, il est déjà journaliste, d'une curiosité sans limite, méfiant vis-à-vis de ses idées préconçues, convaincu que l'enfer c'est lui-même.

Quand, en mai 1968, la révolte étudiante envahit les rues de Paris et gagne la province, Jacob et Paul, absorbés par leurs révisions, ne bronchent pas. Par nature, ce sont des guetteurs, pas des militants. Leur éducation en a fait très tôt des affranchis. Ils comprennent assez mal cette revendication de liberté car ils ont le sentiment de déjà la posséder. Ils estiment que ce soulèvement est conduit par des fils et des filles de bourgeois corsetés dans une éducation catholique à laquelle tous les deux ont échappé. Très jeunes, ils ont compris que l'Église est une prison des âmes. Si Dieu existe, débat qu'ils n'engagent pas tant il leur semble relever de l'intime, il ne peut, à leurs yeux, que maudire ceux qui se font ses porte-parole. Paul considère que Jésus-Christ est un homme incomparable dont l'institution ecclésiale ne cesse de trahir le message. Il n'en dit pas plus sur le sujet car il n'est ni mystique ni féru de théologie. Jacob, de son côté, se reproche de ne pas consacrer plus de temps à ces questions. Toujours cette nonchalance intellectuelle dont il s'accuse et qu'il combattra chaque jour de sa vie avec un assommant esprit de sérieux.

Au milieu des années 1980, Paul voit la preuve qu'il a bien jugé les étudiants révoltés de mai 1968 lorsqu'il découvre cette phrase dans *L'Insoutenable Légèreté de l'être* de Milan Kundera : « En Italie ou en France [...] quand les parents vous obligent à aller à l'église, on se venge en s'inscrivant à un parti (communiste, trotskiste, maoïste, etc.). » Brandissant le livre et riant, il lance à Jacob : « La messe est enfin dite. Ces pseudo-révolutionnaires de 68 sont passés de l'aliénation catholico-bourgeoise à l'asservissement politico-idéologique. Bientôt, ils seront les apôtres du libéralisme reaganien et de je ne sais quoi encore ! La preuve est faite que toute revendication est le fruit d'un instinct grégaire, expression même de la servitude. La Boétie a tout dit lorsqu'il a écrit que c'est le peuple qui s'asservit, que c'est lui qui consent à son mal, voire le recherche. » Il cesse de s'amuser, s'échauffe, son visage est maintenant rouge de colère et d'indignation. Il tend le livre de Kundera à Jacob d'un geste brusque et marmonne : « Putain, Jacob, ces murailles sont indestructibles. Le monde ne changera jamais. Tu vois, notre jeunesse s'est envolée et nos rêves avec elle. Les êtres humains sont immuables. Nous n'y pouvons rien. » Il se détourne, renifle, sort un mouchoir et Jacob comprend qu'il essuie une larme. Il se passe quelque chose. Tous deux deviennent définitivement adultes à cet instant. Des hommes ni cyniques ni sceptiques mais sans illusion.

Dans leur refuge méditerranéen, les deux étudiants s'encouragent au travail. Ni l'un ni l'autre n'ont envie de traîner sur les bancs de la faculté. Ils se lèvent à l'aube, s'accordent une pause déjeuner sur le port après avoir bu un pastis léger puis ils reprennent leur tâche jusqu'au crépuscule. Ils font alors une balade le long du rivage. En fin de journée, ils se tiennent informés par la radio des événements qui secouent le pays. Quand de Gaulle disparaît quelques heures le 29 mai, ils prennent conscience de la gravité de la situation. Il faut qu'elle soit critique pour que cet homme pétri par l'Histoire ait ainsi sombré dans le désarroi. Certes, le lendemain, il reprend la main mais une tout autre période s'ouvre.

Tandis que la marée gaulliste déferle le 30 mai sur les Champs-Élysées et que le prurit de la jeunesse étudiante néobourgeoise se calme, le mouvement ouvrier s'amplifie. Jacob et Paul y prêtent beaucoup plus d'attention car ils devinent que l'affaire est autrement sérieuse. La révolte peut devenir révolution. Contrairement à la fièvre des facultés, ce soulèvement social les intéresse. Ils le suivent, en observent l'évolution. Alors que le syndicat soi-disant le plus radical a accepté un compromis en signant les accords de Grenelle, les grèves se prolongent et placent le pays sur le fil du rasoir. L'incertitude s'aggrave au point qu'Ava appelle Jacob pour lui demander de revenir dans le Sud Luberon. Elle s'inquiète de l'avenir et veut que la famille se réunisse. Avec Edgard, ils sont sidérés de voir les seize ouvriers de leur fabrique de crayons à papier se retourner contre eux. Ils les connaissent depuis toujours, ont partagé les mêmes bancs à l'école et les voient maintenant se dresser comme des ennemis. Si hostiles dans leurs revendications que les fantômes du passé rejaillissent, la peur qu'ils ont connue avec les Allemands vient maintenant d'hommes et de femmes qu'ils côtoient depuis toujours. Après avoir vécu une guerre mondiale, ils redoutent de plonger dans une guerre civile.

Jacob obéit à leur requête et Paul le suit. Il revient dans le foyer familial. Il n'a que vingt ans et ne redoute rien. Il s'étonne de l'inquiétude de ses parents mais fait l'effort de la comprendre. Il songe au poids du passé, à ce qu'ils ont traversé, à leurs angoisses enfouies et soudain réveillées. Il ne leur en veut pas de le presser de refermer les pages si heureuses de son adolescence. Le temps de la légèreté s'achève.

Pour Paul, cette page est déjà tournée tant les difficultés le cernent. Il porte sur ses épaules le poids d'une famille décomposée par la pauvreté et se bat pour la sortir des ornières. Jacob admire sa ténacité, sa volonté toujours conjuguée à une certaine malice proche de la dérision. Sans jamais être amer, il n'est dupe de rien et sait qu'il ne peut compter que sur lui-même. La clairvoyance donne à son personnage un fond tragique. Il prend l'instant tel qu'il s'offre sans espérer dans l'avenir, comme s'il savait déjà que le malheur l'accompagnera jusqu'à son dernier souffle.

Les années ont passé sans qu'en effet la main griffue de ce fatum qu'il pressentait à vingt ans ne le lâche. La trajectoire parisienne de Jacob s'éloigne de la sienne, pour autant leur amitié ne se défait pas. Ils se voient une, deux ou trois fois par an, rien ne change dans leur relation. Jacob est de plus en plus fasciné par Paul. Rebelle silencieux, il résiste à tout ce qui l'assaille, la maladie, les difficultés financières, l'indifférence ou le mépris qu'inspirent ses origines. Malgré ses diplômes et la prospère entreprise de conserves de légumes qu'il a créée, il demeure prisonnier de son passé, marqué au fer rouge d'une différence sociale qu'il assume et ne dissimule jamais. Il ne se plaint pas, il avance, construit sa vie, s'amusant des regards qui lui disent : « Vous n'êtes pas des nôtres. »

Jacob comprend ce qu'il ressent. Lui-même a éprouvé ce sentiment quand il s'est installé dans la capitale. Il est entré dans un monde qui n'a jamais été le sien et, en dépit de sa longue carrière, ne s'y sentira jamais adoubé.

Depuis leurs études hellénistiques, il partage avec Paul un secret un peu pédant. J'en ai trouvé la trace dans la bibliothèque de Jacob, de longues notes jaunies, étonnamment bien rangées dans un dossier intitulé *Paul*. En voici le résumé. Tous les deux sont convaincus que Sparte est la matrice du monde avec ses vrais citoyens, les Homoioi, les aristocrates, ses entre-deux, les Tresantes, des déclassés à moitié affranchis, et enfin ses non-citoyens, les Hilotes. Paul se range parmi ces derniers, Jacob, plus chanceux, fait partie, se disent-ils, de la deuxième catégorie. Ils débattent entre eux de ce constat, le discutent, rien cependant ne peut les convaincre du contraire, cette indestructible organisation sociale est forgée depuis l'Antiquité. Paul répète souvent que la victoire de l'isonomie athénienne imaginée par Clisthène est une illusion et le cadre spartiate la structure fondamentale de l'humanité que même Jésus n'a pu renverser, preuve s'il en est qu'il n'était qu'un homme. Il est convaincu que l'Histoire se réduit à l'affrontement aussi tragique qu'éternel de la liberté et de la servitude. Chacun de son côté, Paul et Jacob se battent jour après jour pour s'élever au-dessus de leur condition sans ignorer qu'ils n'y parviendront sans doute jamais. Dans ce vain combat pour forcer la porte des Homoioi, cette corporation d'élites qui parlent avec talent de tout ce qu'elles ne connaissent pas, Jacob a survécu, Paul est mort.

Il a passé le cap de la cinquantaine puis il s'en est allé, le cerveau dévoré par une tumeur née de s'être trop cogné contre les murs dressés autour de lui. Son cancer a jailli en même temps que s'éteignaient ses impossibles espérances. Jacob le comprend lors de leur dernière rencontre. Paul est couché sur son lit d'agonie. Une odeur fétide faite de sueur médicamenteuse, d'urine et de merde flotte autour de lui. Il ne parle plus. Seuls ses yeux noircis de colère révèlent ce qu'il pense. Ils ne trahissent ni désespoir ni peur. Ils fulminent contre l'injustice subie, contre le malheur qui va toujours au malheur, contre les Homoioi qui confisquent le monde. Jacob le regarde et hoche simplement la tête pour l'approuver, lui faire comprendre que jamais il n'oubliera cet instant, qu'il peut compter sur lui pour essayer encore et encore de défoncer cette herse sur laquelle Paul s'est fracassé. Il le dévisage une dernière fois pour qu'il mesure sa détermination. La fureur de son ami soudain s'envole. Ses yeux fixent ceux de Jacob avec une intensité si bouleversante que Jacob en trésaille. Puis, épuisé, Paul ferme les paupières et lui signifie ainsi qu'il est temps qu'il s'en aille. Jacob le dévisage pour la dernière fois. Il le sait. Il grave pour toujours le portrait de Paul dans ses neurones. Paul dort et n'est déjà plus là. Il mourra le lendemain. Jacob quitte sa chambre et descend les escaliers qui le ramènent au rez-de-chaussée en se cramponnant à la rampe. Dans une longue étreinte, il dit au revoir à sa femme, amie elle aussi de toujours. Elle ne pleure pas car elle a versé trop de larmes ces derniers mois et ses yeux verts se sont desséchés et éteints. Jacob regagne sa voiture, un râle lui échappe, venu d'il ne sait où, tout son corps se tasse, ses épaules s'effondrent, sa gorge se serre, il s'écroule soudain sur le volant, secoué par d'interminables sanglots. « Un nouveau voyage sans retour au bout de la peine », a-t-il écrit dans ses notes jaunies.

La femme de Paul m'a aidé à préciser ces scènes esquissées par Jacob, à restituer leurs conversations et à imaginer les pensées supposées de l'un et de l'autre. Je ne suis pas sorti indemne de cette irruption dans l'intimité de ces deux hommes. J'ai jalousé l'amitié qui les liait car j'ai compris que je n'avais que des relations. J'ai réalisé également que l'apparente insignifiance des histoires que je rassemblais n'était qu'une brume dissimulant un être complexe et « quelque chose » qui n'avait rien à voir avec la vacuité de bien des existences, à commencer par la mienne. Dans le monde des riches Homoioi, les intérêts supplantent toujours les sentiments et je dois avouer que je n'ai guère échappé à cette règle. J'ai vécu ma fortune sans états d'âme et, jusqu'à ma « rencontre » avec Sfrec, j'ai été incapable de me comporter autrement. Le lien que j'avais avec mes parents m'avait fait ainsi. Je n'ai pas reçu une éducation à l'anglaise, pas de « *Never explain, never complain* » chez moi, plutôt une indifférence à l'altérité, une absence d'empathie que je crois désormais viscéralement bourgeoise, un recroquevillement sur mes intérêts qui me conduit à me tenir loin de tout, vêtu d'une armure d'égoïsme. Le bourgeois est un inquiet prudent qui déteste se placer dans la dépendance de qui que ce soit, à commencer de ses soi-disant amis. Mon affect « génétique » est glacé comme un acier trempé. Ou plutôt était car mon enquête est un puissant acide qui attaque et corrode mes sentiments d'hier. Je me vois de plus en plus tel que je suis et c'est un début de cataclysme dans ma tête et dans ma vie.

7
Neang Nginn Mokhân

Né en 1948, Jacob fait partie de cette génération bénie qui n'a jamais vu la guerre frapper à sa porte. Les violents ressacs hexagonaux des combats en Algérie dans les années 1960 ne changent rien à son quotidien. Pourtant, la guerre obsède Sfrec comme si elle lui avait mis le grappin dessus dès son enfance. À travers ses articles, j'ai compris qu'il n'avait jamais cru que la *Pax Europaea* serait éternelle. Il y voyait un bien trop précieux pour ne pas s'inquiéter de le préserver à chaque instant. Dès ses premiers écrits, reportages ou notes personnelles, transparaît un pessimisme radical sur le cours de l'Histoire, né peut-être de ses conversations avec Paul mais surtout de ce que ses parents lui ont raconté du nazisme et des peurs qu'ils ont connues sous sa botte. Rien de ce qu'il vivra ne l'en guérira, bien au contraire. Sans le moindre doute, début février 1972, sa vie bascule pour toujours dans la noirceur. Il n'a pas encore vingt-quatre ans et part en reportage au Cambodge. Un voyage vers la guerre en direct où il découvre ce besoin irrationnel qu'ont les êtres humains de s'affronter au risque de s'autodétruire. Seules une dizaine de lignes de son long et minutieux reportage furent reprises dans un article de géopolitique publié par le grand picture magazine *Vues* sous la signature de René Carlier, l'une des stars médiatiques de l'époque, vigoureux défenseur du camp occidental, pro-américain et anticommuniste militant. Les faits ne l'intéressaient guère sinon pour alimenter son point de vue. Jacob, lui, ne s'était attaché qu'à eux. Ils l'avaient à jamais transformé.

Par bonheur, les archives de ce bimensuel disparu au début des années 1980 avaient été rachetées par un riche collectionneur et dormaient au milieu d'une multitude d'autres titres sur les étagères d'un immense hangar spécialement aménagé dans une propriété qu'il possédait aux environs de Cabourg. Il m'en autorisa l'accès. Avec le temps, ces quatre-vingts feuillets tapés à la machine avaient pâli mais ils restaient lisibles. Ce n'était pas un article en soi, plutôt un compte rendu très précis de ce que Jacob avait vu et découvert, jour après jour, au cours de ces deux mois au Cambodge. En lisant ce texte, je fus frappé par sa manière radicale de tout décrire méticuleusement et de ne jamais laisser percer ses sentiments ou ses émotions. Le style n'était pas en soi remarquable, les effets d'écriture en étaient bannis, ce texte était si précis et rigoureux qu'il traduisait un désir quasi forcené d'objectivité factuelle. J'ai renoncé à le reproduire dans cette compilation de fragments parce qu'il ne révèle que ce seul trait. Certes, il me sert de toile de fond dans la reconstitution que j'ai faite de ce voyage cambodgien, pour l'essentiel, néanmoins, ce qui suit relève de mon imagination et de mes spéculations à partir de ce que j'ai pu trouver sur ce pays arasé par la barbarie. Autant dire que je n'ai pas fait du Sfrec.

Jacob est jeune, marié depuis deux ans seulement avec Miriam, mais il voit dans ce voyage l'occasion de réaliser le rêve qu'il entretient depuis son enfance. Découvrir d'autres horizons, d'autres mondes, rompre avec l'uniformité d'une vie trop hexagonale. Une indomptable pulsion le pousse à cavaler par-dessus les frontières qui corsètent la planète. Il étouffe dans ce pré carré français habité de tant de certitudes malgré la vague libertaire de 1968, affichant une exaspérante arrogance conjuguée à une culture de la plainte permanente. Il ne supporte déjà plus ce tempérament cocardier qui consiste à la fois à penser que ce pays est un modèle pour le reste du monde et à protester sans cesse contre la vie qu'on y subit. Il cède parfois lui-même à cette pente tricolore et se le reproche amèrement. Pour se remettre la tête à l'endroit, il se répète alors l'expression yiddish : « *Men ist azoy wie Gott in Frankreich*[1]. » Derrière cette manie gauloise revendicative, il pressent une absence de courage dans l'adversité. L'Histoire lui paraît être la meilleure justification de ce jugement sévère et iconoclaste qu'il n'expose jamais en public, mais note et renote dans les cahiers et carnets qu'il griffonne quotidiennement dans son antre du Cardinal-Lemoine. « Depuis la défaite de Napoléon à Waterloo, y relève-t-il, la France n'a plus gagné une seule guerre en Europe sans l'appui et le soutien d'alliés. Même si la victoire de Sébastopol en 1855 face aux Russes est célébrée par un grand boulevard parisien, le siège de ce port fut l'œuvre d'une alliance des

1. « Heureux comme Dieu en France ».

Empires français et britannique. Lorsqu'elle s'est retrouvée seule, comme à Sedan, la France s'est décomposée. Certes, il y a eu des conquêtes coloniales, sources ensuite de bien des désillusions, et des actes de courage exceptionnels, des sacrifices et des sacrifiés comme les trois cent soixante mille morts de Verdun et les héros de la Résistance, mais leur vaillance n'a pas fait des Français un peuple de vainqueurs. Après Georges Clemenceau en 1918, le général de Gaulle leur a raconté un conte en 1945 et, soulagés, ils font comme si "le Père la victoire" et "l'homme du 18 juin" leur avaient dit la vérité, acceptant sans barguigner un vaste mensonge national. » Puis il ajoute comme un point final : « Ne jamais écrire ce truc-là sauf à me faire crucifier. »

Cette nation, a-t-il expliqué prudemment dans un bref essai passé inaperçu, est peut-être épuisée par sa trop longue Histoire. Sur le conseil de son ami Paul, il a lu Arnold J. Toynbee à la fin de ses études et acquis cette conviction : si les civilisations, comme le démontre l'historien anglais, meurent par suicide, elles dépérissent aussi par essoufflement. « Les Français, écrit Sfrec dans son opuscule, croulent sous le poids d'un passé aussi lointain que brillant devenu trop lourd à porter. Les rodomontades de leurs gouvernants successifs sur la grandeur du pays n'y ont rien changé, poursuit-il. La France n'est plus qu'une nation fatiguée qui vit dans le mirage de sa grandeur envolée et d'un esprit de résistance sans cesse commémoré, mais son peuple est-il prêt à assumer l'ascèse du redressement ? » À ses débuts, l'un de ses patrons à *Vues*, auquel il confie son pessimisme, lui raconte que le président Georges Pompidou explique en privé que la

France et l'Occident de la seconde moitié du XXe siècle entrent dans un cycle comparable aux trois siècles d'agonie de l'Empire romain. Il a noté ce témoignage d'une écriture très appliquée sur la première page du tome I des *Mémoires de guerre* de de Gaulle comme pour en laisser une trace durable.

Le désenchantement qui a très tôt gagné Jacob me taraude à présent. Je ne vois rien autour de moi qui démente ce pronostic pompidolien datant de plus de cinquante ans. Je ne peux m'empêcher de me demander comment nous nous serions comportés si nous avions subi une agression comparable à celle de la Russie en Ukraine. Nous dresserions-nous comme un seul homme pour repousser l'envahisseur ? J'ai peur que notre peuple n'ait pas la tripe ukrainienne. Moi-même, que ferais-je ? Serai-je aussi passif que ma famille pendant la Seconde Guerre mondiale ? Grâce à Sfrec, je réalise peu à peu que j'ai été élevé comme un homuncule, un être vivant soumis ou plutôt repu.

Je n'ai retrouvé aucun témoin vivant du séjour de Jacob au Cambodge, pas même le photographe anglais devenu son confrère le plus proche à Phnom Penh. Lors de notre première rencontre, Miriam me livrera sa version en précisant que ce voyage avait été pour elle un cauchemar. Marquée par l'histoire tragique de son grand-père Nathan et les souvenirs de la Shoah ressassés par sa grand-mère Sarah, une terrible appréhension l'avait gagnée lorsqu'il lui avait annoncé son départ.

Le spectre de la guerre et de ces mêlées de sacrifiés sur ordre d'ânes sanguinaires l'avait conduite à supplier Jacob de renoncer à ce reportage. Il avait tenté de la rassurer, elle avait fait mine de l'être mais elle avait compris, sans l'accepter, qu'il préférerait toujours son métier à son couple et qu'il éprouvait un besoin viscéral d'explorer la peur que ses parents avaient connue. Rien ne le retiendrait, pas plus elle que l'enfant qu'elle aurait tant voulu avoir de lui. Entre eux, tout a commencé à se défaire à ce moment-là. Cinquante ans plus tard, pendant le confinement de 2020, Jacob a raconté ce déchirement dans une esquisse de roman qu'il n'a jamais achevé mais dont il a offert le manuscrit de cent pages raturées à Miriam pour qu'elle comprenne combien il l'avait aimée et l'aimait encore. Elle m'en a offert une copie à la fin de notre deuxième rendez-vous. L'original était, pour elle, un talisman qu'elle gardait précieusement. Ce texte m'a permis à la fois d'entrer dans l'intimité sentimentale de Sfrec mais aussi d'amender le récit initial que j'avais commencé à rédiger sur cet épisode cambodgien.

Avant d'arriver à Phnom Penh, Jacob fait escale à Bangkok. Il ne sort pas de l'aéroport vétuste, écrasé par une chaleur épaisse. Des avions militaires américains et des véhicules blindés légers envahissent les pistes. Le tarmac sent la guerre à plein nez. L'odeur de kérosène sature l'atmosphère et s'incruste dans une humidité écrasante. Le paysage a les couleurs de camouflage des soldats et des engins qui s'agitent comme des fourmis besogneuses dans un désordre bien réglé. Les décollages sont fréquents et fracassent les tympans dans des orages sonores. Jacob cède à son goût des mots vulgaires quand il est étonné. Il multiplie les « Putains de merde ! » devant cette armada qu'il voit vert-de-gris tout en sachant que son daltonisme le prive des mots exacts pour définir la couleur de ce spectacle guerrier. Il devine un automatisme dans tous les gestes et les mouvements des soldats, preuve d'un savoir-faire imposé par un lavage de cerveau. Qu'adviendra-t-il de ces hommes lorsqu'ils cesseront d'être des machines à tuer ou à larguer des bombes sur des ennemis invisibles et redeviendront des êtres humains ? Il imagine la réponse, des paumés, de la chair neuronale pour les psys.

Sfrec réalise soudain que, à côté de cette occidentalisation de l'aérodrome, il y a un autre peuple, différent, les Thaïs. Il sort peu à peu de son anéantissement, s'arrache à sa fatigue et s'en va traîner près des comptoirs d'embarquement dans l'aérogare déglinguée. Il découvre l'Asie, son grouillement, son empressement, ses bousculades dans lesquelles l'individu n'existe plus. Il remarque aussi, noyées au milieu de cette foule, des femmes au charme fascinant, ne s'offusquant pas du trouble qu'elles font naître chez les hommes qu'elles croisent. Il observe de loin ces filles à la sophistication naturelle. Il visualise ce qu'il a découvert dans des romans évoquant la séduction irrésistible de ces filles de la rizière qui ne se laissent pas conquérir mais choisissent les hommes qui les intéressent. Toutes les femmes de l'aéroport ne sont pas ainsi, bien au contraire, cette multitude n'a pas de grâce particulière, elle est même grossière, souvent laide, comme si elle était conçue pour que, dans son fatras, brillent ces créatures qui n'existent nulle part ailleurs.

Les heures passent dans l'attente du vol qui doit le conduire à Phnom Penh. La fatigue le rattrape de nouveau, il s'affale sur le sol. La sueur jaillit de tous ses pores et liquéfie son corps. L'heure arrive enfin de repartir. À peine assis sur le siège du vieux Boeing 720 qui fait la liaison avec la capitale khmère, il s'écroule, incapable de lutter contre le sommeil qui l'assaille. Son réveil est brutal, il sursaute alors que l'avion décroche, amorce son atterrissage et se pose sur la piste de Pochentong. À travers le hublot, il n'aperçoit qu'un paysage voilé par la chaleur gorgée de moiteur. Il se demande ce qu'il va trouver. Sa venue a été autorisée par le régime de Long Nol, le pourri de chez pourri qui dirige le pays, le pille et mène avec le soutien des Américains la guerre contre les Khmers rouges qui, une fois vainqueurs, seront pires encore. Un jeune type l'attend dans l'aérogare avec une pancarte à son nom. Le ministère de l'Information l'a collé à ses basques. Tout de suite, Jacob se dit que Vithu Moau n'a rien d'une terreur ou d'un espion. Son regard est intelligent et direct, mangé par de grosses lunettes en plastique marron. Il parle sur un ton saccadé un excellent français avec un accent nasillard. Il est petit, souriant, sympathique et vif. Jacob sort de son hébétude et lui confie droit dans les yeux qu'il compte sur lui. Vithu lui répond sans la moindre hésitation : « Pas d'embrouille. » Fier des subtilités de son français, il affiche un regard complice auquel Jacob répond par un éclat de rire. Leur véhicule avance au pas. Sfrec fixe la route encombrée de vélos, de motocyclettes, de voitures de tous âges, bordée de trottoirs poussiéreux envahis par une populace vibrionnante dans laquelle des groupes de bonzes en robe safran dessinent des mirages colorés. Alors que la guerre est aux portes de la ville, il n'en devine aucune trace dans cette fourmilière.

Ils gagnent le mythique hôtel Le Royal que le régime de Lon Nol a rebaptisé « Le Phnom ». Les dictateurs ont toujours pour idée fixe de gommer le passé. La bâtisse souffre du manque d'entretien, elle garde pourtant le charme de ces grands havres coloniaux de la fin du XIXe siècle et des débuts du XXe. Dans son enquête, Jacob fait un pas de côté et, hanté par la crainte de laisser inexploré un élément qui pourrait s'avérer important, il note tout. Jamais, par la suite, il ne négligera de décrire dans ses reportages la force dramatique des décors et des paysages. Le bâtiment a été conçu par un certain Ernest Hébrard, un architecte parisien dont la vie est un roman. Avant de quitter Paris, Sfrec a voulu tout savoir de ce personnage. Sa vie le fascine au point qu'il se promet d'en écrire un jour la biographie. Pas grand-chose n'a été raconté sur ce bâtisseur qui a marqué l'Indochine de son empreinte après avoir été dans les premières années du XXe siècle le plus grand spécialiste du palais de Dioclétien à Split en Serbie, œuvre architecturale sans pareille, conçue pour incarner le système tétrarchique, à la fois forteresse, dédale de ruelles, sanctuaire pour les dieux et villa palatiale, une sorte d'Angkor romain de l'Adriatique. Après avoir percé les mystères de Split, Hébrard est parti en 1921 dans le Sud-Est asiatique. Débutent alors pour lui dix années consacrées à l'urbanisme d'Hanoï et de Dalat, durant lesquelles il fait naître un style néo-indochinois puis, à partir de 1923, il édifie Le Royal, inauguré quatre ans plus tard par Sisowath Monivong tout juste assis sur le trône des Khmers. Dans un carnet, Jacob a griffonné ces mots : « Projets romans Hébrard/Royal et Dioclétien/ Split. »

Cet hôtel de légende est le royaume des reporters de toutes nationalités, chercheurs d'émotions fortes qui partent au feu les yeux grands ouverts, stylo à la main ou appareil photo brandi comme un fusil à images, jeunots culottés en quête de gloire, le regard empli d'audace, galonnés vivant avec la guerre comme avec une vieille maîtresse, jouisseurs à la fois las et insatiables.

La journée agonise dans la touffeur crépusculaire et ces guerriers de l'information sont au repos. Les uns disputent d'interminables parties de poker, les autres, verre de whisky à la main, se prélassent en bouquinant dans des fauteuils en osier au bord d'une piscine bleutée qu'un jour pas si lointain transformera en mare de sang. Tous feignent l'indifférence et attendent la nuit dans des conversations lentes et lourdes, entrecoupées de longues rasades de scotch. Sans cesse revient l'évocation des jeunes beautés khmères et des femmes qui peuplent leurs pensées et leur lit. Ils interrogent Jacob, s'étonnent de son inexpérience. En quelques heures, il devient l'un des leurs, même s'ils le trouvent peu loquace, peu porté sur le cul, encore moins enclin à faire des confidences. Ils devinent le respect qu'il leur porte et ne lui en demandent guère plus. Qu'aurait-il à leur apprendre ? Rien. Qu'ont-ils à lui offrir ? Rien. Ils gardent pour eux leurs secrets qui sont autant de blessures. Cet hôtel est le théâtre d'une légèreté affectée. Déchirés par les drames qu'ils couvrent, ces hommes ne dévoilent leur gravité qu'entre les lignes de leurs articles lorsqu'ils sont réussis ou dans leurs photos lorsqu'elles ont capté l'insaisissable.

Cette enclave au cœur de Phnom Penh est une oasis et une chimère. On y perçoit à peine les bruits de la ville-ruche. La soirée s'étire, les échanges se font rares, le mutisme grandit au fur et à mesure que se déploie l'obscurité, la nuit impose le silence des mots tandis qu'oiseaux et mammifères nocturnes échangent d'indéchiffrables jacasseries. Le jardin devient fantasmagorique. Des lumières jaunâtres en redessinent les contours. Le ciel décline des camaïeux tandis que le crépuscule l'envahit. En dépit de sa deutéranomalie, Jacob s'essaye à les identifier. Il voit du bleu, de l'or, du rouge, du jaune, un éblouissant feu d'artifice qu'il ne pourra décrire. Il est venu ici pour découvrir l'envers du décor et oublier les apparences.

Un photographe lui propose de dîner à sa table. Il doit avoir son âge, vingt-deux ou vingt-trois ans. Il se présente dans un français sans accent : « Alan Shepard, comme l'Américain qui vient tout juste de marcher sur la Lune mais je suis Anglais. » Il est free-lance. Sans cultiver ce genre, il a l'air d'un baroudeur. Tout est dans sa dégaine. Il porte des vêtements de coton beige de bonne facture mais fripés. Rien n'est mis en scène. Pas de poches multiples pour entasser les pellicules ni d'appareils photos en bandoulière, mais une vieille sacoche de soldat en toile délavée, à peine déformée par le boîtier d'un Leica M2, posée à sa droite sur la table. Il en palpe régulièrement le contenu dans un geste instinctif. Sa vie se résume à cette besace militaire aussi défraîchie qu'increvable. Tignasse épaisse, folle, mal coupée. Dans son visage émacié, anguleux, brillent des yeux de chasseur. Son regard-rapace virevolte sans cesse puis soudain se fixe comme s'il redoutait de laisser passer la chance de capter une image exceptionnelle. Sa silhouette est à la fois filiforme, légère et souple, pareille à celle d'un hurdler. Il propose de passer commande avant d'engager la conversation. Jacob acquiesce et suit ses conseils. Une soupe de poulet au gingembre pour commencer, le *samla chapek*, puis le *bai sach chrouk*, du riz accompagné de porc grillé. « Avec ça, dit Alan, pas de chiasse. » Boissons obligatoires : whisky et eau en bouteille cachetée.

Au bout de quelques minutes de discussion sur leur métier, Shepard propose à Jacob de travailler avec lui. Il est sur place depuis des mois. Il a quelques planches-contacts dans une pochette protectrice rangée dans son vieux sac de bidasse. Il les lui montre. Jacob comprend tout de suite que l'œil d'Alan capte l'invisible, des fractions de seconde qui racontent toute une histoire. Une enfant terrifiée qui, d'un bond, jaillit d'un fossé sur le bord d'une route, une mère souriant de soulagement qui sort un bébé des décombres d'une maison aux pilotis calcinés, le cadavre adossé à un arbre et couvert de mouches d'un vieil homme à qui manque une jambe, un bonze au petit matin à l'heure des offrandes dans une rue déserte, et d'autres encore. Rien n'est complaisant dans ces clichés. Ils dévoilent crûment, sans facilité esthétique, l'envers de la guerre dans la population civile. Ils confirment ce que Sfrec pense déjà : il est impossible que les mots, aussi talentueux soient-ils, rivalisent avec la force d'une photo. Il est d'accord pour faire équipe. S'il ne parvient pas à rendre compte de la guerre, le travail de Shepard gommera ses faiblesses. Ils vont s'entendre, pense-t-il, car ils ne cèdent ni l'un ni l'autre à la fanfaronnade.

Alan s'est lié d'amitié avec Long Boret, le ministre de l'Information, le seul, dit-il qui ne soit pas corrompu dans l'entourage de cette ordure de maréchal Lon Nol, le maître du régime. Il a dîné chez lui plusieurs fois et fait des clichés de son épouse Neang Nginn Mokhân, une jeune femme élancée au corps de danseuse. La bride mongolienne de ses yeux est raffinée, une esquisse d'amande. Ils sont de la même couleur que ses cheveux noir de jais lâchés en cascade sur ses épaules. Ses lèvres charnues mais aux formes délicates découvrent une dentition d'un blanc éclatant dans un visage mordoré aux contours doux. Une émotion submerge Jacob devant cette incarnation de la grâce. Il se tait puis devine que Shepard l'observe. Il finit par détourner son regard des photos posées devant lui, embarrassé par les sentiments troubles que son silence dévoile. Le photographe reprend ses images puis murmure : « Jamais je n'ai vu une femme aussi belle et un couple aussi uni. Je te les présenterai. Ce sont des gens honnêtes dans le monde écœurant que tu vas vite découvrir. » Jacob ne répond pas, hoche la tête, comprend le message. Il n'est pas venu ici pour mettre des filles dans son lit et passer son temps à l'hôtel comme tant d'autres le font. Il admire Lucien Bodard, grand reporter parmi les grands reporters au même titre que Joseph Kessel ou Eugène Mannoni, mais il n'aime guère ce propos qu'on lui prête : « Pourquoi Bodard irait-il chercher l'information sur le terrain puisque tous les soirs elle vient à lui au bar de son hôtel ? » Ce grand cétacé a surtout écrit sur la Chine et le Viêt Nam mais Jacob l'imagine accoudé au comptoir du Royal en train de lui confier : « Tout l'art est de faire de la liberté immense, plantureuse, qui nous est offerte, un récit clair, avec une histoire et un style. »

Comment y parvenir ? Jacob ne sait pas encore qu'il croisera le mythique Lulu plusieurs fois dans sa vie. Quelques mois plus tard à Paris, pour la première d'*O'Calcutta* à l'Élysée-Montmartre, il s'assiéra juste derrière lui. Sa masse pachydermique l'empêchera de voir tous ces comédiens et comédiennes totalement à poil qui s'agiteront en s'amusant joyeusement de leur provocation sur la musique de Peter Schickele devant un public guindé qui n'en reviendra pas. Jacob observera Bodard, impassible, sans doute plein de jubilation devant ce festival de fesses, de chattes et de bites. Lui qui a tout vu et tout connu s'amusera de ces gens du grand monde qui n'auront pas lu correctement le nom de la revue : « Oh, quel cul t'as ! » Bien des années plus tard, il dînera avec lui alors que le Goncourt aura déjà salué son talent d'écrivain. De ce face-à-face, il retiendra un visage fascinant fait de lourdes chairs traversées d'une cataracte de plis. Bodard parle avec modestie, évoque ses reportages d'une voix profonde, délicate, murmurée, qui tranche avec son physique de vieux lion de mer fatigué. Brûle en lui cette éternelle jeunesse qui fait les journalistes de légende. Rien ne les lasse. Pourtant, à tout juste vingt-sept ans, le 18 juin 1940, il est parti rejoindre de Gaulle à Londres après avoir entendu son appel, de quoi épuiser ses émotions pour la vie. Cette aventure exemplaire n'a cassé aucun des ressorts de son être. Sa curiosité est inentamée et ses jugements singuliers.

Ce soir-là, évoquant la guerre, il posera une question abrupte à Jacob : « Avez-vous lu les mémoires de Benoist-Méchin ? » Il se trouve que c'est le cas, le fruit du hasard. Jacob a même rencontré son auteur après une tentative d'attentat contre le roi du Maroc, Hassan II, en juillet 1971. Proche du monarque alaouite, l'historien avait été invité aux fêtes royales de Skhirat et avait assisté à ce coup de force plus ou moins ourdi, disait-on, par le grand chambellan du roi, son homme jusqu'alors de confiance, le général Oufkir. Bodard sonde Jacob à travers ses paupières mi-closes de vieux matou, veut s'assurer qu'il ne lui ment pas. Jacob lui raconte le sentiment ambigu que la culture de cet homme au passé si peu respectable mais au style éblouissant lui a laissé. Bodard l'écoute puis, d'une phrase qui n'appelle pas de réplique, met un terme à cet échange : « Qui n'a pas lu Benoist-Méchin n'a rien lu dans sa vie. » Jacob note cette phrase dans un carnet, il n'oubliera jamais cet hommage rendu par un résistant à un écrivain condamné à mort pour collaboration avant d'être gracié en 1947 par le président Vincent Auriol. Ces mots l'exonèrent pour toujours d'avoir aimé Céline dès son plus jeune âge. Après avoir lu *Gilles* de Drieu La Rochelle, il avait déjà griffonné dans un carnet de jeunesse : « La littérature, hélas, n'est pas que dans le camp du bien. »

Long Boret est lui dans ce camp du bien en dépit des turpitudes du gouvernement auquel il appartient. Il habite une villa modeste. À son image, si différente de celle de tous les repus du régime. Si son visage rond a la douceur de celui du Bouddha, un horizon tragique nappe son regard malgré sa volonté constante et si asiatique de masquer ses pensées en souriant tout le temps. Son apparente sérénité dissimule son état d'alerte. Il vit sur le qui-vive et dort avec un revolver sous l'oreiller car il se sait menacé aussi bien par les Khmers rouges infiltrés dans Phnom Penh que par ses faux amis politiques.

Le danger est partout dans cette ville aux aubes si paisibles et aux heures chaudes léthargiques. Elle est effervescente dans la matinée réservée aux honnêtes gens faisant leurs courses et pullule de serpents le soir quand se réveille l'armée des corrupteurs et des corrompus, des proxénètes et de leurs esclaves sexuelles. Elle devient alors un bouge d'espions où se joue une partie de la guerre froide entre les Soviétiques et les Américains. En train de perdre la face au Viêt Nam communiste, Washington soutient Lon Nol et ses soudards au Cambodge par où passe la piste Hô Chi Minh qu'utilisent l'armée populaire de Hanoï et les miliciens du Sud Viêt Nam pour se ravitailler en nourriture et en armes. Couverte d'antennes et de caméras, l'ambassade kagébiste à Phnom Penh déploie, elle, ses yeux et ses oreilles pour enregistrer tout ce qui se passe dans un bouge voisin, couru par des Occidentaux expatriés en manque de sexe. Dès la nuit tombée, le jeu de cache-cache commence. Les rues ne sont traversées que d'ombres furtives. À l'approche des hôtels campent des tapineuses. Le Royal n'échappe pas à cette bordélisation générale. Proxos et putes savent qu'il y a là de la clientèle aussi déglinguée que friquée et des rumeurs à ramasser sur les oreillers pour les vendre aux plus offrants.

Jacob dîne avec Alan chez Long Boret. Sa femme est présente, discrète comme le très léger parfum au jasmin qu'elle porte, habillée d'une longue jupe en soie rose pastel et d'un chemisier court assorti. Elle laisse la conversation se développer sans intervenir mais, dans un silence lourd de gravité, elle écoute avec attention tout ce qui se dit. Sa beauté et son élégance fascinent Jacob qui ne la quitte guère des yeux. Elle le gratifie de temps en temps d'un sourire sans minauder. Avant que le repas s'achève, elle sert des fruits et des gâteaux de riz gluant enveloppés dans des feuilles de palmier qu'elle a préparés elle-même. Elle choisit ce moment pour enfin intervenir alors que son mari vient de laisser furtivement percer son inquiétude sur l'issue de la guerre. Jacob n'oubliera jamais les mots qu'elle prononce dans un français parfait. Ils nourriront chez lui une irréparable culpabilité. Elle ne fait aucun geste superflu, son regard accompagne ses paroles et ses yeux semblent se rapprocher des visages de Jacob et d'Alan en les fixant avec une intensité bouleversante : « Nous sommes le pays du yin et du yang. Notre peuple est fait pour le bonheur mais il peut sombrer dans l'atrocité. Mon mari m'a dit, Monsieur Sfrec, que vous avez vu une tête coupée déposée comme un trophée au bord d'une route et que vous en avez été bouleversé, parlant même de barbarie. Voyez-vous, chez nous, il faut toujours rapporter la preuve qu'on a tué son ennemi. Il en va ainsi mais en France ne cédez-vous pas à la même sauvagerie quand vous guillotinez ! J'imagine cependant que vous êtes contre la peine capitale. Moi aussi. Le gouvernement auquel appartient mon mari n'est guère respectable, il a choisi néanmoins d'y participer et de se battre pour que tout cela change. C'est un homme très courageux. Je ne suis pas sûre qu'il réussisse à modifier le cours des choses, la chrétienne que je suis prie chaque jour pour qu'il y parvienne car je crains que de grands malheurs adviennent si nous perdons. » Son mari hoche simplement la tête en signe d'acquiescement. Son regard est sombre, couleur de tragédie.

Jacob et Alan rentrent au Royal à pied, à travers une ville aux odeurs sures de fruits et de légumes trop mûrs devenue noire et criminelle. Ils marchent en silence, à la fois aux aguets et ébranlés par ces derniers mots de Neang Nginn Mokhân. Enfin parvenus à leur hôtel, ils se rendent directement au bar où traînent encore deux reporters envapés par l'alcool. À leur tour, ils se mettent à boire pour tenter d'oublier ces phrases dont ils devinent qu'elles sont prémonitoires. La suite de leur séjour ne fait d'ailleurs que les confirmer. Plus rien ne tient debout dans le camp gouvernemental. La vérole s'y est répandue partout. Ce pouvoir n'est qu'un rempart de pacotille face à la fureur déjà éradicatrice des Khmers rouges. Le Mékong se transforme chaque jour un peu plus en fleuve-nécropole. Accompagné d'Alan et de Vithu Moau, Jacob l'a traversé la veille pour se rendre à Kratie, théâtre d'une furieuse bataille. Tous trois ont embarqué sur une longue barque à fond plat équipée d'un énorme moteur pour lutter contre la puissance capricieuse du courant. Le fleuve est une décharge d'ordures dans laquelle se mêlent arbres, détritus et charognes. Le corps d'un homme, boursoufflé d'eau et d'un violet écœurant, a heurté leur sampan à mi-parcours. Jacob a failli vomir en découvrant ce cadavre verdâtre, en cours de putréfaction. Sans prendre de photo, Alan est resté impavide derrière son Leica. De fracassants tirs de batterie en aval ont couvert le vacarme des flots tumultueux pendant plusieurs minutes puis leur infernal chahut a repris le dessus. Une canonnière gouvernementale s'est portée à leur hauteur et les a escortés jusqu'à l'autre rive où ils ont découvert au-delà d'un petit port déglingué une ville dévastée, un champ de ruines et de constructions calcinées survolé par des nuées de corbeaux nécrophages à gros bec. Jacob a redouté que ses jambes se dérobent. Même Alan, bras ballants, a été saisi par l'angoisse enveloppant ces lieux puis il a plaqué son visage sur l'œilleton de son appareil et entrepris son travail de photographe de l'indicible. Un vent mauvais montant du Mékong en contrebas soufflait sur cet amoncellement de pierres, de bois et de ferrailles. Des cendres tourbillonnaient en essaim grisâtre, s'insinuant dans le nez et la gorge pour y déposer une fine couche de mort. Des tôles grinçaient. Jacob eut l'impression d'entendre les cris de douleur des victimes ensevelies sous les décombres de cet ossuaire à ciel ouvert. Une odeur âcre et fétide flottait dans l'air. Après une grosse heure passée à arpenter ce pandémonium, Shepard et Sfrec ont repris la barcasse sans échanger un mot. Une fois de l'autre côté du fleuve, ils se sont assis sous un arbre. Alan est redevenu typiquement anglais, il a dit avoir envie d'un thé avant de lancer dans un sourire ironique : « Nous ne sommes que des macchabées en sursis, comme dit Hemingway. » Plus tard, il a ajouté : « Mes photos vont bien se vendre. Et toi, que vas-tu faire de tout ça ? » Jacob aurait répondu : « Putain de merde de boulot. »

Il décrira ce qu'il a vu et pressenti de la suite mais, de retour à Paris, personne ne l'écoutera et ne voudra prendre au sérieux ce béjaune du journalisme. Décidé à rester sur place jusqu'à la chute prévisible de Phnom Penh, Alan l'en avait prévenu. Deux mois de reportage sur le front et, au retour, l'indifférence, dix lignes noyées dans six pages univoques sur le combat américain contre les soviets en Asie du Sud-Est. Les points de vue sur les guerres dans l'ancienne Indochine française sont alors sans nuances. Les bien-pensants sont derrière les Khmers rouges, ils voient en eux les sauveurs du Cambodge et pourquoi pas de l'humanité. À cette époque, dire le contraire, évoquer la défense des libertés et de la démocratie, c'est l'assurance d'être aussitôt taxé d'horrible réactionnaire pro-yankee et nixonien. Alors Jacob se tait. Il se tait encore quand tout bascule, il se tait quand il apprend que Long Boret, devenu Premier ministre, n'a pas voulu fuir son pays et a été liquidé. Il se tait quand il découvre que sa femme et son bébé ont disparu. Il se tait, il se tait, il se tait… À la fois obsédé et inactif, rendu muet par sa culpabilité, il laisse passer les années. Il se hait enfin lorsque Alan, de passage à Paris au début des années 1980, lui raconte la chute de Phnom Penh. Il a assisté à la lapidation de Long Boret par les

Khmers rouges et apprit que sa femme a subi le même sort devant les grilles de l'ambassade de France croulant de réfugiés et devenue inaccessible. Désespérée, avant de mourir, elle a envoyé son bébé par-dessus les grilles mais son petit corps s'est empalé sur leurs pointes. Saisi de honte pour ses silences, Jacob n'a pas fait le moindre commentaire. Alan n'a pas insisté devant son mutisme. Il est passé à autre chose, aux autres conflits dans lesquels il a plongé comme Sfrec sans pourtant l'y recroiser : la guerre de Kippour au Proche-Orient, l'invasion russe de l'Afghanistan, les déchirures du Liban, la révolution des Œillets au Portugal, la boucherie entre Iran et Irak, la guerre civile du Mozambique avec ses centaines de milliers de morts, etc. etc. etc. Ces deux-là avaient tout vu, tout vécu. Peut-être en méprisant Sfrec pour sa passivité, Shepard le quitta sans accolade et reprit de son côté sa route à travers le monde des horreurs. *Lonesome photographer...*

Après ces brèves retrouvailles, quelque chose de plus alimente les cauchemars qui peuplent les nuits de Jacob. La culpabilité. Elle s'ajoute à la quête entêtée de l'horreur qu'il poursuit depuis son retour du Cambodge et le fait couvrir de manière névrotique tous les massacres de la planète, les champs d'honneur et de déshonneur. Jusqu'où les hommes peuvent-ils aller pour se détruire et s'autodétruire ? Ne sont-ils que des bêtes ? La guerre est-elle l'état naturel des sociétés humaines ? L'enfer khmer l'a brûlé jusqu'à la moelle. Il en est revenu étranger à celui qu'il avait été jusqu'alors. Taciturne, tourmenté par ce qu'il a vu, rongé par un mépris de lui-même, habité désormais par une solitude intérieure inexprimable et d'ineffaçables remords, il se transforme en être presque asocial au point de pousser Miriam à le quitter. Peut-être était-il arrivé, si jeune pourtant, à un moment de son existence où il ne faisait plus de différence entre être en vie et ne plus l'être.

La manière dont Jacob a été accueilli dans son journal au retour du Cambodge m'a évidemment renvoyé à mon expérience dans la rédaction du *Corsaire*. Je ne pus néanmoins me satisfaire de cette homothétie dans nos débuts. Il me fallait faire du Sfrec. Pour comprendre ce que Jacob avait vécu et ressenti à Phnom Penh, j'ai donc interrogé des journalistes qui avaient suivi cette guerre sans pour autant y croiser Sfrec. Beaucoup étaient décédés et ceux que j'ai rencontrés étaient très âgés et mal en point. Ils avaient passé une grande partie de leur existence à couvrir des affrontements à travers le monde et celui-ci ne les avait guère plus marqués que les autres. Aucun n'avait vécu la chute de la capitale cambodgienne ni assisté aux atrocités de Pol Pot, l'homme aux deux millions de crimes, et encore…

Déçu, je partis à la recherche d'Alan. Il avait quitté son métier après la guerre en Irak en 2003 pour ouvrir à Londres une galerie consacrée au photojournalisme. En 2021, il est mort de la Covid-19 sans laisser le moindre témoignage écrit sur sa vie. J'ai retrouvé dans les archives du *Sunday Times* deux clichés de corps mutilés qu'il avait faits à la chute de Phnom Penh avant de fuir le pays pour sauver sa peau. Ils vous plongeaient au plus profond du dégoût. Comme si ces photos avaient été prises à l'intérieur même des chambres à gaz d'Auschwitz au moment de l'envoi du Zyklon B. Je me rendis au cimetière de Brompton dans le Borough royal de Kelsington et Chelsea où il est inhumé. Un guide me permit de trouver assez vite sa tombe. Elle était noyée dans la verdure de cet immense parc funéraire qui justifie plus que tout autre l'expression « Repose en paix ». Sa sépulture était modeste. Son prénom avait été gravé en dessous de ceux de ses parents. L'atmosphère du lieu était si paisible que je m'assis sur le rebord d'une pierre tombale voisine et y restai un long moment à rêvasser. Je me pris à imaginer Jacob et Alan bavardant au bar du Royal, m'efforçant de les faire vivre dans mes pensées. Je m'étais évadé si loin que je ne prêtai pas attention à une femme venue discrètement se recueillir devant le caveau des Shepard. Je m'approchai d'elle et lui demandai si elle avait connu Alan. Elle se retourna, surprise par ma question. Son visage m'étonna. Elle avait sans doute une soixantaine d'années. Un charme indéfinissable teinté de mélancolie était inscrit dans ses traits usés par le passage du temps. Je pensai à ces statues de danseuses khmères que j'avais découvertes et admirées au musée Guimet. Son sourire était triste. Elle était blonde et sa peau d'un blanc ivoire. Allez savoir pourquoi la certitude me vint en la dévisageant qu'elle avait été la compagne de Shepard. Comme elle demeurait silencieuse, je décidai de me présenter et d'expliquer ma présence. Elle m'écouta sans m'interrompre, parut hésiter puis sortit enfin de son mutisme sans me livrer son nom. Elle avait partagé l'existence d'Alan dans les années 1990 alors que le souffle des guerres l'emportait comme une feuille morte autour de la planète. Elle l'avait passionnément aimé puis, du jour au lendemain, l'avait quitté.

Elle ne supportait plus ses absences, ses silences et la gravité tragique qui l'avait envahie au fil de ses reportages. Je lui proposai de déjeuner avec moi, convaincu qu'à travers son récit je pourrais mieux comprendre Jacob, en particulier sa relation et sa rupture avec Miriam. Elle refusa avec beaucoup de délicatesse. Ces souvenirs étaient nimbés du regret de l'avoir abandonné en chemin et leur évocation la bouleversait. Je m'inclinai sans insister tout en lui disant : « Une seule question : vous a-t-il parlé de Jacob Sfrec qu'il a connu au Cambodge ? » Elle acquiesça gracieusement de la tête puis me répondit d'une voix frêle : « Plusieurs fois il l'a évoqué devant moi pour me confier qu'il n'avait jamais connu de personnage aussi compliqué, "un drôle de type", m'a-t-il dit un jour en français. Il ne parvenait pas à l'oublier à cause des sentiments contradictoires qu'il avait fait naître en lui. Il l'appréciait pour son insatiable curiosité, son intérêt pour les autres qui en faisait paraît-il un remarquable interviewer mais il lui reprochait son romantisme, ses divagations, ses interrogations permanentes qui l'amenaient à perdre au bout du compte la rationalité qu'il revendiquait et sa manière passive de subir les événements comme une fatalité. » Elle s'en tint là, me salua avec un sourire rendu désuet par la lassitude, prit mes mains entre les siennes et les pressa très fort en murmurant en français : « Adieu. » Soudain, la certitude me vint que ses jours étaient comptés, que sa pâleur était anormale. Alors que déjà elle s'éloignait d'un pas très lent, je lui lançai d'une voix hésitante : « Eh ! Vous allez bien ? » Elle marqua un temps d'arrêt, d'un mouvement de tête elle me signifia que non. Je m'approchai à nouveau d'elle pour lui demander si je pouvais l'aider, d'une voix ferme elle me répondit une fois encore « Non ! » avant d'ajouter, soudain solennelle : « Je suis venu lui dire que j'allais bientôt le rejoindre. Restons en là, monsieur, s'il vous plaît. » Je fis un pas en arrière et ne pus la quitter du regard jusqu'à ce qu'elle disparaisse au bout de l'allée tel un fantôme regagnant pour toujours son royaume.

Je tenais une scène à raconter même si je n'avais rien appris de plus sur ce que Jacob et Alan avaient vécu au Cambodge. Après cette rencontre, je fus enfin certain que cette guerre les avait rongés l'un et l'autre comme une vermine et n'avait jamais cessé de les poursuivre. Ils étaient condamnés à vivre alors qu'une flamme s'était éteinte au plus profond d'eux-mêmes. À l'image du colonel Kurtz dans *Apocalypse Now*, le film de Francis Ford Coppola que j'avais découvert à la télévision peu après la disparition de Jacob, sans doute avaient-ils cessé de croire là-bas en l'humanité. Dans l'exploration « entomologique » de l'être humain qu'était, à leurs yeux, l'objet réel de leur métier, ils ne trouveraient plus jamais des raisons de s'émerveiller. La suite de leur existence serait au mieux une fuite en avant, au pire une descente dans le grand tombeau du désabusement. Andrew se jeta dans la mitraille photographique du spectacle atroce et désespérant des guerres, Jacob fit de même pendant vingt années avec sa plume et devint un sceptique radical. Il ne croyait plus en ses semblables.

Pour tenter de percer les émotions qu'ils avaient ressenties et cerner avec plus de précision leur traumatisme, je décidai mi-mars 2024, un mois avant ma première rencontre avec Miriam, de me rendre au Cambodge et de suivre les chemins qu'ils avaient empruntés. Tout aurait changé dans ce pays mais j'avais besoin de respirer son humeur et de découvrir ses paysages. J'avais imaginé un voyage vers Jacob, je ne pensais pas que c'était moi que j'allais rencontrer.

Je partis sans programme. Je voulais agir à la manière de Jacob et Alan, en reporter ouvrant pas à pas des portes devant lui. Je n'y parvins guère car le tourisme avait mis ses grosses pattes partout et rien de ce qu'ils avaient découvert n'existait encore. Comme le Viêt Nam, ce pays très jeune, dont la population avait bondi de plus de dix millions d'habitants depuis les massacres des années 1970, avait décidé de tourner le dos à son passé. Même si le pouvoir y était encore autocratique, voire despotique, la barbarie version Khmers rouges avait disparu depuis plus de quatre décennies. La moyenne d'âge était à peine supérieure à vingt-cinq ans. Une démographie galopante piétinait le souvenir de la tragédie. L'effervescence folle qui régnait dans le pays n'était même pas une manière de s'étourdir pour oublier les *killing fields*. Je ne pus m'empêcher de dresser un parallèle avec l'Allemagne qui, peu à peu, s'était détournée de la Shoah. Ces fardeaux-là sont trop lourds à porter pour les générations innocentes qui en héritent. On en conserve des traces mais à l'abri du quotidien, ce qu'on appelle des lieux de mémoire au milieu des étendues océaniques de l'oubli.

Je dressai ce constat après avoir parcouru le musée du génocide de Tuol Sleng, un collège devenu le centre S-21, lieu d'interrogatoire, de détention, de torture et d'extermination. Un sanctuaire de l'horreur où dix-huit mille personnes avaient été massacrées après avoir été suppliciées à petit feu. Leurs photos exposées au regard des visiteurs sont autant de cris de douleur que l'on s'empresse de chasser de son cerveau lorsqu'on se retrouve à l'extérieur. J'étais accompagné par un guide, un vieil homme de soixante-dix-neuf ans qui enseignait le français quand déferla cet « ensaignement » rouge sur le pays. Nous n'échangeâmes pas un mot dans ces couloirs sinistres et ces salles maudites. Mon cicérone resta jusqu'au bout mutique, impénétrable. Avant de quitter le musée, nous demeurâmes plusieurs minutes dans la cour, muets devant quatorze tombes rectangulaires en béton peint en blanc, symboles des quatorze dernières victimes de ce Schéol. Une fois revenu dans le tintamarre de la ville, je me sentis écrasé de fatigue, brisé par le poids émotionnel de ce que je venais de découvrir. Je voulus m'asseoir. Nous entrâmes dans un modeste restaurant. J'avais des besoins contradictoires de mouvement et de calme. Mon guide affichait maintenant ce sourire indéchiffrable qui flotte si souvent sur les visages asiatiques. Se moquait-il de moi, de mes traits défaits en dépit de mes allures de dandy ? « Comment pouvez-vous sourire ? », lui ai-je maladroitement demandé. « Que puis-je faire d'autre ! », s'exclama-t-il sans élever la voix. Puis il se mit à parler dans un français parfait, à peine déformé par un accent nasonnant : « Je n'ai pas le choix, je dois vivre. En 1975, quand Phnom Penh est tombée, j'enseignais votre langue. Une poignée de mes anciens élèves sont devenus Khmers rouges. Ils savaient qu'une traque sans pitié des élites serait déclenchée par leurs camarades de combat endoctrinés jusqu'au dernier neurone. Ils l'étaient aussi mais leur étude du français avait préservé chez eux une part de conscience. De manière surprenante, ils sont venus me voir à la maison le jour même de la chute de la ville, le 17 avril, et m'ont proposé de fuir plus au sud, dans le village dont ils étaient originaires. J'y ai vécu caché trois ans sous leur protection. Ma famille était restée à Phnom Penh. Je ne pensais pas qu'elle serait, elle aussi, en danger. Ma femme et mes deux garçons de six et huit ans ont été contraints de quitter la ville dès le 18 avril quand Pol Pot ordonna de rééduquer la population dans les campagnes. Ils ont tous disparu ainsi que mes parents. Je ne les ai jamais retrouvés. Sans doute reposent-ils dans une de ces rizières qui sont devenues de grands cimetières sous la lune. Vous écarquillez les yeux, monsieur. Sans doute n'avez-vous pas lu Bernanos comme moi. Je vous rappelle que j'étais professeur de français et un grand amateur de votre littérature. Les mots de cet écrivain du bien et du mal m'ont permis de comprendre ce qui se passait et qui n'est pas le seul fait des Cambodgiens. Comme lui, j'ai été frappé par cette "impossibilité qu'ont les pauvres gens de comprendre le jeu affreux où leur vie est engagée". Voyez-vous, je souris sans cesse pour ne pas sombrer dans le désespoir que m'inspire son livre. Ce que j'ai vécu y ressemble tant. Les propos de Bernanos sont universels. Ses écrits sur l'Espagne et sur l'Europe s'appliquent à la lettre à mon pays : "Je regrette d'appeler charnier ou cloaque une vieille terre qui est non pas chargée, mais accablée d'histoire, et où des hommes vivants souffrent, luttent et meurent." »

Il s'en tint là. Je bus une gorgée de la bière que j'avais commandée pour desserrer l'étreinte autour de ma gorge et lutter contre la chaleur humide qui écrasait la ville. Comment pouvais-je être aussi inconséquent, si indifférent, si inculte par-dessus tout ? Je n'aurai pas assez de toute ma vie pour rattraper les années que j'avais déjà perdues en papillonnant. Sans se presser, mon guide but son verre de jus de canne. Je finis ma bière tout en songeant à Jacob et je pris la décision de quitter le Cambodge sans plus tarder. Je n'y avais plus rien à apprendre. Je savais tout ou presque des dégâts psychologiques qu'il avait subis dans ce pays cinquante ans plus tôt. Son mal était à présent le mien. De retour en France, je me suis jeté sur le livre de Bernanos. J'en ai retenu l'idée que les hommes choisiront toujours de tuer plutôt que de penser. Jacob, comme Alan, avait découvert ce malheur-là. J'ai trouvé dans cette lecture une clé pour explorer la personnalité de Sfrec. Il y avait chez lui une part spirituelle tragique inspirée de la réalité du monde qui pouvait éclairer sa disparition. Au Cambodge, il avait vu l'infamie, celle-là même qui figurait entre les lignes du récit de son père. La noirceur avait étouffé en lui toute naïveté. Pour toujours. L'obscurité qui règne sur notre origine et sur notre disparition devint son royaume quotidien. De mon côté, si je les avais alors connus, j'aurais pu faire mien ces vers de « Domination of Black » de Wallace Stevens :

J'ai vu comment la nuit est venue, Venue
à grands pas comme la couleur des lourdes ciguës
J'ai eu peur.

Je ne les découvris que peu de temps après, lors de ma première rencontre avec Miriam.

8
Miriam

Peut-être aurais-je dû débuter cette collection de fragments par un portrait de l'éphémère épouse de Sfrec. Jamais, en effet, je n'aurais pu les écrire sans son témoignage et la confiance qu'elle m'accorda dès notre première rencontre. À bien des égards, ce récit est le sien. J'ai néanmoins renoncé à lui consacrer un préambule car j'ai avancé dans mon enquête pendant plus d'un an sans parvenir à la joindre. Ce que j'ai raconté jusqu'ici repose avant tout sur les éléments que j'ai glanés, et parfois déduits, avant de la connaître. Bien sûr, elle m'a permis de compléter les témoignages que j'ai recueillis et d'approfondir mes réflexions sur la psychologie de Jacob, mais si je l'avais fait entrer en scène dès les premiers pas de ce texte, je n'aurais pas rendu compte de mes tâtonnements avant d'arriver jusqu'à elle : douze mois de supputations et de recherches méticuleuses, ingrates. Si tout ce que j'ai rédigé précédemment porte son empreinte, j'en reste d'abord l'auteur.

Ce qui vient maintenant lui appartient pour l'essentiel. Ici ou là, j'ai complété ou précisé, apporté mon sentiment, glissé mes interrogations, sans jamais déformer son propos. La trahir eût été comme tromper une femme que l'on aime. Impossible car je suis tout de suite tombé sous l'emprise de cette vieille dame à la beauté envolée quand elle m'a reçu dans sa magnifique et lumineuse maison de briques, réunissant en une seule et vaste demeure les n°s 3 et 5 de Washington Square North, face à ce parc paisible bien qu'envahi tous les jours par une foule permanente d'étudiants, de promeneurs, de touristes, de petites formations de jazz, des joueurs d'échecs et des grappes de *homeless*, ignorant pour la plupart que sous leurs pieds reposent les vingt mille corps d'un ancien cimetière. À peine accueilli dans le hall d'entrée, je ne pus m'empêcher de m'émerveiller devant une toile d'Edward Hopper intitulée *Chair Car*, mise en valeur par son accrochage solitaire sur un mur blanc. Amusée par ma réaction devant ce tableau que je ne connaissais pas, Miriam m'apprit que ce peintre avait vécu dans ces murs jusqu'à sa disparition en 1967 et qu'il y avait réalisé cette œuvre en 1965. La femme blonde assise dans ce wagon, à droite, au premier plan de la toile, n'est autre, me dit-elle, que son épouse Joséphine, artiste également de talent qui servit très souvent de modèle à son mari bien qu'il n'eût de cesse de la moquer et de critiquer ses œuvres détruites ensuite par le Whitney Museum.

Ces explications données, Miriam me laissa admirer encore quelques secondes ce Hopper mélancolique. D'une voix à la fois douce et ferme qui m'arracha à mon hypnose, elle murmura : « C'est moi qui ai fait découvrir ce peintre à Jacob. Hopper est devenu son artiste préféré. Son père, Edgard, que j'appréciais pour sa réserve, a même réalisé à sa demande une copie de *Nighthawks*, son tableau le plus célèbre. » Par prudence et délicatesse, je n'osai pas alors lui avouer que je l'avais vue dans la chambre de Sfrec rue du Cardinal-Lemoine. Elle me proposa ensuite de passer dans un salon immense baigné d'une lumière filtrée par des rideaux en taffetas de soie gris clair. Elle m'invita à m'asseoir dans un des six fauteuils majestueux qui meublaient la pièce, des Kubus signés de l'architecte et designer viennois Josef Hoffmann, des cubes de bois massif recouverts de carrés de cuir noir cousus à la main. Mes parents en possédaient deux identiques mais de couleur marron. Avec une fierté de parvenus ils en expliquaient l'histoire à tous leurs invités. Je savais donc à peu près tout de ce créateur et de son influence sur le modernisme du XXe siècle.

Mon attention se concentra sur mon hôte. Elle avait refusé de lutter contre l'usure du temps par ce recours si fréquent des femmes américaines à la chirurgie esthétique, alors que son deuxième mari avait procédé à une cure de rajeunissement plutôt réussie. Posées sur un Steinway de concert, des photos en noir et blanc prises avant sa disparition dix ans plus tôt le montraient posant en 2005 à côté d'une jeune femme brune d'une trentaine d'années au visage assez banal et au regard traversé d'un sourire délicat. Cet élégant sexagénaire avait les cheveux gris, le regard clair et fier, le visage long et émacié sans la moindre ride. Cet homme n'a d'intérêt ici que parce que je compris, dès l'instant où je vis ces clichés, qu'il était le contraire de Jacob. Je crus même deviner pourquoi Miriam l'avait épousé moins d'un an après son divorce, juste après la mort d'Ava en juin 1973. J'ai ce défaut de tirer souvent des conclusions hâtives de ce que j'observe.

En dehors d'une séduction évidente, Saül AAranson-Wahl était en privé un homme mesuré, posé en toutes choses, d'humeur toujours égale et prévisible, bref il était rassurant. Il avait une distinction aristocratique dont Miriam, avec un brin d'ironie, s'amusait à croire qu'elle lui venait d'une origine aussi lointaine qu'incertaine du côté de sa mère. Il se disait descendant du seul roi juif de Pologne dont il portait le prénom et pour partie le nom : Saül Wahl Katzenellenbogen. Son règne, selon la légende, n'aurait duré qu'une seule journée. Il avait été porté sur le trône le 15 août 1587 alors que deux factions rivales se disputaient depuis des mois la succession de Stefan Batory, sans parvenir à se mettre d'accord sur le futur monarque. La loi exigeant que la vacance à la tête du royaume ne s'éternise pas, la diète porta son choix sur le précieux et prestigieux conseiller du monarque décédé, Katzenellenbogen, renommé Wahl à cette occasion. Juif, originaire de Padoue, connu dans le pays pour sa bonté, son intelligence et sa sagesse, il est désigné *rex pro tempore.* Ce roi d'un jour pour certains, de quelques semaines ou plusieurs mois pour d'autres, entra par la suite dans la légende d'un trône rabbinique que Miriam avait transformée en un conte qu'elle aimait raconter. Elle le faisait avec humour et trouvait là l'occasion de montrer son attachement à son mari surtout connu en vérité à New York pour sa réussite remarquable à la tête de la banque d'affaires AAranson fondée par la famille de son père. Je m'interdis encore aujourd'hui le droit de me demander si Miriam a vraiment aimé cet homme. Sa passion pour Jacob avait été une telle fulgurance dans son existence qu'elle en était inoubliable. Nos échanges pleins de rebondissements m'en apportèrent assez vite la preuve.

Les braises de cet incendie n'étaient toujours pas éteintes quand je l'ai rencontrée pour la première fois au mois d'avril 2024, peu après mon voyage au Cambodge et mon pèlerinage à Londres sur la tombe d'Alan Shepard. Je la revis quatre fois dans les dix-huit mois qui suivirent. Dès notre premier entretien, elle m'avoua sans détour que la passion que Jacob avait fait naître chez elle était ineffaçable, avant d'ajouter aussitôt que son mari lui avait offert une telle affection et attention qu'elle avait pu mener une vie familiale apaisée, d'autant plus heureuse qu'ils avaient eu quelques mois après leur mariage une enfant, Talia, dont elle me parla avec une immense fierté. C'était la jeune femme brune prise aux côtés de son père sur l'une des grandes photos posées sur le couvercle du piano à queue. Je découvris plus tard un portrait d'elle au fusain dans la bibliothèque prolongeant le salon. « Vous ne la connaissez pas ? », m'interrogea Miriam faussement étonnée. Confus, je dus admettre que non.

Son sourire ne fut pas moqueur, plutôt empathique. Sans doute me jugea-t-elle à cet instant précis. Je ne lui avais pas menti au risque de passer pour un personnage inculte, ce qui n'était pas loin d'être vrai en matière musicale. Bref, j'ai gagné sa confiance avec cet aveu spontané d'ignorance. Elle m'apporta la réponse à sa question sans chercher à me donner une leçon : « Talia est pianiste. Talia AAranson-Wahl… Je vois dans votre regard que ça ne vous dit rien ! Il y a deux mois, elle jouait encore au théâtre des Champs-Élysées à Paris. C'est aujourd'hui une célèbre concertiste internationale. Elle vient de fêter ses cinquante ans avec moi à New York mais elle passe sa vie dans des avions et des hôtels. Elle a deux ports d'attache, cette maison où elle vient me voir plusieurs fois par an et Florence où elle possède une villa. J'adore la vue panoramique qu'on y a sur la cité des Médicis. À côté, elle a aménagé un studio indépendant où elle peut travailler en toute tranquillité. Un sanctuaire musical où nul autre que moi a le droit de pénétrer pendant les longues heures qu'elle consacre à étudier ses partitions. Talia est si attachée à Florence qu'elle a accepté de donner trois semaines par an des cours pour une poignée d'élèves au Conservatoire Luigi Cherubini. Heureusement, la musique ne l'a pas figée dans la gravité de certains grands artistes. J'aime la photo d'elle avec son père, posée sur le Steinway, parce que ses yeux révèlent sa bienveillance. Elle est la vie et son talent est d'en restituer toutes les couleurs quand elle est au piano. J'espère pouvoir vous la présenter si nous nous revoyons un jour, ce qui est fort possible car, même si vous n'y connaissez rien en musique classique, je devine chez vous une curiosité qui me rappelle celle qui brûlait dans les yeux de Jacob. C'est votre acharnement à vouloir me rencontrer qui m'a décidée à vous recevoir. Vos demandes répétées ont fini par m'intriguer. J'ai obtenu par des relations en France des renseignements sur vous et votre famille. Même s'il ne vous l'a pas dit, Monsieur Solonet est intervenu plusieurs fois en votre faveur. Il m'a dit qu'il vous appréciait et se désolait de vous voir si désespéré, proche d'abandonner votre projet de livre sur Jacob, son ami de toujours. Vous semblez étonné. Ne vous a-t-il pas raconté que nous nous étions connus étudiants à Aix-en-Provence ! Grâce à lui, j'ai compris que vous cherchiez à échapper au monde auquel vous appartenez pour chevaucher vers l'inconnu. Est-ce que je me trompe ? » Pour ne pas me mettre dans l'embarras, elle ne me laissa pas le temps de lui répondre et poursuivit : « Jacob était ainsi. L'ailleurs et les autres étaient pour lui des aimants auxquels il ne pouvait résister. Rien ne l'effrayait et ne l'arrêtait. Jusqu'à se perdre. Je crains qu'au terme de votre voyage dans l'univers de Jacob Sfrec vous ne deveniez son clone. Je vais vous parler pour vous éviter ce destin qui l'a fait passer à côté du bonheur qui nous attendait. »

Dès cet instant, je devins un astéroïde prisonnier de la force d'attraction de cette femme fascinante. Je choisis d'être sincère devant elle, de ne rien dissimuler de mes failles, de ne lui poser que des questions simples et de ne pas jouer à celui qui sait quand il ne sait pas. J'avais noté ce mantra journalistique au détour d'un carnet de Jacob : « Jamais de mensonge ! Quitte à passer pour un con, ne pas faire le malin, toujours reconnaître son ignorance devant un interlocuteur. » Je commençai donc par soumettre à Miriam tous les éléments que j'avais rassemblés jusque-là sur Jacob et les notes que j'avais rédigées et mises bout à bout au fil de mes découvertes, en particulier sur le Cambodge. Ce fut un patient travail dont la première partie de ce récit est le fruit. Elle m'encouragea à poursuivre mon travail sous la forme de fragments en me précisant qu'elle m'en livrerait quelques-uns. Elle aimait cette manière de déconstruire une existence, de l'affranchir de la chronologie. Cette remarque me ravit d'autant plus que je n'avais pas théorisé à ce point mon approche littéraire. Ses suggestions de correction consistèrent surtout à affiner, sans les modifier, les conclusions que je tirais ici ou là sur la psychologie de Sfrec. Elle m'incita aussi à approfondir les quelques observations que j'avais rédigées sur moi-même. « Dévoilez-vous plus pour mieux dévoiler Jacob », me lança-t-elle en éclatant de rire. Au terme de cet exercice, elle m'avoua qu'elle avait retrouvé Jacob dans ce que j'avais écrit et me remercia en baissant la tête et portant furtivement un mouchoir blanc au coin de ses yeux. Ainsi m'accorda-t-elle sa confiance.

Elle ne m'apprit rien de bien nouveau sur Edgard et Ava qu'elle avait adorés et me précisa qu'elle découvrait le texte que son ancien beau-père avait rédigé et que j'avais pour partie reproduit. Je lui proposai de lui en laisser une copie. Elle déclina. Je découvris beaucoup plus tard que ce voyage dans le passé l'émouvait trop pour qu'elle puisse en parler. Elle formula néanmoins le regret de n'avoir pu assister aux obsèques d'Edgard ; il me sembla même que sa voix s'étranglait lorsqu'elle me dit : « Vous connaissez les tristes conditions de sa disparition. »

Après avoir parcouru mes feuillets, elle ne fit pas non plus de commentaire sur l'ultime confession qu'avait laissée Jacob. Sans m'en ouvrir devant elle, j'eus le sentiment qu'elle l'avait déjà lue. J'acquis au terme de l'examen de mon ébauche de manuscrit la conviction que tout ce qui la ramenait à cette époque ravivait de manière aiguë la douleur jamais disparue d'un bonheur absolu trop bref. Quand elle me récita les vers de Wallace Stevens, je n'en eus plus le moindre doute. L'aide qu'elle allait m'apporter serait sans doute pour elle une souffrance, ce qui éclaire mon immense reconnaissance et mon attachement.

C'était une femme chaleureuse sans être expansive, séduisante sans être belle. Il en va ainsi de certaines personnes, leur charme rayonne sans l'appât de la beauté. Elle avait perdu sa grand-mère Sarah au milieu des années 1990 et ses parents au début des années 2000. Elle les évoqua devant moi longuement, les yeux brillants de larmes retenues. Elle avait eu la joie de vivre près de chez eux, à New York, jusqu'à leur disparition. Son passé familial restait marqué au fer rouge dans sa mémoire juive. Son intelligence était très vive, nourrie par une immense curiosité culturelle que je n'avais jamais connue dans ma famille frappée d'un conservatisme atavique. La littérature, la peinture et, bien entendu, la musique avaient tout autant occupé son existence que ses cours et travaux universitaires sur l'histoire des relations entre Juifs et chrétiens. Les AAranson-Wahl ne dissimulaient pas un très fort attachement à Israël et au sionisme mais, à l'exception de Yom Kippour, ils ne célébraient plus les fêtes. Cet univers m'était si étranger que je dus demander à Miriam de m'en livrer quelques clés. Elle le fit uniquement pour que j'appréhende mieux la psychologie de Jacob qu'elle disait « très israélite » même s'il n'était pas du tout croyant. Sur ces questions, elle avait elle-même un regard assez distant. Elle en parlait plus en historienne qu'en militante. En revanche, sa fille Talia, très sensible à l'approche qu'avait Daniel Barenboim des relations entre Juifs et Palestiniens, soutenait activement l'Académie qu'il avait créée en 2012 avec l'universitaire palestino-américain Edward Saïd et ouverte à Berlin en 2016. Tant de choses virevoltaient autour de Miriam que j'avais tendance à m'égarer en la questionnant. Je multipliais les digressions dès qu'une de ses remarques m'en donnait l'occasion. C'est elle qui, dès notre première rencontre, me le fit remarquer et me dit après quatre heures de conversation : « Et si nous commencions par le commencement, ma rencontre avec Jacob. » Voici son récit.

« Dès l'instant où je l'ai vu et entendu, je me suis dit, sans y réfléchir, que c'était l'homme de ma vie. Pour Jacob, je crus d'abord, que ce ne fut pas un coup de foudre au premier regard. Avec son ami Paul, ils fréquentaient beaucoup plus les filles que les garçons. Paul était un séducteur et multipliait les liaisons. Jacob flirtait parfois mais sans jamais aller trop loin en public. Il n'était pas gagné par cet esprit de liberté sexuelle qui flottait dans l'air à la fin des années 1960. Il appréciait profondément la compagnie des femmes, elle le rendait joyeux et drôle, mais, au fond, c'était un romantique qui attendait son heure. Il aimait les baisers furtifs, pas la baise pour la baise très en vogue à l'époque. Même s'il lui est arrivé de finir, je pense, dans le lit d'une ou plusieurs filles. Sans doute marqué par le couple harmonieux et uni qu'avaient formé ses parents, il espérait s'engager un jour dans une relation durable. Il la souhaitait sans vraiment la rechercher car il pensait au fond de lui que sa curiosité exigerait une liberté peu compatible avec une vie de famille. Malgré une part de lui-même déjà sombre, il se laissait porter par la légèreté radieuse de cette période. Sans doute lui permettait-elle de surmonter et taire le pessimisme radical qui l'habitait. J'étais son contraire, je vivais sans inhibition, je ne courais pas de garçon en garçon mais, quand j'en trouvais un très séduisant, je couchais sans hésiter avec lui. Jacob n'était pas un jeune homme à principes, un esprit rigide, qui jugeait les autres. Il se disait non sans un brin de préciosité émule de Gatsby le magnifique. La passion du héros de Scott pour Daisy le fascinait. Plus que le désenchantement de cet homme, c'était cet amour fou qui le troublait. Était-ce possible d'aimer ainsi jusqu'à se perdre ?

Depuis mon adolescence, Francis Scott Fitzgerald était mon écrivain préféré, j'avais tout lu de lui sans jamais me lasser. Jacob parlait de *Gatsby* quand je l'ai aperçu pour la première fois et suis tombée amoureuse. La scène s'est déroulée dans la brasserie historique du cours Mirabeau, Les Deux Garçons, à Aix-en-Provence où nous poursuivions tous les deux nos études. Nous étions dans la même faculté, moi en histoire des religions, lui en histoire contemporaine mais aussi en lettres. Je ne l'avais jusque-là jamais croisé dans les couloirs de l'université. Je l'ai discrètement écouté alors que j'étais assise à une table voisine de la sienne. Il était lancé dans une grande discussion littéraire avec quatre étudiantes et Paul. J'ai tout de suite aimé sa manière d'évoquer Fitzgerald mais c'est surtout ma réaction corporelle qui m'a surprise. En l'entendant parler, je frissonnais de plaisir. Fascinée par ses mains qu'il utilisait avec délicatesse pour illustrer ses phrases, j'ai tout de suite eu envie qu'elles se posent sur moi. Puis, il y eut ce regard bleu indéfinissable un instant tourné vers moi. Il m'a furtivement souri avant de reprendre son échange avec ses camarades de fac. Je fus instantanément jalouse de ces filles, craignant que l'une d'entre elles soit sa petite amie. Incapable de m'éloigner, j'attendis que sa tablée se lève et se disperse. Je fus rassurée quand je vis qu'il partait seul avec Paul. J'eus même la tentation de le suivre à distance pour savoir où il habitait tant j'avais peur de ne plus jamais le revoir. Ce ne fut pas le cas. Le lendemain soir, il était de nouveau là en compagnie de Paul, à l'une de ces tables des Deux Garçons qui avaient accueilli dans le passé aussi bien Cézanne que Picasso, Cocteau, Darius Milhaud ou Francis Poulenc.

Il me fallut une semaine pour attirer sérieusement son attention. Je ne le draguais pas, je m'asseyais sur une banquette proche de la leur, penchée sur mes cours dans lesquels je faisais semblant d'être absorbée. En vérité, ce fut Paul qui m'adressa le premier la parole à sa manière vive et drôle : “On dirait que vous nous écoutez comme on écoute aux portes. Dans quelle fac vous enseigne-t-on une telle curiosité ? Joignez-vous à nous si on vous intéresse tant. Allez, venez !” À cette époque, le mot “harcèlement” n'existait pas et les filles post-soixante-huitardes ne s'effarouchaient pas de recevoir un compliment ou une invitation. Je me demande comment ça se passe maintenant. En ce qui me concerne, je n'ai plus l'âge de recevoir de telles apostrophes, n'est-ce pas ! »

Elle m'interrogea d'un regard amusé et, riant franchement, je lui répondis avec ce compliment : « Parfois, tout de même, j'imagine ! » Elle reprit : « Je suis une féministe très *old fashion*, vous savez ! Pour que vous compreniez bien mon état d'esprit à ce moment-là, j'ai trouvé Paul très séduisant et j'aurais pu succomber à son charme mais je savais que Jacob, pourtant beaucoup moins beau, était l'homme que je cherchais. J'étais aussi certaine que j'étais celle qu'il attendait. Mon intuition était irrationnelle, folle, néanmoins immaîtrisable. Vous savez, la passion ne s'explique pas ! Elle s'impose et vous submerge. J'étais aimantée par ce garçon dont je compris pourtant assez vite qu'il me comblerait de bonheur et m'accablerait de tristesse. Rien à faire, j'avais envie, comme aurait dit Fitzgerald, de me glisser dans sa poche et d'y rester pour toujours. J'ai hérité de ma mère un caractère assez américain. Je veux dire que je ne tergiverse guère et fonce droit au but. C'est ainsi que naissent les grands succès et les plus terribles catastrophes. Paul me proposa donc de rejoindre leur table, ce que je fis sans hésiter. Nous nous présentâmes, Paul parla beaucoup. Jacob, lui, se tut presque toute la soirée. Il souriait à tout ce que nous disions, la conversation à vrai dire n'avait pas grand intérêt. Paul avait compris ce qui se passait entre Jacob et moi. Il m'avoua plus tard que Jacob m'avait remarqué le soir où il avait évoqué Gatsby et lui avait confié en sortant des Deux Garçons que je pourrais bien être Daisy. C'était pour ça que Paul m'avait attirée à leur table en me complimentant. Persuadé que Jacob était un peu trop compliqué pour se trouver une épouse, il avait décidé, figurez-vous, de nous marier et décréta de manière incongrue que c'était inévitable. C'est ce qui s'est passé. Paul s'est éclipsé et nous a laissés tous les deux les yeux dans les yeux. Jacob était pudique et s'imaginait laid. Il se dissimulait derrière son visage de tempête avec cette multitude de rides qui déjà s'y dessinaient. Il avait besoin d'intimité pour se dévoiler. Il le fit sans recourir à de grands mots. « Je t'aime » ne faisait pas partie de son vocabulaire. Il était en effet compliqué, plutôt mystérieux et, curieusement, ça m'enchantait. Je devinais qu'il avait peur de lui-même. Il redoutait de me faire prendre un risque tant il s'était convaincu qu'il pouvait être dangereux. N'allez pas croire qu'il était instable, Jacob était un roc de fidélité, jamais il ne m'aurait trompée si je n'avais pas décidé de le quitter, mais il y avait en lui une frénésie indomptable, un désir de courir le monde qui supposait une liberté absolue, un sentiment permanent d'urgence qui le conduisait à partir du jour au lendemain et à saisir toutes les occasions de s'envoler de chez lui et donc de chez nous.

Il me faut préciser un autre trait de son caractère. En riant, il me dit un jour qu'il était un Juif errant. Sa judéité était brûlante. Il pensait que les Juifs devaient être prêts à tout quitter d'un instant à l'autre pour échapper aux bouffées délirantes de l'antisémitisme. Très jeune, il avait visité le camp de concentration nazi de Natzweiler-Struthof en Alsace en compagnie de ses parents. Il en parlait comme d'une descente aux catacombes dont il ne serait jamais totalement revenu. Les cauchemars qui peuplaient ses nuits venaient, j'en suis certaine, de cette découverte de la géhenne. Son esprit a été marqué au fer rouge par ce théâtre effrayant de la désolation humaine. Durant les deux petites années qui nous virent mari et femme, à bien des égards j'ai vécu avec ses fantômes nocturnes. Sa tête était souvent dans un ailleurs dont il ne me parlait guère. Il a compris que je souffrais de plus en plus de ses absences, physiques ou pas, sans mesurer qu'elles me devenaient insupportables bien que, je vous l'assure, il m'aimât comme un fou. S'il était intarissable sur ses envies de découvertes, en revanche il n'évoquait jamais ses hantises que révélait sa fascination pour la poésie de Paul Celan, notamment ces deux vers tirés de « Fugue de mort », évoquant la fumée des fours crématoires d'Auschwitz :

Nous creusons une tombe dans les airs on n'y
est pas couché à l'étroit.

Sa curiosité boulimique, son constant besoin de fuir et son incurable souffrance ne cessèrent de s'aggraver sous mes yeux mais, lorsque ces deux maux s'apaisaient, nous devenions fusionnels. Pendant ces deux années, nous avons été amants comme au premier jour et heureux dans ces parenthèses comme nous ne l'avons plus jamais été. Nous étions saisis d'une emprise réciproque, prisonniers de pulsions à la fois sexuelles et amoureuses.

Nous étions faits l'un pour l'autre et programmés, l'un comme l'autre, pour détruire ce qui nous unissait pour la vie. J'avais compris tout cela avant même de nous marier. Notre rupture était écrite. Elle viendrait vite car mon caractère est ainsi fait qu'il a besoin de continuité, de présence, j'aime qu'on m'aime de près et sans intermittence. À bien des égards, je suis possessive. Jacob m'appartenait mais c'était un oiseau sur la branche toujours prêt à s'envoler vers l'orage. J'ai accepté cette fatalité d'une séparation rapide, certaine que le peu de temps que je passerais avec lui resterait le plus beau moment de mon existence. J'ai connu un grand bonheur par la suite avec mon mari et ma fille, alors qu'avec Jacob j'ai plongé dans les transes de la passion, ce délire qui vous emporte comme un tsunami et ne peut se vivre que dans l'urgence du présent car il n'a aucun avenir. Cet incontrôlable état de désir est si particulier que j'ai cherché à l'éclairer par des lectures et quelques échanges avec des psys dès mon installation à New York. J'ai ainsi appris qu'avec Jacob je refusais le temps et préférais le présent au futur. Il ne s'agissait pas de construire une histoire durable mais de la vivre seconde après seconde sans préoccupation du lendemain. La souffrance que faisait naître la certitude de l'échec n'était rien, la conviction que j'avais de vivre une aventure unique justifiait de me jeter dans la gueule d'un loup souffrant des mêmes maux à mon endroit. Jacob, lui aussi, nous savait perdus. Ma folie amoureuse n'était pas une maladie de l'âme comme l'écrit Kant, ma raison restait éveillée et ma conscience en alerte. Je cédais à cet élan et demeurais lucide, consciente que la catastrophe nous guettait. J'étais persuadée que je serais capable de tout réparer après elle. Tel était mon état d'esprit. Si j'ai réparé en effet les choses en choisissant une autre vie, sans emprise, j'ai réalisé seize années après notre divorce que j'avais tout enfoui sans rien effacer. Sans que j'en souffre ouvertement et que j'en sois consciente tant je me sentais heureuse auprès de Saül, Jacob est resté blotti quelque part en moi.

Du début à la fin, tout a été tempête dans cette union. Notre mariage a eu lieu à la va-vite à Aix en décembre 1969, trois mois après notre première rencontre, nous avions vingt et un ans et nos licences respectives en poche. Jacob avait intrigué pour ne pas faire son service militaire. Nous nous sommes retrouvés au mois de juillet 1970 à Paris où j'ai poursuivi mes études d'histoire à la Sorbonne, tandis que Jacob quittait l'université pour se jeter dans le journalisme comme du haut d'un précipice. Rien ne pouvait le retenir et tout démarra très vite dans cette époque de tous les possibles. Départ à pas d'heure le matin, retour au milieu de la nuit, voyages incessants, il dévorait tout ce qui passait à sa portée, pigeait dans tous les journaux sous des noms différents et se démultipliait tel un journaliste protée. Dans le petit milieu de la presse, on le remarqua assez vite. Il fut engagé à *Vues* dès l'été 1971. Il ne cherchait pas à se faire pardonner ses absences alors qu'il me voyait désespérée de le perdre jour après jour. Plus il s'éloignait de moi, plus il se claquemurait. Il savait que nous détruirions tout en peu de temps et pensait que les mots ne servaient à rien. Il était inutile de s'excuser ou de chercher à panser les plaies. Nous devions accepter le sort que nous avions choisi, cette passion comme perversion de la raison. Rien ne fut logique et vraisemblable au cours de ces deux années d'aliénation assumée. Aujourd'hui encore, je ne regrette rien. La plaie a superficiellement cicatrisé et j'ai connu un bonheur apaisé par la suite. Il a fallu longtemps avant que j'admette qu'un feu couvait encore au plus profond de moi-même. »

Miriam ne rentra guère dans le détail de leur séparation. Tout se défit comme elle l'avait imaginé, sans cri, sans hurlement, sans lamentation, sans surprise, il fallait un point final à ces errements enivrants. Le long voyage de Jacob au Cambodge sonna le glas. Elle m'expliqua pourquoi.

« Le téléphone portable n'existait pas en 1972. Je suis restée deux mois sans recevoir la moindre nouvelle de lui, même pas un télégramme. Des reporters étaient morts là-bas. Ses chefs à *Vues* n'en savaient pas plus que moi sur ce qui se passait mais ils étaient habitués aux silences de leurs envoyés spéciaux. Alors que je lui demandais s'il avait reçu un message de Jacob, l'un de ses patrons me répondit : “Si vous n'êtes pas contente, vous n'avez qu'à vous suicider.” Chaque journée m'éloignait un peu plus de lui. Je découvrais que je ne supporterais jamais ces interminables absences et l'angoisse qui les accompagne. Je ne doutais pas que Jacob prendrait des risques, irait tutoyer la mort, ce qu'il fit. À son retour, son récit m'effraya. Il s'était précipité sur tous les fronts de cette guerre, en première ligne, sous les balles, circulant jour et nuit dans des zones dangereuses en compagnie d'Alan Shepard avec l'espoir de raconter des faits que nul autre n'aurait découverts, obsédé par l'idée de ne ressembler à aucun de ses confrères. Il était à la recherche de ce moment fragile où, dans la guerre, votre sort ne dépend plus de vous mais du hasard parce que vous flirtez avec la mort, dans la peau d'un combattant. Jacob ne savait pas tracer la ligne de partage entre lui et le sujet qu'il traitait. Il voulait être l'autre pour comprendre ses ressorts intimes. Il était prisonnier de cet engagement ambigu qui le faisait basculer dans une exploration de lui-même, loin des règles de son métier. Contrairement à ce qu'il disait, il était plus acteur qu'observateur. C'est pour cela que ses comptes rendus tombaient souvent à plat. Il refusait d'y dévoiler ce qu'il avait appris sur lui. Le recul qu'il y prenait rendait ses articles assez plats, sans émotion. J'ai lu les quatre-vingts pages qu'il a ramenées de Phnom Penh, une accumulation impressionnante de faits mais rien de ce qu'il m'a raconté n'y est, son tutoiement constant du danger, ses réflexions morbides, son regard sur l'espèce humaine, la certitude que le pire pouvait toujours recommencer.

À son retour, il s'est livré sans retenue devant moi, me regardant droit dans les yeux et m'écrasant les mains entre les siennes. Il l'a fait en assumant les conséquences de cette confession crue et brutale et j'ai compris que cette guerre avait atteint les racines de son âme. Sa voix était ferme et ses phrases tranchantes comme une lame de couteau que l'on vient d'affûter. Tout y est passé ! Il n'aurait pas pu en dire plus si on l'avait torturé. J'étais la seule personne devant laquelle il pouvait ainsi se délivrer du poids de lui-même. Nul ne peut imaginer le choc que l'on ressent quand un être vide sa besace intime. La sienne, pleine à craquer d'angoisses et de contradictions, était si lourde à porter qu'il me parut impossible de continuer à la partager avec lui. Il s'interrogeait sur son courage face à la peur physique et morale qui l'avait gagné au Cambodge. Ce reportage a rendu incandescente son interrogation sur les choix qu'il aurait faits face au nazisme. Il effaçait de son raisonnement ses origines juives et se demandait s'il aurait été du bon côté. Cette question ne l'a plus jamais quitté et l'a poussé toute sa vie à mettre son audace à l'épreuve. Le spectacle de la guerre avait exacerbé en lui une incurable incertitude sur sa propre personne.

Je l'ai écouté sans l'interrompre, convaincue que je ne saurais le sauver de ses affres. Je suis ainsi faite que je refuse toujours les demi-mesures, au risque de souffrances terribles. L'ambivalence qui le gangrenait me serait insupportable. Cet homme m'aimait et je l'aimais, l'un et l'autre nous ne connaîtrions plus de sentiments semblables, mais les démons qui nous habitaient étaient trop effrayants et indomptables pour croire que nous pourrions les vaincre et poursuivre une vie commune. Les vraies passions sont comme l'ivresse, elles se terminent toujours dans une sinistre cellule de dégrisement.

Je n'ai pas retiré mes mains de celles de Jacob. Quand il s'est enfin tu, j'ai simplement dit d'une voix aussi ferme que la sienne : "Notre traversée s'achève." Il a ajouté avec froideur : "C'était inéluctable. Ava et Edgard seront très malheureux, ils ne me voient pas tel que je suis." "Nous ne nous verrons plus mais ils seront notre lien, je resterai en contact avec eux, je te le promets", ai-je conclu submergée par le chagrin à l'idée de ne plus jamais le revoir. Nous avons vécu encore deux mois ensemble dans ce jeu de dupes. En mai 1972, alors qu'il s'apprêtait à partir au Viêt Nam, nous avons précipité le divorce. J'ai postulé pour finir mon doctorat à l'université Yeshiva de New York, j'ai été acceptée et me suis réfugiée chez ma grand-mère Sarah. Elle a compris la douleur qui s'était emparée de moi. Par la suite, mes parents ont à leur tour décidé de traverser l'Atlantique et la famille s'est reconstituée pour le meilleur de nous tous. J'ai gardé le contact avec Ava et Edgard pendant près d'un an. Je suis revenue en juin 1973 en France après qu'Ava m'a téléphoné pour me dire : "Adieu ma chère Miriam." J'avais aimé cette femme comme ma mère et elle m'avait aimée comme si j'avais été sa fille. Quand nous déjeunions le dimanche avec elle et Edgard, à l'heure du café, elle se glissait à mes côtés et me parlait à voix basse de l'enfance de Jacob tout en allumant une cigarette ou se vernissant les ongles. J'adorais cette parenthèse et n'en ai jamais oublié l'indéfinissable envoûtement. Elle est morte le lendemain de mon arrivée. Le désespoir de Jacob me déchira. Il ne pleura pas et ravala tant sa douleur que son visage et sa silhouette en furent définitivement transformés. Il ressembla à partir de ce moment-là au Christ en croix de Vélasquez. Son corps donnait l'impression d'avoir été à la fois étiré et désarticulé, comme torturé, sa tête était le plus souvent inclinée vers le bas pour masquer la souffrance gravée dans les rides de son large front. Mon inquiétude devant ce désarroi inexprimé autrement que physiquement fit que, après mon retour définitif à New York, j'ai parlé plusieurs fois au téléphone avec Paul pour avoir des nouvelles Jacob mais j'ai fini par y renoncer.

Il fallait que je tourne au plus vite cette page de ma vie. J'avais déjà rencontré Saül chez des amis communs. Il était plus âgé que moi de sept ans et déjà dans la vie active. Cet homme était attentif, posé, cultivé et séduisant. À bien des égards, il était le contraire de Jacob. Il n'avait connu aucune épreuve redoutable et son chemin était tracé depuis toujours. Il n'avait rien à conquérir mais il avait la réputation d'être très brillant dans les affaires. Il l'était. La banque dont il avait hérité gardait plus que jamais son rang et sa réputation. J'étais consciente que Saül ne m'offrirait pas cette existence pleine de surprises et d'imprévus dont j'avais un temps rêvé auprès de Jacob, en revanche je m'épanouirais sereinement à ses côtés et, sans trahir de secrets trop intimes, je dois vous confesser que j'en avais un grand besoin à ce moment précis. Dès lors, j'ai enseveli mon passé avec Jacob dans un tombeau et je n'ai plus pris de ses nouvelles pendant près de seize ans. »

Son regard devenu sévère m'invita au silence. Bien que devinant qu'elle ne me disait pas tout, loin de là, pressentant même d'inavouables mensonges dans cette histoire un peu trop linéaire, je renonçai à l'interroger plus avant pour ne pas briser le lien de confiance qui avait commencé à naître entre nous. Elle m'en avait déjà tant appris ! Après tout, je n'enquêtais pas sur elle mais sur Jacob. Je ne pus m'empêcher de penser que j'avais quelques points communs avec Saül. Comme lui, j'étais un héritier. J'avais été un fils respectueux, élevé avec attention par ses parents mais, contrairement à lui, sans cette chaleur familiale qui fait naître la générosité. Même si je ne débattais pas jusqu'alors de cette question avec moi-même, tant je trouvais inutile d'encombrer ma vie avec ce type d'interrogations, une sensibilité, héritée de je ne sais qui, avait fait que je savais intuitivement que je n'avais pas vraiment aimé ma mère et mon père. Cette première conversation avec Miriam acheva de m'en convaincre. Ce qu'elle me raconta des AAranson et d'elle-même, cette passion pour Jacob puis cette vie emplie d'une affection réparatrice aux côtés de Saül, m'amena à poursuivre l'examen de conscience que j'avais entamé en travaillant sur la biographie de Jacob. Le dandy égoïste avait pâli, le riche rejeton demeurait mais il en avait plus ou moins fini avec l'égocentrisme en étant un moussaillon mal-aimé au sein du *Corsaire*. Les autres m'intéressaient à présent plus que moi-même. Je découvrais que la curiosité repose d'abord sur un besoin de connaître le pourquoi et le comment de l'existence. Bref, si j'admirais Miriam et les AAranson-Wahl avec cette double capitale si originale, je me sentais de plus en plus proche de Jacob. J'étais encore très loin de tout connaître de lui…

9
Jacob

De retour à Paris après ce premier rendez-vous avec Miriam, euphorique je repris mon enquête avec encore plus de détermination. Elle ne m'avait pas refermé sa porte mais je devinais que, pour cette fois, elle ne m'en dirait pas plus. Bien des choses s'éclairaient sur leur rupture et le portrait psychologique de Jacob se précisait. Armé de ces informations, je pensais pouvoir avancer seul. Je pressentais également que Miriam s'était arrêtée au bord d'un secret que je crus être la poursuite de ses relations avec Jacob. Elle n'avait pas surjoué sa mélodie du bonheur avec Saül. Elle s'était contentée d'évoquer une affection douce et heureuse mais n'avait jamais prononcé le mot amour. La passion qui l'avait embrasée avec Sfrec ne s'était pas éteinte. Quelque chose de singulier demeurait entre eux, un mystère qu'il me fallait encore éclaircir.

Pour y parvenir, je me suis lancé à nouveau dans un travail de moine copiste, une ascèse de chercheur dont jamais je ne me serais cru capable auparavant. J'ai retrouvé et décortiqué tous les voyages de Jacob après son divorce. Au milieu de ses va-et-vient de grand reporter jusqu'à l'âge de quarante-cinq ans, il y avait au moins une fois par an un déplacement à New York. J'y vis la preuve que leurs liens n'étaient pas rompus contrairement à ce que m'avait dit Miriam mais je faisais erreur. Je finis par découvrir dans ses papiers que Jacob s'y rendait pour travailler à un projet de roman sur un jeune couple américain plongé dans la guerre du Viêt Nam qu'il ne mena jamais à bien. Miriam en aurait-elle été l'héroïne ? Je n'eus la réponse qu'en novembre 2024 lors de notre deuxième rencontre lorsqu'elle me confia une copie de cette ébauche. Jusqu'à ce que je la lise, j'ai imaginé que lors de ses escapades new-yorkaises Jacob cherchait d'abord à apercevoir la silhouette de Miriam derrière ses fenêtres de Washington Square North. J'ai relevé plusieurs fois cette phrase dans ses agendas : « Toujours aussi fascinante. » On pouvait croire qu'il parlait de la ville de New York, il s'agissait selon moi de Miriam.

Je mis ces spéculations entre parenthèses pour me concentrer sur les reportages de Jacob. S'il n'avait plus travaillé avec son ami Alan Shepard, il avait couvert les mêmes conflits. Il avait démissionné de *Vues* et renoncé à être salarié. Cet homme compliqué tenait par-dessus tout à sa liberté. Les confrères qu'il a croisés sur les théâtres de guerre et que j'ai interrogés m'ont tous raconté la même histoire. Jacob était un chasseur d'informations solitaire, un marginal. Il ne partageait rien avec ses pairs. Il ne descendait pas dans les hôtels où tous se retrouvaient mus par un instinct grégaire qu'il n'appréciait guère. Il choisissait le plus souvent des gargotes minables, au plus près des victimes des combats. Certains me racontèrent qu'ils n'avaient jamais vu un type aussi indifférent aux risques encourus. L'un d'entre eux m'expliqua que Sfrec donnait toujours l'impression de vouloir expier une faute et qu' « il se comportait comme un pénitent au point que l'on se demandait ce qu'il avait bien pu vivre pour s'exposer ainsi ». Un autre l'avait vu traverser une rue de Beyrouth sous la mitraille d'un pas lent, les bras écartés et les mains ouvertes, le nez en l'air, cherchant d'où partaient les tirs. « À cet instant précis, me précisa-t-il, il ressemblait à un futur crucifié portant sa croix. » Il n'avait pu s'empêcher de s'exclamer devant lui : « Tu es dingue, tu veux crever ou quoi ! » Jacob lui avait simplement répondu : « J'ai besoin pour écrire de comprendre ce que vivent vraiment ces combattants. »

Je fis évidemment le lien avec la surprenante passivité dont il avait fait preuve au Cambodge. Je pense qu'elle tenait d'abord à sa sidération devant la violence et les atrocités khmères. Pour lui, la guerre n'avait été jusqu'alors qu'une abstraction. Comme dans le camp du Struthof, la réalité lui explosait de nouveau à la figure. Sur le coup, il ne se révolte pas. Frappée de stupeur, sa sensibilité est comme engourdie. À son retour en France, cette anesthésie qui lui a servi d'armure se dissipe et des vagues de remords peu à peu le submergent. Ils se sont sans doute aggravés après la chute de Phnom Penh et le déferlement de barbarie rouge qui s'est ensuivi. Dans un nouveau rendez-vous avec Miriam, début novembre 2024, je lui rappelais qu'elle m'avait dit qu'il s'interrogeait sur le comportement qui aurait été le sien face aux nazis. Imaginait-il qu'il aurait pu ne pas être du bon côté ? Miriam me répondit sèchement : « Il l'aurait été, je n'en doute pas un instant. » Elle ajouta néanmoins : « Il avait été troublé d'apprendre par sa grand-mère maternelle qu'elle avait été soulagée de voir Pétain arriver au pouvoir en juin 1940. Elle se souvenait de l'avoir vu conduire sur son immense cheval blanc le grand défilé de la victoire du 14 juillet 1919 aux Champs-Élysées et gardait l'image d'un héros. Au mois d'octobre suivant, ses espoirs s'effondraient avec la publication de la loi portant statut des Juifs. »

Me vint alors l'envie de l'interroger sur la réaction que Jacob aurait eue, à l'automne 2023, lors de l'entrée en Israël d'une horde ensauvagée d'islamistes du Hamas qui avaient réveillé le spectre de l'Holocauste en massacrant plus d'un millier de femmes, d'hommes, d'enfants, de bébés, de vieillards, tous ou presque civils sans arme. J'avais moi-même dû faire appel à ma raison pour ne pas cautionner une réponse dictée par la loi du Talion prônée par trois fois dans le Pentateuque : « Si le malheur arrive, tu paieras vie pour vie, œil pour œil, dent pour dent, main pour main, pied pour pied, brûlure pour brûlure, blessure pour blessure, meurtrissure pour meurtrissure. » Miriam n'hésita pas une seconde : « Il aurait ressenti la même douleur que moi devant cette tuerie. Bien qu'agnostique, il se disait juif jusqu'à la moelle et viscéralement attaché à l'existence d'Israël, tout en défendant la nécessité de créer un État palestinien. Il aurait pensé, pour la première fois, que l'avenir du pays était en péril. Il définissait sa judéité comme une fidélité à l'histoire d'un peuple persécuté depuis la nuit des temps. Il aurait, je pense, appelé de ses vœux un

sursaut existentiel, une réponse militaire qui respecterait les lois de la guerre et ne se réduirait pas à une vengeance aveugle. Il avait vu tant de carnages, qu'il aurait souhaité que Tsahal ne franchisse pas les frontières de l'inhumanité comme l'avait fait cette troupe de fous d'Allah animée par une haine de ceux qu'ils appellent les "impies". »
Sa réponse fut si spontanée que me vint une idée folle : ces mots avaient été prononcés par Jacob lui-même. Sans y prendre garde, j'esquissai un geste pour la chasser. En octobre 2023 ne s'était-il pas évanoui depuis plus de huit mois dans la nature sans laisser la moindre trace ?

Je crus à ce moment de mes recherches que j'avais découvert la ligne de vie et de mort de Sfrec. Après son séjour au Cambodge, Jacob avait voulu se convaincre à n'importe quel prix de son courage. Tout ce que j'apprenais à son sujet faisait écho à cette hantise. C'était comme une incurable septicémie ! Il n'a cessé de se mettre à l'épreuve dès lors que lui venait un doute sur lui-même. Jusqu'à ce qu'il ne le supporte plus.

Son comportement fut si redondant qu'il m'apparaît à présent inutile de rendre compte de tous les faits que j'ai accumulés. Il s'est jeté dans tous les conflits de la planète pendant vingt ans, il a publié des papiers saisissants mais racontant tous les mêmes histoires de charnier, de cloaques, de cadavres. Son écriture était clinique, sans le moindre effet de style. Prisonnier de ses obsessions, il était incapable de se renouveler. Son constant tutoiement de l'horreur finit d'ailleurs par lasser ses commanditaires.

On lui reprocha de se répéter et, ayant tout lu de ce qu'il avait publié durant cette période, je peux affirmer que cette critique était justifiée. En outre, à la fin des années 1980, après l'effondrement soviétique, on se mit à croire à la fin de l'Histoire et à la paix perpétuelle. Un vent d'idéalisme démocratique souffla alors sur le monde en dépit des conflits qui éclataient ou renaissaient au Proche-Orient et en Europe. Tout le monde voulait croire que la page des ténèbres du XXe siècle était définitivement tournée au point de ne pas voir qu'elles ressurgissaient dans le ventre mou balkanique du vieux continent et l'immense monde islamique. Alors que « la démocratie coulait à plein bord », le désenchantement de Sfrec grandit encore. Convaincu de la stérilité de sa lucidité face à un éternel recommencement, il choisit brutalement en 1995 de ne plus courir le monde et se replia sur un examen critique de la France.

Il effectua ses derniers reportages en Yougoslavie. Il faut croire que cet homme flairait la mort. Il se trouvait à Vukovar en Croatie en novembre 1991 quand les Serbes, sur ordre de Slobodan Milosevic, en vidèrent l'hôpital et transformèrent cette opération soi-disant humanitaire en boucherie. Malades, blessés, personnel soignant, civils, employés furent évacués en bus par des milices puis exécutés par balle quelques kilomètres plus loin dans une tranchée vite comblée. Jacob n'assista pas directement à ces crimes de guerre mais il découvrit très vite ce qui s'était passé et se rendit sur les lieux de cette abomination dont la terre encore fraîche exhalait le sang et la mort. Alors lui revint le souvenir des *killing fields* cambodgiens, de la débâcle américaine au Viêt

Nam après dix années de combats et près de deux millions de morts, des centaines de milliers de victimes sur le front Iran-Irak, de l'extermination chimique de cinq mille Kurdes par la soldatesque de Saddam Hussein à Halabja, des hommes et des femmes drogués et jetés dans le vide du haut des avions des séides de la junte argentine, des soixante-dix mille victimes en Érythrée, de la sauvagerie russe en Afghanistan, un interminable cortège d'abominations avait accompagné son existence et défilait sous ses yeux dans une Yougoslavie emportée par des haines séculaires et par la folie meurtrière qui leur sert d'indissociable compagne. Vukovar était une redite de l'indicible exécution froide et barbare de 33 371 Juifs jetés au fond du ravin de Babi Yar aux portes de Kiev en Ukraine par les Einsatzgruppen un demi-siècle plus tôt. Rien n'avait changé depuis la Shoah. La mémoire de l'horreur absolue ne serait jamais un repoussoir. La chasse de l'homme par l'homme ne cesserait pas. Il confia beaucoup plus tard à Miriam : « Raconter était devenu inutile. Je l'ai fait en vain pendant vingt ans. La monstruosité des hommes n'a pas de fin possible. » J'imagine aisément que l'envahissement de l'Ukraine en février 2022 par la Russie ne le surprit pas et ne fit que conforter sa désillusion. Lors d'un rendez-vous avec Eugène Solonet, j'émis l'hypothèse que cette nouvelle guerre lui ait ôté l'envie de vivre. Il me répondit : « Allez savoir ! »

Bien que l'ayant lu six mois plus tôt, je rouvris alors *Les Grands Cimetières sous la lune* dans l'espoir de comprendre le pessimisme de Sfrec. Avait-il lui-même parcouru ce livre ? Je ne le sais pas. Je n'en ai trouvé aucune évocation dans ses notes, aucune trace dans sa bibliothèque et il n'a jamais parlé de Bernanos à Miriam. J'en ai malgré tout retenu ce passage écrit en 1938, qui éclaire les tourments de Jacob bien mieux que je ne peux le faire : « L'Europe va crever, quoi de plus simple ? La Démocratie sociale a exploité l'idée de justice, et n'a tenu aucune de ses promesses, sinon celle du service militaire obligatoire et de la nation armée. La démocratie parlementaire, l'idée de droit. La démocratie impérialiste dissipe aujourd'hui l'idée de grandeur. La démocratie guerrière mobilise les enfants de sept ans, prostitue l'héroïsme et l'honneur. Les démocraties autoritaires entraîneront demain avec elles jusqu'au souvenir de ce qui fut la libre Monarchie chrétienne [...]. On ne peut maintenant que ridiculiser jusqu'au grotesque nos déceptions et nos malheurs. »

Jacob ne voyait pas le tragique que dans les guerres, il le traquait aussi dans l'ordinaire du quotidien. Il avait compris que « les hommes moyens ont les nerfs malades » et qu'il est « extrêmement dangereux de les exciter ». Il ne se déchargeait pas de son angoisse sur le dos des autres mais, comme le paradoxal et provocateur Bernanos, à la fois monarchiste et démocrate laudateur de l'esprit de révolte de 1789, il avait compris que les peurs collectives, justifiées par le danger ou habilement réveillées par des dirigeants sans scrupule, déréglaient les opinions publiques et conduisaient au pire. Ce constat éclaire le curieux arrangement de son esprit, cette manière presque masochiste d'être toujours sur les rives de la cruauté et de souffrir atrocement de son spectacle. Son pessimisme trouvait ses racines dans cette conviction qu'il avait acquise au fil de ses voyages en sauvagerie que les mœurs humaines n'avaient pas évolué depuis la nuit des temps. J'ai vu, aurait-il pu écrire à la manière de Bernanos, j'ai vu de mes yeux, j'ai vu moi qui vous parle, j'ai vu des peuples que l'on pouvait croire pacifiques, s'endurcir tout à coup, j'ai vu se durcir ces visages, et jusqu'au visage des enfants. Jacob avait appris au Cambodge, puis vérifié reportage après reportage, ce que Bernanos avait lui-même découvert à Majorque pendant la guerre d'Espagne : « Il est inutile de prétendre prendre le contrôle de certaines passions lorsqu'elles sont une fois déchaînées. »

J'ai lutté contre moi-même pour ne pas basculer dans ce terrible pessimisme. Au fur et à mesure que j'avançais dans mon travail biographique, Sfrec me dévorait et éteignait en moi mon insouciance d'enfant gâté. Ce que je découvrais relativisait jour après jour aussi bien mes déceptions journalistiques que le syndrome de l'imposteur qui m'avait tant perturbé. La violence inhérente à cette existence m'entraînait dans un examen impitoyable de toutes les faiblesses dont j'avais preuve jusque-là. La guerre en Ukraine, dont j'aurais tant aimé m'entretenir avec lui, m'emmenait aussi sur cette pente. Nous étions au XXIe siècle et l'hydre était de retour sur des terres soi-disant civilisées par des millénaires d'histoire. N'allait-elle pas resurgir dans toute l'Europe, à commencer par la France ? C'est à cette question que Jacob s'est consacré dès lors qu'il a cessé de courir le monde des guerres déclarées ou rampantes. Il a fouillé les entrailles de notre pays avec l'acharnement d'un chien rongeant son os. Il l'a fait à sa manière singulière, publiant des articles et trois livres mais, au fond, ne s'adressant qu'à lui-même. Il ne répondait jamais aux critiques. Le regard des autres sur son travail l'intéressait mais seulement pour se remettre en cause, pas pour polémiquer publiquement. Son attitude n'avait rien à voir avec la misanthropie que j'avais d'abord diagnostiquée. Il ne dénonçait rien, il décrivait, rapportait, racontait, animé par sa religion des faits, sans peur, sans hypocrisie, sans arrière-pensée, s'appliquant à chasser de ses écrits la moindre dimension moralisante. Il s'employait à se dessécher comme en témoignent ses textes mille fois repris et les objurgations qu'il s'adressait dans ses carnets. Ses ratures et ses corrections étaient une traque féroce de sa subjectivité. Il arasait les effets de style, les tournures originales, les métaphores pour serrer le réel au plus près et le relater dans des mots simples, une langue nue débarrassée de toute afféterie. Cette rigueur devenait presque une préciosité. Je finis par penser qu'il mettait de l'orgueil dans cette manière de se retirer de ses écrits. N'était-ce pas en fin de compte une façon de les imprégner d'une touche très personnelle ? Ce minimalisme pouvait bien n'avoir été qu'apparence et trompe-l'œil comme en témoigne ce texte si différent par sa solennité, né de la lecture de *Guerre et Paix,* que j'ai retranscrit au début de ce récit. Cet homme à tiroirs cultivait peut-être son originalité pour satisfaire un profond désir de ne ressembler à nul autre. J'y vis une arrogance inavouée et inavouable. Miriam me tint sur cette question un discours contradictoire. Elle m'expliqua que j'avais à la fois tort et raison. Raison parce que Sfrec vivait ses tourments comme si personne ne pouvait les éprouver et donc les comprendre. Tort parce qu'il ne s'érigeait jamais en modèle ou en exemple, la preuve en était dans sa manière d'écouter les hommes et femmes qu'il rencontrait. Il sortait sans cesse de lui-même pour éclairer sa vie intérieure. Il se soignait ainsi. Mauvaise thérapie qui ne fit qu'aggraver ses déchirements. C'est pourtant celle que j'ai choisie en me consacrant à lui.

À ce point de mes recherches sur Jacob, je décidai cependant que je ne tomberais pas dans le piège du mimétisme et que, psychologiquement, je n'avais rien de commun avec lui. J'avais trop goûté aux facilités de la vie pour sombrer dans le repli sur soi. J'avais encore envie que l'on me reconnaisse et je n'étais pas prêt à céder à cette désintégration romantique que Sfrec avait acceptée, voire organisée. J'étais né en 1996 et n'avais rien connu de ce passé et de ces guerres qui l'avaient dévoré. L'auscultation du cas Jacob Sfrec m'éclairait plutôt sur mon goût des autres. Je les aimais pour eux-mêmes, pas pour moi. Mon indifférence affectée n'était qu'un paravent. Mes parents avaient échoué dans leur éducation, je ne leur ressemblais pas, l'intérêt passionné que je portais à la vie de Sfrec en était la preuve, je m'oubliais dans cette enquête même si elle m'obligeait à me questionner sur moi-même. Je découvrais que ma curiosité valait bien celle de Jacob tout en mesurant combien elle était différente. Le cœur de Sfrec était une prison, le mien était ouvert à tous les vents. Il n'espérait rien, je refusais le fatalisme. Entre le bien et le mal, je croyais au meilleur, que je pourrais appeler la bonté, ce bien laïque désintéressé et si rare qui n'a rien à voir avec ce deal théologique qu'est la compassion chrétienne. J'essaie encore d'y croire au terme de ma recherche en dépit de ma métamorphose. Jacob finit, lui, par être obsédé par le pire. En se consacrant à la France et à la démocratie, il imagina peut-être nuancer son pessimisme et retrouver un peu de cette espérance dont ses parents avaient fait preuve envers et contre tout pendant l'occupation allemande. Le monde n'était-il pas en train de changer de visage en cette fin de XXe siècle ! Le mur de Berlin et l'empire soviétique venaient de s'effondrer, la guerre froide était terminée, la mondialisation promettait d'être heureuse grâce à la démocratie, Sfrec s'efforça un temps d'y croire.

10
Saül

Avant de me lancer dans la période hexagonale de la vie de Jacob – elle courut de 1995 jusqu'à son renoncement définitif au journalisme en 2015 à la suite d'une blessure qui jamais ne se refermera –, il me faut éclairer sa relation ambiguë avec Saül AAranson-Wahl. Il est nécessaire de la relater à ce point de mon récit car elle a pesé sur le comportement de Sfrec au fil des ans.

Ce qui suit tient pour l'essentiel à ce qui m'a été raconté par Miriam lors de notre deuxième rencontre en novembre 2024. Quelques conversations avec d'autres interlocuteurs à New York m'ont permis néanmoins de nuancer le portrait qu'elle m'a fait de son mari.

Cet homme était animé par un désir de réussite s'étendant au-delà de son ombre. Miriam n'était pas dupe et savait qu'il pouvait être féroce. Il ne dissimulait pas devant elle cet aspect de son caractère mais faisait en sorte qu'elle n'en soit jamais spectatrice et n'ait pas à en souffrir. Dans le monde boursier, on redoutait ses intuitions, l'habileté de ses manœuvres et son indomptable opiniâtreté mais on saluait aussi la générosité de la fondation qu'il avait créée à la fin des années 1980 pour aider les mères seules.

Miriam revendiqua devant moi de lui avoir suggéré de lancer cette œuvre charitable. Elle m'expliqua que le récit que Jacob lui avait fait de son reportage au retour du Cambodge avait à la fois brisé leur couple et psychologiquement fracturé sa vie. Elle assumait la contradiction qui l'avait alors déchirée, sa révolte contre les atrocités de la guerre civile khmère et son refus de vivre plus longtemps avec un homme incarcéré dans ce drame. Après son divorce, elle avait enfoui au plus profond d'elle-même son effroi devant le fanatisme obscur de l'Angkar et la hantise dévastatrice que la guerre soit l'état naturel des sociétés humaines. Elle avait fermé à triple tour les portes blindées de sa conscience pour que ses nuits ne soient pas peuplées de cadavres et ses jours de peurs irraisonnées la renvoyant au passé tourmenté de sa famille décimée par la Shoah. Elle avait dressé des cloisons les plus étanches possibles entre elle et Jacob afin d'étouffer l'intensité de leur passion. Pendant seize longues années, Jacob avait tout ignoré des conditions de son remariage avec Saül. Elle avait cessé de le voir et d'échanger avec lui après son bref séjour en France pour assister aux obsèques d'Ava. Paul, un temps, s'acharna à l'appeler dans l'espoir de ranimer ce qu'il aimait appeler « la jolie vie aixoise ». Pour se protéger, Miriam finit par ne plus lui répondre. Son affection pour Saül et leur mariage, juste après son retour de Paris, l'obligeaient à faire croire à son époux, jusqu'à se convaincre elle-même, que ce chapitre de sa vie était définitivement refermé.

Saül et Miriam s'installèrent dans leur maison de Washington Square North, quartier que Miriam adorait. Elle trouvait une touche européenne à ce petit paradis new-yorkais. Amateurs de théâtre, d'opéra et de cinéma, ils fréquentaient le cinéma Village East à Greenwich. C'est dans cette salle que, au hasard d'une promenade dominicale, ils allèrent voir en 1985 *The Killing Fields*, le film oscarisé de Roland Joffé sur la chute de Phnom Penh dix ans plus tôt. Dans cet ancien théâtre yiddish de style néomauresque au dôme fleuri, décoré d'une grande étoile de David, la forteresse intérieure que Miriam avait édifiée s'effondra comme un château de sable sous les déferlantes d'une marée d'équinoxe. Pendant la projection, une vague de culpabilité emporta ses défenses et elle ne put retenir un flot de larmes. D'un bras protecteur passé au-dessus de ses épaules, Saül l'attira contre lui sans comprendre que ces pleurs allaient bien au-delà de l'émotion soulevée par ce chef-d'œuvre cinématographique. Avant la fin du film, au prix d'un terrible effort qui lui fit serrer dents et poings dans l'obscurité de la salle, elle parvint à dominer son émotion et à desserrer l'étau qui lui écrasait la poitrine. Pour rassurer Saül qui la fixait d'un regard inquiet en sortant du cinéma, elle réussit à lui offrir un large sourire. Par délicatesse, il ne l'interrogea pas mais marmotta : « C'est un film terrible ! » Elle acquiesça puis ajouta d'une voix redevenue sereine que tout allait bien, n'osant s'avouer qu'elle avait ignoré le drame cambodgien pour oublier sa séparation avec Jacob qui lui était si intimement liée. Un terrain trop dangereux pour son couple, une douleur qu'elle avait mise sous camisole de force dès le début de sa liaison avec Saül.

Elle l'avait rencontré lors d'un dîner chez une amie commune cinq mois avant son déplacement en France pour les funérailles d'Ava. Il était beau, sûr de lui sans être arrogant, rassurant. Sa seule coquetterie était ce double A dont il avait hérité et qu'il évoquait avec une fierté puérile qui le rendait touchant aux yeux de Miriam. Il lui avait aussitôt plu et elle avait accepté de le revoir. Elle ne lui avait pas dissimulé son mariage avec Jacob et leur séparation éclair. Elle ne lui avait fourni que des explications simplistes et biaisées, évoquant une erreur de jeunesse, inventant des désaccords sur à peu près tout, la vie quotidienne, l'avenir, le désir d'enfants, bref un tissu de mensonges pour ensevelir à jamais cette passion qui l'incendierait de nouveau au cours des deux semaines qu'elle passerait aux côtés de Jacob pour le consoler de la mort de sa mère.

Le jour même de son retour à New York, Saül l'appela et s'inquiéta de ces quinze jours d'intermède. Pour le tranquilliser, elle lui confia très posément combien « il était étrange qu'une femme aussi admirable qu'Ava, qu'elle avait tant aimée, ait eu un fils aussi détestable » et accepta de partir avec lui le week-end suivant à East Hampton où les AAranson-Wahl possédaient une luxueuse maison au bord de l'océan. À l'issue de ces deux nuits et deux jours, il lui fit une demande en mariage très formelle, lui offrit en cadeau de fiançailles, un magnifique solitaire orné d'un diamant de 5 carats, aussi pur et transparent qu'une goutte d'eau, qu'il avait acheté chez Tiffany et lui proposa de l'épouser avant l'été. Son impatience semblait trahir une angoisse de la perdre. Pour être sûre, me dit-elle, d'éteindre au plus vite ce qui s'était réveillé en elle en refaisant l'amour avec Jacob pendant son séjour à Paris, elle accepta sans hésiter, se jurant alors de ne plus jamais regarder en arrière. Jusqu'à ce que, soudain, dans ce cinéma du Village, un volcan de culpabilité se réveille en elle.

Après plus d'une décennie de dénégations, le drame khmer lui devint un insupportable souvenir qu'elle voulut effacer en consultant une psychanalyste comme elle l'avait fait juste après son divorce. Les séances ne se prolongèrent guère car, au hasard d'une lecture, Miriam pensa trouver l'origine réelle de son mal-être dans une phrase de Freud, une note de bas de page dans *Le Moi et le Ça* : « On a une chance particulière d'agir sur le sentiment de culpabilité quand ce sentiment inconscient de culpabilité est un sentiment emprunté, c'est-à-dire quand il est le résultat d'une identification à une autre personne qui fut jadis l'objet d'un investissement érotique. Une telle prise en charge du sentiment de culpabilité est souvent le seul reste, difficile à reconnaître, de la relation amoureuse abandonnée. On ne peut pas méconnaître la ressemblance de ce processus avec celui de la mélancolie. » Elle prit le temps de consulter encore quelques psys, d'étudier la réflexion de Freud puis de l'appliquer au malaise qui l'habitait. Elle en conclut presque prosaïquement qu'il lui fallait trouver un moyen de se pardonner à elle-même d'avoir occulté la tragédie cambodgienne et qu'elle pouvait peut-être renouer avec Jacob, abandonné au moment où l'horreur de la guerre l'avait jeté dans des bas-fonds marécageux.

Consciente que les remords ne la lâcheraient plus jamais, elle ne croyait pas à la rédemption. Elle jugea plus modestement que de petits gestes l'aideraient à les supporter. Il lui fallut laisser passer quatre nouvelles années pour se convaincre définitivement qu'elle pourrait revoir Jacob sans se mettre en danger. Elle finit ainsi par croire que cette rencontre allégerait le poids de sa duplicité envers Saül et de l'inavouable secret de l'irrésistible élan amoureux qui l'avait saisie lorsqu'elle avait retrouvé Sfrec. Elle suggéra d'abord à AAranson de créer une *charity* consacrée aux mères victimes de la guerre à travers la planète. Il accepta sans hésiter, mesurant non sans cynisme combien son image d'implacable banquier en serait améliorée. Puis, à l'occasion d'un voyage en Europe juste après la chute du mur de Berlin pour proposer les services de la Fondation aux femmes immigrées venues des pays de l'Est, Miriam suggéra à son mari un dîner avec Jacob à Paris où ils avaient décidé de passer quelques jours. Il hésita. Habilement, elle n'insista pas et laissa la personnalité de Saül s'exprimer. Saisi par la curiosité et ne doutant pas de son emprise sur sa femme, ce financier conquérant, sûr de sa séduction, se mit à penser qu'il serait amusant de rencontrer cet homme. Qu'était-il devenu et comment avait-il pu laisser s'envoler une personne aussi remarquable que Miriam ? Il en conçut du mépris pour Jacob, ce qui excita son désir de le rencontrer.

Quand il le vit s'avancer vers leur table, il fut conforté dans ses certitudes. Il s'étonna que Miriam ait pu tomber dans les bras d'un homme aussi laid. Les années avaient creusé de nouvelles rides de douleur dans le visage tourmenté de Sfrec au point qu'on n'y saisissait plus les couleurs surprenantes de son regard. Saül n'y prêta pas attention et ne s'aperçut pas que Miriam y avait retrouvé « cette vague promesse d'un gris de tempête » à laquelle elle s'était interdit de penser pendant seize ans. Sa prestance s'était également envolée, sa minceur était devenue ascétique et inquiétante. Sa manière de s'habiller en noir et bleu marine était triste sauf pour Miriam qui savait qu'il avait choisi ce style pour ne pas tomber dans les pièges que les couleurs réservent aux daltoniens. Jacob avait quarante et un ans, en paraissait dix de plus et ne faisait aucun effort pour remédier à ça. Bien que plus âgé de sept ans, Saül semblait plus jeune avec son visage hâlé, ses yeux d'un marron franc, sans surprise ni mystère, son corps d'athlète entretenu par des joggings réguliers le long de l'Hudson, ses vêtements achetés depuis toujours 1180 Madison Avenue chez Brooks Brothers. Ce n'était pas une gravure de mode mais un homme qui savait ce qu'est l'élégance, adorait en jouer et aimait raconter qu'Abraham Lincoln portait un costume de chez Brooks le jour de son assassinat et qu'Andy Warhol s'habillait également chez ce célèbre confectionneur. Miriam appréciait la sûreté du goût de son mari, indispensable dans le monde new yorkais où ils vivaient. Depuis des années, aucun nuage n'avait pu assombrir son existence et sa vie familiale. Chaque épreuve, et il y en avait eu, des disparitions, des maladies, une fausse couche, avait été surmontée, pourtant, en retrouvant Jacob, un souffle nostalgique ébouriffa ses sentiments en même temps que lui vint l'envie de renouer à distance des liens réguliers avec lui pour ajouter une touche de romantisme dans son quotidien si bien réglé.

Durant ce dîner à la Coupole, où Jacob aimait venir manger un demi-homard ou un curry d'agneau tout en écoutant la salle bourdonner de langues étrangères, Miriam ne trahit rien des émotions qui la traversaient, des images qui lui revenaient de cette passion lointaine soudain réveillée dans une forme plus apaisée. Elle était joyeuse et Saül ne vit rien de surprenant dans la gaieté qu'elle affichait. Ses propres défenses étaient tombées tant il était incapable de penser que l'homme vieilli qu'il avait devant lui puisse redevenir un rival. Il se comporta comme un ami sans pouvoir se départir de cette assurance arrogante que la fortune cimente dans le cortex des puissants. Leur réussite les rend inoxydables et les fossilise dans leurs convictions. Jacob avait effectué le chemin inverse, il avait traqué la paix à travers le monde et n'y avait vu que la guerre au point de s'enfoncer dans un fatalisme sans illusion et de se replier sur lui-même dans des pensées monotones et sombres. Il avait appris à refouler ses réactions, à dompter sa sensibilité, à faire de la vie et de la mort un objet dérisoire mais le goût d'espérer l'avait abandonné. En revoyant Miriam, il comprit qu'il s'était laissé sombrer à leur séparation et qu'aucune main secourable n'avait su le retenir. Il y avait eu plusieurs femmes dans sa vie, il avait pris plaisir à les côtoyer, à faire l'amour avec elles, parfois il s'était même senti amoureux. Rien pourtant n'avait duré car il ne croyait plus à grand-chose et ne se souciait plus de vivre, d'aimer ou de mourir. Il allait au jour le jour sans tenter de réparer la partie de son être qu'il avait étouffée en fréquentant ces arènes que sont les guerres et se perdant au milieu des défroques sinistres qui en font le décor.

Le portrait que je dresse de Jacob lors de ce dîner à la fin des années 1980 n'est pas tout à fait celui que Miriam m'a tracé. Elle fut si heureuse de le retrouver qu'elle voulut voir en lui l'homme qu'elle avait tant aimé près de vingt ans plus tôt. Sa dimension tragique ne lui échappa pas, elle la mit simplement entre parenthèses pour tenter de reprendre le cours de leur histoire là où elle l'avait interrompue sans pour autant compromettre le confort affectif dans lequel elle vivait aux côtés de Saül. Elle m'avoua avec lucidité qu'elle avait fait alors preuve de ce réalisme typiquement américain, « peu sympathique mais pragmatique », dit-elle, qui consiste à s'accommoder au mieux des circonstances.

J'ai mis beaucoup de temps à comprendre l'état d'esprit de Jacob à ce moment précis. Aucun témoin n'a pu m'aider tant il n'offrait rien de lui aux autres. J'interrogeai Eugène Solonet qui afficha une moue dubitative en guise de réponse. Certains, peu nombreux, me racontèrent néanmoins que Sfrec pouvait être sympathique et bon vivant lorsqu'il était en société. Ses quelques compagnes – j'en ai rencontré deux – gardaient de lui un souvenir agréable. Elles ne lui reprochaient même pas leurs ruptures. Il savait s'éloigner avec délicatesse, sans créer le moindre drame. L'une d'entre elles, mariée après une brève liaison avec Jacob, deux fois divorcée, me fit ce joli aveu en éclatant de rire : « Il faut savoir que l'amour n'est souvent que de la petite monnaie. On en profite mieux en le sachant. »

C'est en lisant les çarnets de Francis Scott Fitzgerald, que me fit découvrir Miriam, que je suis parvenu à deviner l'état psychologique de Jacob à ce moment-là. Je ne dirais pas qu'il a été transfiguré par ces retrouvailles, il va rester l'homme taciturne qu'il est devenu au fil du temps, malgré tout un soupirail s'est ouvert. Il confiera plus tard à Miriam son émotion quand il l'a aperçue assise à la table de la Coupole puis en se dirigeant vers elle sans prendre conscience de la présence de Saül, l'envie irrépressible qu'il ressentit de lui parler, le besoin soudain qu'il a éprouvé d'avoir une confidente, de se glisser contre elle comme un chaton en manque d'affection. Il reconnaîtra également que, sans en être jaloux, il n'a pas été séduit par Saül. Conscient de ce qu'AAranson avait apporté à Miriam et qu'il était, lui-même, à jamais incapable de lui offrir, il ne le critiqua pas ouvertement, refusant de lui dire qu'au fond cet homme était double, doux avec elle, brutal avec les autres, capable d'un souverain mépris dont il avait pris la mesure au cours de leur rencontre. Les sourires de Saül ne l'abusèrent pas, il en avait connu tant de semblables partout où il avait traîné ses guêtres ! Son amabilité était factice, non pas qu'il ait redouté Jacob, plus prosaïquement il l'avait jugé sans intérêt, n'avait manifesté aucune empathie à son endroit sinon pour engager des conversations stéréotypées sur la France. Jacob comprit au premier mot qu'il ne le convaincrait de rien sur quelque sujet que ce soit et qu'entre eux seule la courtoisie serait de règle. Il s'y plia pour être sûr de pouvoir rétablir un lien durable avec Miriam. Ce qui advint car il s'est passé ce quelque chose qu'elle souhaitait : le retour de Jacob par effraction dans son existence sans que Saül s'en inquiète le moins du monde jusqu'à sa disparition fin décembre 2014, des suites d'un AVC au cours d'une partie de golf dans le club de East Hampton.

Saül ressentit une vive douleur à la tête et comprit aussitôt ce qui lui arrivait. Lucide, il demanda qu'on appelle une ambulance et qu'on le conduise sur-le-champ au tout proche East Hampton Healthcare Center. Il savait qu'il engageait une lutte contre le temps, que chaque minute comptait. Quand Miriam vint le rejoindre à l'hôpital une heure plus tard, il pensait avoir gagné sa course contre la mort. Elle avait simplement décidé de prendre son temps. La grande faucheuse repartit à l'assaut trois semaines plus tard, cinq jours avant Noël, alors qu'il se croyait en convalescence. Il perdit connaissance et fut transporté en urgence dans le service de neurochirurgie du NewYork-Presbyterian Lower Manhattan Hospital. Miriam était à ses côtés. Il revint à lui pendant le parcours et ils eurent, me raconta-t-elle lors de notre troisième échange mi-mars 2025, une ultime conversation qui la bouleversa car il lui avait répété combien il l'aimait et d'autres choses encore dont elle me dit ce jour-là qu'elles étaient trop intimes pour qu'elle puisse les évoquer. Elle lâcha la main de Saül à l'entrée de la salle d'opération. Il mourut pendant l'intervention d'une hémorragie intracérébrale que les chirurgiens ne purent endiguer. Miriam me confia qu'elle avait été si désemparée en apprenant sa mort que, avant même de prévenir leur fille Talia, elle avait appelé Jacob, persuadée à raison que lui seul trouverait les mots pour lui donner la force d'affronter cette épreuve. Cette réaction me surprit puis, y réfléchissant quelques heures plus tard, elle finit par me sembler naturelle, voire banale. Le désarroi du cœur, pensai-je, brouille toujours la raison ou la fait triompher.

11
Brünnhilde

Ce bref fragment n'a rien de saugrenu dans la quête biographique que j'ai entreprise. Son contenu tient pour l'essentiel à ce que Miriam m'a raconté de l'amour de Jacob pour l'opéra. Il me semble nécessaire de ne pas faire l'économie de ces quelques lignes qui éclairent différemment la sensibilité de Sfrec et sont un préambule utile pour aborder l'esquisse de son roman sur un couple américain plongé dans la guerre du Viêt Nam dont Miriam m'a donné une copie en novembre 2024. La musique en général et l'opéra en particulier déverrouillaient son émotivité. Peu après leur mariage, il avait ouvert les portes du lyrique à Miriam en l'emmenant voir au palais Garnier *La Walkyrie* avec Régine Crespin dans le rôle de Brünnhilde. Alors qu'elle avait triomphé dans ce rôle au festival de Pâques de Salzbourg sous la direction de Karajan puis au Metropolitan Opera de New York, elle avait été sifflée par quelques énergumènes parisiens bien décidés à mener une cabale contre elle. Jacob s'était soudain levé, hurlant : « *Diva assoluta, cretini !* » pour les insulter, entraînant dans sa réprobation une très grande partie de la salle. Miriam avait gardé un souvenir très précis de la rage l'emportant contre ces « ignares » qui avaient piétiné une extase musicale, l'émotion qui l'avait saisi dans la scène d'adieu finale au lyrisme débridé, Wotan plongeant Brünnhilde sa fille préférée, dans un sommeil profond et faisant jaillir un cercle de feu autour d'elle pour la protéger. Jacob était dans le clan des wagnériens et faisait même de *Parsifal* l'un de ses opéras préférés. Miriam supposait que les personnages christiques de cette œuvre l'attiraient tout comme la possibilité d'une rédemption alors que la fréquentation des guerres avait anéanti toute croyance religieuse chez lui.

Jamais Jacob n'a écrit une ligne sur la musique alors qu'il ne pouvait se passer d'elle. Il en inondait ses journées. L'opéra était son absolu car c'était, à ses yeux, le spectacle le plus total, le seul lieu où plusieurs personnes peuvent s'exprimer en même temps sans la moindre cacophonie. Ses goûts étaient éclectiques et ne se cantonnaient pas au lyrique. La liberté du jazz lui offrait des moments d'évasion irremplaçables. Il ne passait pas une semaine sans écouter les cinq titres de *Kind of Blue* de Miles Davis. « C'est le seul disque, avait-il confié à Miriam, où la spontanéité est perfection. » Il y voyait un miracle qui échappait à sa compréhension de besogneux et lui permettait d'appréhender les mystères du génie.

Dans le dernier de ses carnets, il note : « *Va pensiero* pour mes obsèques. » Miriam me commenta ainsi cette demande : « Jacob était un mécréant mais il plaçait la liberté d'expression au-dessus de tout. Ce chœur des Hébreux était à ses yeux la plus belle plaidoirie pour la liberté. »

Je me suis appliqué à écouter toutes les œuvres que Sfrec aimait. Je pense avoir mieux compris cet homme et ses tourments. Certes, il s'agit d'une exploration biographique singulière difficile à partager dans un texte mais j'en suis venu à illustrer dans ma tête les fragments de vie de Jacob avec des concertos, des symphonies ou des opéras. Un opus qu'il adorait constitue, me semble-t-il, une allégorie de son existence, la *Moldau* de Bedrich Smetana. Tout ce que Sfrec a vécu est évoqué dans ce travelling symphonique fluvial du compositeur bohémien, l'innocence, la violence, le désenchantement et un apaisement qu'il n'a peut-être pas connu. Le silence dans lequel Jacob s'est plongé dans les années qui ont précédé sa disparition me semble avoir été un pas de côté délibéré pour échapper aux fracas du monde. Simple hypothèse de ma part. J'imagine néanmoins qu'il a plus que jamais écouté de la musique dans cette retraite quasi-monacale ponctuée de conversations téléphoniques irrégulières avec Miriam. J'aimerais faire parler la musique pour raconter Jacob mais cette tâche m'est trop difficile, voire insurmontable. Je m'y suis bien essayé et j'ai fini par renoncer : le talent m'a fait défaut. De mes tentatives ne demeurent que ces quelques portées balbutiantes.

Avant de revenir à d'autres fragments plus prosaïques dans le dossier Sfrec, il me faut, au-delà de la musique, tenter d'explorer plus avant les tréfonds affectifs de cet homme cadenassé. Sa tentative romanesque m'a ouvert des portes sur ses sentiments pour Miriam. Son texte sur Dick et Gladys, un jeune couple new-yorkais pris dans les tourments de la guerre du Viêt Nam n'est pas reproductible en l'état. Tout y est tâtonnement. L'écriture en est inachevée mais l'histoire qu'il raconte est si proche de la sienne que j'ai décidé d'en retenir quelques pages brutes de décoffrage où l'on voit son héros, c'est-à-dire lui, à vif.

12
Dick et Gladys

Sfrec situe son récit au pire moment de la guerre du Viêt Nam. On y retrouve son obsession de la guerre, ses manies et ses limites. Prisonnier de ses réflexes journalistiques, il peine à endosser le costume d'écrivain.

Pilote amateur d'hélicoptère, appelé en vertu du Selective Service Act de 1948 qui crée aux États-Unis la conscription par tirage au sort, Dick, le héros, est affecté en janvier 1967 à la Compagnie Aéro-Scouts du 123e bataillon de la 23e division d'infanterie, installée dans la base américaine de Chu Lai, sur la côte centrale du Sud Viêt Nam. Il y est formé au transport de troupes sur des Bell UH-1 Iroquois, des hélicos mythiques armés de mitrailleuses Saco M60 de chaque côté du fuselage. Devenu sous-officier technicien, il accumule sous cette casquette de *warrant officer* des centaines d'heures de vol et participe à des combats qui voient 9 378 GI perdre la vie cette année-là. Lucky Dick, comme l'appelle parfois Jacob, passe au travers des assauts dévastateurs du Viêt-cong. Chance, habileté, prudence, il n'est pas casse-cou, pas plus qu'il n'est aveuglé par la haine des « Viets ».

Mais il défend le drapeau étoilé, croit au combat de sa patrie pour la liberté et adhère à la théorie dite des dominos qui exige d'endiguer les conquêtes soviétiques en Asie du Sud-Est. En janvier 1968, on lui accorde une permission de huit jours à Hawaï. Il n'a que vingt-six ans. Entre alors en scène Gladys. Ils se sont connus trois ans plus tôt sur les bancs de la faculté de droit de l'Université de New York où ils poursuivaient leurs études pour devenir avocat. Leur coup de foudre s'apparente à celui de Jacob et Miriam. Ils se sont mariés à l'automne 1966 à l'annonce de la mobilisation de Dick et se sont juré fidélité pour la vie. Ils s'écrivent tous les jours après son départ pour Chu Lai. Quand il est autorisé à passer une semaine à Honolulu, Gladys s'y précipite. Ils vivent alors une seconde lune de miel. Rien n'a changé entre eux, la guerre ne s'est pas insidieusement glissée dans leurs sentiments. En septembre 1969, le héros de Sfrec fait partie du premier contingent de trente-cinq mille GI rapatriés du Viêt Nam. Le voyage à travers le Pacifique avec un arrêt pour débriefing à San Diego est long. Il arrive à New York fin octobre. Gladys trépigne d'impatience. L'homme qu'elle retrouve n'a pas changé physiquement, en quelques heures cependant elle comprend qu'il n'est plus le même. Elle ne doute pas qu'il soit toujours aussi fou amoureux d'elle. Leur première nuit le lui montre en même temps qu'elle l'inquiète. À peine endormi, Dick s'agite, pousse des cris, délire, se réveille soudain en sueur et en pleurs. Elle le prend dans ses bras, il se blottit contre elle et lui confesse alors que, deux mois après leurs retrouvailles à Honolulu, il a assisté depuis son hélicoptère au massacre de Mỹ Lai. Il a réussi à sauver quelques enfants, signalé à ses supérieurs ce carnage de plus de cinq cents civils conduit par le lieutenant William Calley, rédigé un rapport officiel sur cette tuerie au risque de passer pour un traître aux yeux de son bataillon. À San Diego, il a été mis sous pression pour qu'il se taise. À bout de souffle, il dit à Gladys qu'il ne pourra jamais oublier ce qu'il a vécu et qu'il ne peut plus vivre avec elle. Son seul refuge, lui avoue-t-il, est la solitude et l'espoir de pouvoir combattre ce qu'il a vu.

Sfrec transpose donc sa propre histoire. Il inverse cependant les rôles pour garder Dick au premier rang d'un récit qui devient une confession. Son héros décrit très crûment les horreurs qu'il a connues et pourquoi il ressent l'absolue nécessité de divorcer. L'écriture de Jacob devient plus ampoulée lorsqu'il évoque les tourments de Dick dans la guerre et plus sèche quand il aborde ses sentiments amoureux. Chaque fois qu'il cite Gladys, c'est bien Miriam qu'il faut lire et entendre.

« Je vis avec une petite photo de notre mariage sous les yeux. Elle est là à mon réveil. Sur moi toute la journée, comme au Viêt Nam, à l'abri dans une pochette de cuir glissée dans une poche intérieure à la hauteur de mon cœur. Je m'endors avec elle. Ce sentimentalisme est sans doute puéril. Il exprime mon désir de ne jamais la quitter. Si j'avais dû mourir, elle aurait été là et m'aurait accompagné. J'avais écrit au dos du cliché : "En cas de malheur, m'enterrer avec cette photo." Seule Gladys me connaît. Elle seule peut comprendre pourquoi j'ai décidé de la quitter. Tous les psys du monde n'y feront rien. J'ai découvert à Mỹ Lai que l'inhumanité guettait tous les hommes sans exception. Je n'y ai résisté que parce que j'étais spectateur de cette hécatombe depuis mon hélico mais qu'aurais-je fait dans un engagement au sol ? Seule la peur aurait pu m'empêcher de basculer dans la barbarie. On m'aurait alors traité de lâche. Et l'on m'a accusé de traîtrise lorsque j'ai dénoncé les atrocités de mes camarades de combat. Rester silencieux, taire ce que j'avais vu m'eût été insupportable. Il m'est revenu alors cette phrase de Conrad : "Il y a une saveur de mort dans le mensonge." J'ai parlé, j'ai raconté, refusant d'être prisonnier de l'inavouable au nom de notre fraternité militaire, j'ai dénoncé, oui dénoncé des amis, mais cette saveur de mort m'est restée car je suis horrifié à l'idée que les hommes de Mỹ Lai puissent continuer à vivre en paix. Rien ne peut me défaire du souvenir de ces morts accumulés, de ces corps massacrés, de mes compagnons enragés, transformés en assassins sans foi ni loi. Il m'en est resté la certitude que chaque être civilisé peut d'un instant à l'autre passer les habits du bourreau puis redevenir un gentleman comme si de rien n'était. Ces GI n'étaient pas des animaux, mais des êtres de raison, parfois très éduqués, qui revendiquaient leur libre arbitre avant de naviguer sur le Styx et d'expédier par tous les moyens hommes, femmes et enfants du camp d'en face dans le royaume des morts. Avant même ma démobilisation, je suis entré dans une période de désolation aussi sinistre qu'un champ de bataille. S'installa en moi l'idée que je vivais dans un monde d'ennemis et mon retour aux États-Unis n'y changea rien. Malgré des traitements, ce cancer psychologique ne me lâcha plus et je sus qu'il me rendrait invivable. J'aimais trop Gladys pour lui infliger les conséquences de cette bile noire, mes crises de mélancolie, mon besoin de solitude, mon obsession de la guerre qui me faisait suivre tous les conflits à travers le monde, une manie aggravant toujours plus mon pessimisme. Je ne pouvais imposer à cet être que je chérissais de partager l'existence d'un mari incapable de voir la moindre lueur d'espoir. Ce fut un déchirement car je savais que plus jamais je n'aimerais une femme comme je l'avais aimée. Elle voulut que je me soigne, je repris le chemin des hôpitaux psychiatriques militaires, des cabinets de psychanalystes spécialisés dans les traumatismes de guerre. Rien n'y fit. J'abandonnai les médicaments qui me plongeaient dans un constant état de léthargie et choisis définitivement la solitude pour remède. Gladys multiplia les gestes d'affection et d'attention pour me ramener vers elle. Elle s'acharna à me démontrer que l'existence ne se réduit pas à ce que j'en retenais. L'amour qu'elle me portait, disait-elle, en était la preuve absolue. Elle tenta de me prouver que je recherchais une compassion qu'elle seule était capable de m'offrir. Pourquoi me fallait-il plus, me répétait-elle, puisque je l'aimais ? Oui, je l'aimais. Follement épris d'elle, je ne voulais pas lui imposer cette sarabande qui nuit et jour envahissait ma tête. Gladys ne méritait pas de coucher tous les soirs avec les horreurs de la guerre. La violence de la rupture que je lui imposais serait toujours moins déchirante que la vie à mes côtés. L'exploration dangereuse de la névrose qui me rongeait passait par la solitude. Il fallait que j'aille seul au bout du voyage commencé à Mỹ Lai. Je ne pouvais d'ailleurs m'en tenir là. Je ressentais la nécessité de replonger paradoxalement dans des combats pour répondre à cette obsédante question :

face à un adversaire, des hommes peuvent-ils renoncer à l'intolérable ? Ce n'était pas une thérapie mais le seul moyen de découvrir si le coup reçu au Viêt Nam était fatal ou s'il existait une chance de croire que, dans les abysses du mal, il peut exister des raisons d'espérer. »

Le texte était éloquent. Il suffisait de substituer les noms pour retrouver Jacob et Miriam. Sfrec n'avait même pas eu recours à des subterfuges. En parlant de la guerre et de ses ravages sur Dick, il revenait sur son divorce mais il revendiquait d'en porter seul la responsabilité alors qu'il avait été prononcé à l'initiative de Miriam. Il fallait aussi y voir le désir longtemps différé de dévoiler à la femme de sa vie sa souffrance intérieure et combien il l'aimait encore. Ce roman était une manière de sortir du piège dans lequel il était tombé au Cambodge. Au terme de cette lecture, j'ai noté pour moi-même : « Ce type, qui ne croyait qu'au libre arbitre, a voulu montrer dans ce récit inachevé qu'il avait été l'unique chef d'orchestre de sa vie. Quelle folle arrogance de penser qu'il était le seul responsable de ses malheurs ! Ils avaient bel et bien joué cette partie à deux, lui et Miriam, indissociablement liés. »

13
Les tuiles Toynbee

Une question me hante à laquelle je ne trouve pas de réponse satisfaisante, constat que j'assume pour ne pas décevoir ceux qui liront cette évocation de la vie de Jacob entre 1995 et 2015 : comment pouvait-il imaginer trouver un peu de sérénité en se repliant sur la France après avoir renoncé à traverser tous les fracas du monde ? Il n'était pas assez âgé pour déjà ressentir comme un trop lourd fardeau la fatigue physique d'incessants et longs voyages dans des Étrangers sens dessus dessous. Ses reportages dans tous les cloaques guerriers du monde l'avaient lassé au point de croire qu'ils ne tomberaient plus que sur des impasses. J'ai perdu un temps fou à trouver la traduction de ces mots qu'il avait écrits dans un carnet de notes en Yougoslavie : « *Shlog zich kop in vant*[1]. » Pourquoi du yiddish ? Son existence avait-elle perdu tout sens ? Il devait bien savoir pourtant qu'il ne se retrouverait pas dans l'Hexagone comme Crusoé dans son île à l'embouchure de l'Orénoque. Ce journaliste pessimiste ne pouvait ignorer que

1. « Je me casse la tête contre des murs ».

l'intranquillité s'y répandait comme un lent poison. Il était aussi trop lucide pour ne pas voir que son pays commençait à être secoué comme un prunier par les grands vents d'une mondialisation inédite née de l'effondrement soviétique.

Pour éclairer sa décision, il me faut donc élaborer des scénarios que j'ai soumis à Miriam avec laquelle il a échangé par intermittence tout au long de ces vingt-cinq années. Le massacre en juillet 1995 de plus de huit mille hommes, femmes, adolescents et enfants bosniaques par les troupes serbes de Ratko Mladić à Srebrenica en Bosnie-Herzégovine l'a sans aucun doute plus marqué encore que le drame cambodgien. Malgré ce qu'il avait découvert à Vukovar, il n'avait pas imaginé qu'après les atrocités de la Seconde Guerre mondiale, le vieux monde européen enfanterait à nouveau de tels carnages. Cette sauvagerie sans limites, avec ces têtes coupées, ces femmes éventrées, ces enfants massacrés, l'avait convaincu que décrire sans détour la réalité de la guerre, comme il le faisait depuis plus de vingt ans, était vain. Cela ne s'arrêterait jamais. La vie n'était qu'un objet de risée et le monde une plazza pour toujours sanglante. Jacob a probablement cédé à l'accablement et conclu que la dénonciation des réalités les plus atroces n'étaient qu'une bien faible digue face ces haines impérissables qui poussent les hommes à se dévorer entre eux, à pourrir dans des charniers plutôt que de s'éteindre paisiblement dans leur lit entourés d'être chers. Je déduis ces remarques d'une phrase que cet agnostique prononça un jour devant Miriam en citant son ami Paul : « Dans l'histoire humaine, seule est admirable la figure de Jésus, l'homme de la simple bonté, du geste ordinaire, du pardon et de la bienveillance. Que personne n'ait suivi ses préceptes est la preuve que Dieu n'existe pas. Cette parole retentit encore mais elle n'est qu'une impossible utopie car on en a tiré une terrible théologie du bien et du mal dont les deux termes conduisent au pire. »

Autre supposition, alors que l'on assurait de tous côtés que la démocratie, après la chute du mur de Berlin, allait recouvrir le monde comme une crue fertile du Nil et que l'on annonçait la fin de l'Histoire, Jacob a décidé de l'observer au microscope dans son propre pays pour en évaluer les forces et les faiblesses. Même les attentats du 11 septembre 2001 et la guerre en Irak en 2003 ne le sortent pas de sa tanière hexagonale. Il travaille comme pigiste pour des revues et des magazines français et européens, puis il crée en septembre 2002 une lettre mensuelle de huit pages, pompeusement titrée *Scripta manent.* Elle put survivre douze ans car il y faisait tout. À bout de souffle, il la torpilla en décembre 2014. Sa diffusion dépassait à peine mille exemplaires et son écho médiatique était d'autant plus faible que Jacob n'y cédait pas au discours ambiant. La pensée dominante restait kantienne, la paix serait perpétuelle, fondée sur la liberté de circulation des personnes. Ce qu'il avait vu et appris démentait cette illusion qu'il battait en brèche dans sa gazette.

Sfrec rédigeait tous les mois une chronique de deux ou trois pages et proposait dans les suivantes une série d'articles courts consacrés à l'actualité française et étrangère. Il était l'auteur exclusif de sa publication. Comme dans ses reportages de guerre, il s'attachait aux faits, les plaçait toujours en avant dans son argumentation mais son ton était devenu alarmiste et prophétique. Il espérait que la virulence de ses observations leur permettrait de troubler les esprits. J'ai lu à la BnF les cent trente-deux numéros de cette feuille et j'en résume le contenu par cette phrase de son ultime édito annonçant l'arrêt de *Scripta manent* : « Vous allez découvrir que vous avez transformé ce pays en une marmite à sorcières. À votre santé ! » En lisant ces mots je sus que je les avais déjà croisés. L'expression concluait en effet un paragraphe enfiévré des *Grands Cimetières sous la lune.* Maigre découverte qui témoigne néanmoins de mon obstination d'enquêteur, j'ai acquis au fil de mes recherches la conviction qu'il avait lu cet essai même si je n'en trouvais pas la moindre trace dans ses papiers et sa bibliothèque.

Il serait fastidieux et inutile que j'entreprenne ici un compte rendu détaillé des chroniques que Jacob publia dans sa feuille de chou. Certes, toutes sont construites à partir de faits nouveaux recensés mois après mois mais elles reposent sur une analyse obsessionnelle qu'il ne remet jamais en cause. Sfrec pensait que la démocratie agonisait faute d'avoir fait triompher l'idée souveraine de justice sociale, que la démocratie présidentielle ou parlementaire ne fabriquait plus l'État de droit, que le grand navire républicain et laïc prenait l'eau de toutes parts. Il n'en faisait pas des tonnes mais ses démonstrations trahissaient ses convictions. Derrière l'apparente objectivité qu'il affichait sa subjectivité était sans cesse à l'œuvre. Son expérience du monde avait nourri ce que je préfère appeler, je le répète à dessein, un désenchantement plutôt qu'une pensée décliniste. En le lisant et le relisant attentivement, me vint l'intuition qu'il y avait quelque chose d'autre, des fondations plus lointaines. Ce ne pouvait être le récit de son père empreint d'un optimisme que le nazisme n'avait pas réussi à détruire. Par quel mystère ses parents, dont Miriam m'avait tant vanté les qualités humaines, avaient-ils échoué à lui transmettre leur foi en l'avenir en dépit des malheurs qu'ils avaient connus pendant la Seconde Guerre mondiale ? Quelque chose d'intrinsèque le rongeait depuis sa naissance. Miriam m'avait raconté ses effrois nocturnes, il lui revint aussi qu'Ava lui avait confié que, petit enfant et même préadolescent, Jacob était victime de terribles terreurs dans son sommeil qui l'obligeaient souvent à passer la nuit à ses côtés. La clé du personnage se trouvait-elle dans ce subconscient si chahuté ?

À force de décrypter et d'étudier les écrits de Jacob à la BNF et dans son atelier que Solonet me laissait fréquenter à ma guise, au point de m'en confier une clé, je finis par dénicher une piste étrange et passionnante sans qu'elle me permette pour autant d'élucider les peurs de son enfance. Jacob ne cita qu'une seule fois dans *Scripta manent* l'historien anglais Arnold J. Toynbee, dont les travaux avaient alimenté ses discussions enfiévrées avec son ami Paul. Dans le numéro 4 de décembre 2002, il évoque en ces termes la découverte à Richmond en Virginie de tuiles dites Toynbee : « Depuis la fin des années 1980, à travers différentes villes américaines et à intervalles irréguliers, sont mystérieusement incrustés dans l'asphalte des carreaux sur lesquels sont inscrits le nom de Toynbee suivi de messages cryptés. Nul n'en connaît l'auteur mais on pense qu'ils font référence à ce grand penseur anglais de l'Histoire plus ou moins tombé dans l'oubli, et à une nouvelle de Ray Bradbury, publiée en 1984 dans *Playboy*, intitulée « The Toynbee Convector ». « Le romancier faisait dire à son héros, Craig Bennet Stiles, âgé de cent trente ans et surnommé "Time traveller", inventeur du Convecteur Toynbee, une machine à traverser le temps : "Ce fin historien a dit que tout groupe, tout peuple, tout monde qui n'a pas couru pour saisir l'avenir et le façonner était voué à la poussière dans la tombe, dans le passé." Ces étranges plaques reprennent sans doute l'idée développée par Toynbee selon laquelle l'humanité doit toujours aspirer à l'impossible pour réaliser quelque chose qui soit à sa portée. » La chute de cette brève signée Sfrec était aussi cinglante que révélatrice de son état d'esprit au début des années 2000 : « Convenons que nous sommes aujourd'hui bien loin de cette philosophie. Nos espérances se limitent au quotidien et aux besoins immédiats. »

Je le confesse, Toynbee m'était à ce point étranger que je dus me procurer un copieux résumé de ses travaux pour en découvrir le sens. Je n'eus pas le courage de me plonger dans la lecture en anglais des douze volumes de *A Study of History*, entreprise trop colossale pour moi, mais, heureusement, un abrégé de six cents pages publié en français en 1951, niché dans la bibliothèque de Sfrec, me permit de me familiariser avec sa pensée et de mesurer son influence sur Jacob. Miriam me confirma qu'elle l'avait entendu débattre avec son ami Paul des thèses de l'historien britannique dès la fin des années 1960. La compréhension d'un personnage passe décidément par d'étranges détours. Mais je pense avoir mis là dans le mille et déniché un important fragment de ce « quelque chose » qui, intellectuellement, a orienté la vie de Jacob. Je n'ai pas l'ambition de rentrer ici dans l'œuvre de Toynbee, je n'ai pas le savoir pour le faire, j'en retiens cette idée simple : l'inéluctable désagrégation des sociétés humaines. Qu'illustrent si bien ces vers de Goethe :

Dans le flot de la vie, dans l'ouragan, dans l'action
Je m'élève et m'abaisse,
J'ondule de-ci de-là !
Naissance et tombeau,
Éternel Océan,
Activité changeante, Vie ardente,
Ainsi j'œuvre au métier bruissant du temps,
Et tisse le vêtement vivant de la divinité.

Pendant ses études, Jacob s'était nourri de cette somme et en avait fait le paradigme de nombre de ses analyses. Il avait simplifié Toynbee, je dirais même qu'il l'avait caricaturé en s'intéressant surtout à ses écrits sur les schismes dans le corps social, ces fractures qui anéantissent ses forces créatrices et conduisent à sa dissolution. Cette interprétation de l'Histoire est devenue le baluchon intellectuel de Jacob. Conjuguée au spectacle des guerres, elle a éteint chez lui toute capacité d'illusion. Comme celle de Dick, le héros de son roman inachevé, sa tête s'est fêlée au point de voir les choses sans espoir et de croire que la course au pire jamais ne cesserait. J'en tire une conclusion sous forme de boutade : une tuile de Toynbee est bel et bien tombée sur sa tronche déjà troublée par une révélation que me fit Miriam lors de notre antépénultième conversation à New York mi-mars 2025, préalable à une nouvelle rencontre cinq mois plus tard qui me laissa encore plus pantois et me projeta, au sprint, dans la dernière ligne droite de mon enquête.

14
Baruch

Au cours de mon enquête, j'ai tardé à remonter dans la généalogie de Sfrec au-delà de ses parents. Le témoignage écrit de son père me semblait suffisant pour éclairer ses origines et démontrer que rien chez Ava et Edgard ou dans leur éducation de Jacob n'expliquait son pessimisme. Cette grave erreur me fit douter de mes qualités d'enquêteur quand, au cours de mon long échange avec Miriam mi-mars 2025, elle me lança : « Je vous ai dit qu'Ava n'a jamais vraiment connu son père parce qu'il a fini incarcéré au moment même de sa naissance, mais je n'ai pas l'impression que vous sachiez qu'il a été assassiné juste après sa libération. » Je ne pus retenir un : « Quoi ! » explosif trahissant à la fois ma stupéfaction, mon intérêt et mon embarras de ne pas l'avoir découvert moi-même. Fébrile et impatient, je la pressai de m'en dire plus. Ce qu'elle fit après m'avoir expliqué qu'en apparence Jacob n'y avait jamais attaché beaucoup d'importance car sa mère avait refermé ce dossier en concluant : « Je ne peux pas t'en dire plus car ma propre mère ne voulait pas en entendre parler. Ce n'est pas un secret de famille mais une page qu'on a tournée et déchirée une fois pour toutes. Fais en autant, il n'y a rien à découvrir. »

L'histoire au fond est assez banale. Un banquier juif alsacien, Baruch Sfrec, est condamné à un an de prison ferme pour des faux en écriture destinés à masquer les difficultés financières de son établissement familial déstabilisé par la défaillance de clients allemands ruinés par la Grande Guerre. Aussitôt le jugement prononcé, la mère d'Ava divorce sous la pression de ses parents qui avaient arrangé ce mariage pensant ainsi offrir à leur fille une vie confortable auprès du propriétaire d'une compagnie bancaire qui avait acquis une belle réputation dès le XIXe siècle en Alsace et outre-Rhin. Elle se réfugie chez eux avec sa fille qui n'est qu'un bébé de quatre mois. Une autre vie commence dont cet homme est à jamais banni. Cinq ans après sa libération, Baruch Sfrec est mystérieusement assassiné, probablement par un de ses créanciers. Le criminel ne sera jamais arrêté. Un simple fait divers sauf qu'Ava ne dit pas tout à son fils ou ignore les circonstances de l'assassinat de son père. Le meurtre en fait est atroce. Le corps a été lardé de coups de couteau, en partie déchiqueté et un mot a été tracé avec son sang sur le mur de la chambre : *Judenschwein*. « Cochon de Juif », saigné comme un porc.

Juste avant le décès d'Ava, par pure curiosité généalogique, Jacob se lance dans des recherches sur ce grand-père inconnu. Il découvre vite dans un journal de l'époque les conditions épouvantables de sa mort et se rend compte qu'il ne pourra guère en savoir plus car les archives ont pour partie disparu. Comme sa vie de reporter le précipite sur d'autres chemins très tourmentés, il referme le dossier à triple tour et n'en parle plus à personne. Rien en fait n'est gommé. Peu avant de disparaître en janvier 2023, il confie à Miriam que ce mystère l'obsède depuis toujours et qu'il ressent comme une faute personnelle le fait de ne pas avoir réussi à l'éclaircir. Il lui raconte qu'il a travaillé en vain sur cette affaire après son retrait du journalisme en 2015 et lui avoue : « Depuis la mort de Maman, j'ai ce fantôme dans la tête. Tous les crimes de guerre que j'ai vus m'ont ramené à Baruch et à cette haine des Juifs qui a conduit son meurtrier à le poignarder si sauvagement. Peut-être est-ce pour cela que je me suis assis à la grande table de l'horreur. Pour essayer de comprendre ce geste. »

Je ne suis pas sûr qu'il soit possible de percer la vérité d'un homme. J'ai lu bien des biographies minutieuses et brillantes mais elles butent le plus souvent sur l'explication intime du comportement d'un individu. Cette difficulté éclaire mon choix de la méthode fragmentaire, j'ai avancé dans l'écriture au fil des matériaux que j'ai trouvés. La vie au fond n'est que chaos. Rien n'était écrit pour Jacob mais le sel de la terre a perdu définitivement sa saveur dès lors qu'il a connu les détails de la mort de ce grand-père inconnu. Peut-être avait-il des prédispositions pour la noirceur, comme semblent l'indiquer ses terreurs nocturnes enfantines et ses cauchemars de jeune marié, peut-être ne voyait-il dans le récit que son père a fait de la guerre que la part sombre, une chose me paraît néanmoins certaine : la fin de Baruck Sfrec a bouleversé le cours de son existence et a transformé son regard sur les hommes. Ce n'est pas seulement pour rendre hommage à sa mère qu'il a pris le nom de son grand-père paternel dans sa vie professionnelle. Un tour de passe-passe ! Sans que personne ne le sache, il a voulu porter en permanence sur ses épaules le fardeau de cette histoire tragique. Il a vécu avec une douleur incurable et inavouée. Il a cru que le seul remède possible était de se frotter au pire des malheurs : la guerre. Ce qui n'a fait qu'aggraver son mal et son pessimisme.

La lecture de Toynbee a offert à sa noirceur une justification intellectuelle dont il n'a jamais voulu débattre avec quiconque après la disparition de Paul. Sans pouvoir le vérifier auprès d'un autre témoin que Miriam, j'affirme que la tonalité sombre de son âme a trouvé là sa cohérence. La désintégration de sa personnalité a commencé au Cambodge et avec la lecture de Toynbee. Son divorce précoce et la disparition de sa mère ont aggravé les choses mais la découverte concomitante de l'assassinat de Baruch n'a fait qu'amplifier son naufrage intérieur. À juste titre, Jacob mettait sa rupture avec Miriam sur son propre compte. Il pensait que la curiosité maladive qui l'habitait et en faisait un journaliste-migrateur pathologique en était la cause. J'ajoute que leurs retrouvailles et leurs conversations à partir des années 1990 l'ont sans doute empêché de disparaître de la surface de la terre (ou de s'évanouir dans la nature ?) beaucoup plus tôt.

Je crois utile de rendre compte de mon état d'esprit à ce moment de mon récit. Il ne s'agit pas de me mettre en scène mais de mesurer l'évolution de mon point de vue sur Jacob après plus de deux années de travail. Je l'ai dit, au fur et à mesure de mes découvertes j'ai entrepris une exploration de moi-même et me suis considéré sans complaisance. Dans cet exercice, j'ai gagné en lucidité et je suis certain que, pour le journaliste que je veux être, c'est un immense progrès. J'ai également progressé du point de vue psychologique sans pour autant être toujours sûr de moi. Disons que je tâtonne moins. Malgré des phases de découragement, cette enquête me passionne et, pour la première fois de mon existence, je suis bien souvent envahi par des bouffées d'enthousiasme et même de bonheur face à Miriam. Je me suis aussi débarrassé de quelques-uns de mes oripeaux sociaux et je ne le regrette pas. Je reste malgré tout un type plein de fric et à bien des égards un grand bourgeois. Par confort et facilité, je n'ai pas complètement tourné le dos à mon milieu. On m'y regarde comme un marginal amusant sans me rejeter. Je fais même le délice de certains dîners mondains dans lesquels on scrute mes liaisons amoureuses en frissonnant de plaisir. On m'y prête au demeurant beaucoup plus d'aventures que je n'en ai. Je ne suis pas un coureur de jupons. Je suis fidèle quand une femme veut bien de moi pour compagnon. On me quitte plus souvent que je ne quitte car, à l'image de Jacob, je ne dis jamais : « Je t'aime. » Trouverai-je un jour une femme à qui le dire ? Il me faudrait rencontrer une Miriam.

Dans mon milieu, je ne suis dupe de rien ni de moi-même. Ma vie ne me déplaît pas. Je ne suis pas de ces pisse-froid et faux-culs qui font mine de mépriser le confort de leur existence. Rien cependant ne m'indiffère car ma curiosité est désormais sans repos. Pour autant je n'ai pas l'âme d'un saint Martin partageant son manteau. Pour parler plus crûment, j'aime rendre compte sans que mon sens de la solidarité aille plus loin. De ce point de vue, je suis le contraire de Sfrec. Il absorbait tout pour abreuver son désordre intime. Il écrivait froid tout en compatissant et se désespérant. De mon côté, je tiens encore tout à distance même si je devine que le sfrecisme chemine en moi.

Qui est le plus égoïste des deux ? Sous cet angle, je commence par croire que je suis plus journaliste que lui. Son respect religieux des faits masquait une subjectivité absolue. La mienne demeure faible, faute peut-être de sensibilité et de culture. Je me juge plus objectif, notamment depuis ma propre expédition cambodgienne. J'en vois aussi la preuve dans la manière que j'ai choisi de le raconter. J'essaye de plonger dans les profondeurs de son histoire tout en veillant à remonter sans cesse à la surface pour ne pas céder à l'ivresse de mes découvertes et surtout éviter toute identification avec ce personnage que je trouve de plus en plus intéressant. Je ne suis pas lui, je ne veux pas être lui, même s'il m'a aidé à me comprendre. En fait, je souhaite que nous n'ayons pas en commun sa fascination de l'obscurité.

Je reviens à Jacob. J'en étais au point d'affirmer que son altérité revendiquée dissimulait un virulent égotisme quand il m'a fallu réviser mes certitudes naissantes. J'évoque cette remise en cause pour montrer combien il est délicat d'affirmer des vérités définitives dans cette recherche aussi indécise que confuse. J'étais proche d'écrire dans mes notes que ce n'était pas les autres que Sfrec observait mais lui-même à travers eux quand j'ai ouvert un nouveau chapitre de sa vie, le dernier acte de son parcours professionnel, l'affaire des caricatures de Mahomet. Quelque chose s'est brisé en lui qui l'a conduit à renoncer à son métier et qui m'a révélé une nouvelle facette de sa personnalité.

15
Francis Scott

L'affection que Miriam porte à Francis Scott Fitzgerald m'a conduit à en faire un compagnon dans les derniers mois de mon aventure. Comment écrire sur la fêlure d'un homme lorsqu'on a lu *The Crack-Up* ? Je me suis tout de suite trouvé confronté à cette question quand j'ai achevé mes investigations sur la traversée par Sfrec des années 1995-2015. Impossible de rivaliser avec ces mots de Fitzgerald pour décrire ce qu'il advint de Jacob au terme de ces deux décennies d'éboulement : « J'avais le sentiment d'être debout au crépuscule sur un champ de tir abandonné, un fusil vide à la main [...] simplement le silence et le seul bruit de ma propre respiration [...]. Il y avait dans ce silence une immense irresponsabilité à l'égard de toutes les obligations, l'affaissement de toutes mes valeurs. »

Je reviens au fait. Quand Jacob découvre les menaces que reçoit le journal danois *Jyllands-Posten* après la publication des douze caricatures de Mahomet à l'automne 2005, il change du tout au tout. À la suite de l'élection présidentielle du printemps 2002, chamboulée par la présence de Jean-Marie Le Pen au second tour face au président sortant Jacques Chirac, Sfrec avait créé *Scripta manent* pour défendre une voix différente dans la lutte contre la montée de l'extrême droite dans le pays. Il s'attachait à démontrer l'inanité de ses thèses et les risques qu'elles représentaient. En vérité, il redoutait par-dessus tout que cette fièvre soit nourrie par un vieil antisémitisme à matrice catholique, fait de ces préjugés séculaires qui avaient coûté la vie à son grand-père Baruch. Son inquiétude ne s'arrêtait pas là. Il voyait aussi s'épanouir un antisionisme qui servait de masque à un nouvel antisémitisme. Depuis son repli sur la politique intérieure, Jacob se passionnait pour la laïcité dont la défense était devenue, à ses yeux, vitale pour l'avenir de la France. Il ne tempêtait pas, il en expliquait mois après mois la singularité et la nécessité afin d'éviter que le pays ne glisse petit à petit vers une guerre civile larvée qu'il voyait se dessiner sans que personne ne s'en alarme. L'islamisme l'inquiétait tout comme l'augmentation des territoires où l'État ne faisait plus respecter le droit. Il lisait tout ce qui s'écrivait sur ces sujets, reportages, essais, thèses au point de ne s'occuper de plus grand-chose d'autre.

Après l'attentat du 11 septembre 2001 aux États-Unis, il acquit définitivement la conviction que l'islam théocratique avait déclaré la guerre à l'Occident et pariait sur le temps pour la gagner. Ce constat le conduisit un an plus tard à faire de cette phrase le mantra de *Scripta manent* : « Les majorités passives sont des troupeaux impressionnables. » Il ne l'avait pas sourcée. Il me fallut beaucoup de temps pour retrouver une fois encore

Toynbee derrière ces mots. Jacob croyait dur comme fer aux valeurs démocratiques et républicaines car elles ne reposaient sur aucun des manichéismes qui animent les idéologies et les religions. Il en aimait le pragmatisme sans ignorer leurs failles et leurs fragilités. Ses articles n'étaient pas pour autant paranoïaques. Il estimait que toutes les religions avaient leur place dans le pays à condition qu'elles en respectent le principe fondamental si bien exprimé, selon lui, par cette phrase du philosophe et historien Élie Halévy : « Il y a plusieurs religions, il n'y a qu'une humanité. » Sa position était à la fois claire et simple sur l'islam, la charia devait se plier aux lois de la République. La foi était une affaire intime, privée, hautement respectable, qui ne devait en aucun cas troubler l'espace public. Il avait un jour résumé ses convictions par une formule lapidaire qui avait déclenché des polémiques auxquelles il avait refusé de répondre : « Les catholiques dans les églises, les protestants dans les temples, les juifs dans les synagogues, les musulmans dans les mosquées. » Il avait pour principe de ne jamais alimenter une querelle dans les médias, certain ainsi de ne pas transformer en brasier un simple feu de paille. Il était pourtant armé jusqu'aux dents pour se jeter dans la mêlée. Il avait lu l'Ancien Testament, les Évangiles, le Coran et même des textes fondateurs des canons bouddhistes comme le Tripikata. Dans sa bibliothèque trois rayons étaient couverts d'ouvrages sur les religions.

La tempête déclenchée par la publication des caricatures danoises par *Charlie Hebdo* en février 2006 renforça ses inquiétudes. Les réactions contre l'hebdomadaire satirique et l'avalanche des critiques qui s'abattit sur sa couverture signée Cabu, montrant un Mahomet accablé s'exclamant : « C'est dur d'être aimé par des cons », le plongea dans le désarroi et conforta son pessimisme. Il se fit l'avocat de *Charlie* dans ses écrits, défendit le droit au blasphème contre toutes les religions, s'attaqua sur le fond à l'islamisme politique, entreprit une critique rigoureuse d'un islam refusant de se réformer pour s'adapter à la laïcité. Il comprit peu à peu qu'il prêchait dans le désert sur la plupart des questions qu'il abordait. Même son éclat télévisé le soir des élections européennes de mai 2014 laissa indifférent. *Scripta manent* ne gagnait pas un lecteur, commençait même à en perdre, la radicalité de son point de vue et son style sans affect avaient fini par lasser ses abonnés. Il arrêta la publication le 7 décembre 2014 convaincu de l'inefficacité de son combat et d'inutilement ratiociner. Il réduisit le dernier numéro à un seul article de quatre pages. Il y répétait une dernière fois avec vigueur ce qu'il écrivait depuis douze ans. On devinait néanmoins un homme épuisé, dépité, qui rendait les armes faute de se faire comprendre. Quasiment personne dans la presse ne signala l'arrêt de la publication. Nul ne releva non plus la dernière phrase de ce long éditorial nourri de mille précisions factuelles : « Nous allons vers de grands malheurs. » Un mois plus tard, le 7 janvier 2015, Chérif et Saïd Kouachi massacraient au nom d'Allah la rédaction de *Charlie Hebdo*. Le 9 janvier, le terroriste islamiste et antisémite, Amedy Coulibaly, frappait l'Hyper Cacher de la porte de Vincennes. Bilan total des deux opérations : seize morts. Et un dix-septième, sorte de moine-soldat méconnu, mort-vivant ou disparu : Jacob Sfrec.

Je peux affirmer que cet attentat fut, pour lui, comme un arrêt de vie. Miriam me confia lors de notre troisième rendez-vous à New York, en mars 2025, le texte du mail qu'il lui avait adressé dans la soirée de ce 7 janvier. On y retrouve ce respect des faits et des détails qui l'a toujours occupé : « Je sais que tu portes le deuil de Saül et que mes états d'âme ne sont rien tant ta tristesse est grande. Néanmoins, il faut que je te raconte ce qui vient de se passer. Ce matin, je me suis rendu à la Grande Épicerie du Bon Marché pour y faire quelques courses. J'avoue bien aimer ce lieu si contraire pourtant à mon ascétisme. Une contradiction de plus ! J'ai acheté quelques fromages, tu connais ma passion. Il était onze heures cinquante quand j'en suis sorti. Le ciel bleu et l'air frais de ce début d'année me mirent de très bonne humeur, ce qui, tu me le reproches suffisamment, est peu fréquent chez moi ces temps-ci. Je deviens un vieux ronchon. Seuls nos échanges et une atmosphère étonnamment azuréenne pour la saison me permettent de ne pas devenir définitivement grincheux. Tu as compris, je m'accroche plus que jamais à toi ! Dans la rue, je ferme les yeux pour déguster le beau temps tout en songeant au printemps. Je les ouvre. Je constate que les gens autour de moi sourient. Miracle de la météo. Je traverse la rue du Bac, flâne deux ou trois minutes devant les belles vitrines rue de Sèvres puis je prends l'ascenseur du parking à côté des grilles du square Boucicaut. Je retrouve ma minuscule Smart au troisième sous-sol, met le contact, jaillit aussitôt sur France Musique la voix de Mirella Freni chantant « Quanti fior… », un air du premier acte de *Fedora* de Umberto Giordano. Un souvenir délicieux me revient, j'ai eu en effet la chance d'entendre cette merveilleuse soprano italienne dans ce rôle à la Scala de Milan au milieu des années 1990. Je démarre. Alors que j'arrive au péage de sortie, je marque un temps d'arrêt pour changer de station de radio et suivre le journal de midi sur France Info. La foudre me tombe aussitôt dessus. Le premier titre est un massacre dans la rédaction de *Charlie Hebdo* survenu une demi-heure plus tôt. Mon estomac se retourne, j'ouvre précipitamment la porte de la voiture et vomis à en crever contre la borne de péage. Je suis plié en deux, ne bouge pas quand un coup de klaxon m'arrache à mon anéantissement. Une grosse BMW est venue me serrer de près et son conducteur me hurle de dégager en me traitant de gros dégueulasse. Je paye en vitesse avec ma carte de crédit et sors du parking. Je gagne la rue Saint-Placide et trouve une place pour me garer. J'allume une cigarette, puis une autre, et encore une autre, jusqu'à ce qu'un flic m'intime l'ordre de régler mon stationnement ou de dégager. Je dégage en sachant que, d'une certaine manière, ma vie vient de s'arrêter. J'ai peur de moi, Miriam, de ce que j'éprouve, de la haine qui m'emplit, de ma certitude de voir advenir pire encore, de ce monde que je comprends trop bien et qui m'effraye. »

Miriam n'a pas voulu me lire la réponse qu'elle lui a adressée. « Trop intime », m'a-t-elle dit une fois de plus tout en confessant : « En dépit de ma peine pour la disparition de Saül, j'avais une raison de lui donner envie de vivre, plus forte que ce désespoir qu'il pensait ne pouvoir surmonter : l'aveu d'une passion jamais éteinte. Il en fut bouleversé. Je m'en tins là, j'avais une autre chose à lui dire mais je n'en eus pas la force. Pour l'heure, je ne peux pas non plus vous en parler. » « Mais pourquoi ? », m'exclamai-je, agacé par ce nouveau mystère. « Je le ferai peut-être à l'automne quand je viendrai à Paris pour assister au récital Ravel de Talia au théâtre des Champs-Élysées. » J'insistai, je voulais savoir, j'en avais assez de perdre du temps. Elle resta impassible et finit par me dire sèchement : « Chaque chose en son heure. Sinon, nous en restons là ! » « Mais… », dis-je. Elle trancha : « Il n'y a pas de mais. Je déciderai seule du moment d'ouvrir cette porte. » Je pinçai les lèvres, elle me regarda avec un sourire forcé et je crus qu'elle allait me mettre dehors. Alors que je baissai la tête pour masquer ma frustration, jurant en moi-même de revenir au plus vite sur ce silence, elle commença sans transition à disserter sur Scott Fitzgerald. Elle avait une manière très singulière de se raconter à travers des textes de grands auteurs. Elle résuma son histoire avec Jacob en me citant cette phrase de son livre de chevet, les carnets de Francis Scott qu'elle aimait tant feuilleter pour y dénicher, noter et apprendre par cœur d'élégantes réponses à ses propres tourments : « Pendant un moment, ils disparurent dans les douces ténèbres, si profondément qu'ils furent plus sombres que les ténèbres, si bien que pendant un temps ils furent plus sombres que les sombres arbres – puis si sombres que, lorsqu'elle essaya de le regarder, elle ne put que fixer les vagues furieuses de l'univers par-dessus son épaule et dire : "Oui, j'imagine que je t'aime aussi." » C'était bien l'histoire de leur vie que la mort de Saül faisait peu à peu sortir d'une nuit longue de quarante-deux ans.

16
Talia

Mon enquête ne nécessitait pas que j'interroge Talia qui n'avait rien à voir avec Jacob. Miriam m'avait brièvement expliqué qu'elle lui avait tout dit de son bref mariage avec Jacob mais que sa fille ne l'avait jamais rencontré et n'avait manifesté aucune curiosité à son endroit. J'eus néanmoins envie d'en savoir plus sur elle. Bien que racontant assez longuement sa carrière de soliste, Wikipédia ne répondit pas à mes attentes. Son talent y était souligné sans commentaire sur sa personnalité. N'étant ni expert ni mélomane, il me fallut lire les critiques élogieuses qui suivaient ses concerts et ses récitals pour comprendre ce qui singularisait son jeu. On le disait à la fois expressif et spontané, on ajoutait parfois, non sans dissonance à mes oreilles d'ignorant, qu'elle était attentive aux détails et perfectionniste. Certains évoquaient l'héritage d'Annie Fischer, une pianiste hongroise dont j'achetai l'intégrale des sonates de Beethoven pour la comparer à celle que Talia avait elle-même enregistrée. Cet exercice me fit mesurer l'étendue de mon impéritie musicale. Elle me conduit à évoquer avec beaucoup de modestie les impressions que j'ai retirées de ces écoutes. J'étais à mille lieues de mon univers mélodique habituel, le rock, la pop, le reggae, l'électro, pour l'essentiel des rythmes, y compris le tango, qui se dansaient. Je n'avais pas versé dans le rap dont le tempo répétitif me laissait indifférent.

Avec l'univers de Talia, je fis donc un saut dans l'inconnu et m'y suis perdu. Je ne sus pas deviner ce qui, techniquement, la rapprochait de l'irréprochable Annie Fischer parce que, dès que j'entendis Talia sur la scène de l'opéra Garnier de Monaco en janvier 2025, je fus saisi par son extraordinaire sensibilité et le don qu'elle avait de faire entendre une voix très personnelle à travers son clavier. Elle ne jouait pas, elle interprétait, la musique ne naissait pas de partitions maîtrisées mais semblait sourdre des profondeurs de son être, de ses pensées dans l'instant même où les notes venaient sous ses doigts. Elle ouvrit son récital par la *Sonate pour piano n° 21* de Beethoven, aussitôt devenue pour moi une indispensable compagnie. Talia y offrait un arc-en-ciel musical fait d'une myriade de couleurs traversée d'éclats sombres ou lumineux. Dans l'enchaînement virevoltant des graves et des aigus, elle semblait se livrer à une folle improvisation. L'obscurité et la clarté, la joie et la violence formèrent une succession de métamorphoses qui me dévoilaient la personnalité à la fois profonde et scintillante de Talia. Plus tard, me retrouvant dans l'hôtel Suisse à Nice où j'avais trouvé une chambre avec une vue somptueuse sur la baie des Anges, sans m'interroger sur le pourquoi de cette comparaison, je trouvais dans cette interprétation de la sonate Waldstein un lien avec le « *So What* » ouvrant le *Kind of Blue* de Miles Davis que Jacob écoutait si souvent et dont la beauté m'avait aussi envoûté. Sans doute aurai-je dû explorer cet étrange écho entre des œuvres si différentes mais atteignant chacune dans leur genre la perfection. Si mon enquête ne m'a pas laissé le temps d'ouvrir en grand les portes de la musique, elle m'a permis au moins de trouver une nouvelle compagnie. Ne serait-ce que pour cela, je me dois d'être reconnaissant à Jacob et Miriam unis dans leur passion par cette autre passion.

À l'issue de ce concert, je n'avais pas osé aborder Talia. J'eus peur que cette initiative déplaise à Miriam. Je savais confusément qu'elle seule pouvait décider des futures étapes de mon enquête dans les familles AAranson-Wahl et Sfrec. Je l'informai néanmoins au téléphone que j'étais allé écouter sa fille dans la Principauté et, sans céder à la flagornerie, combien sa virtuosité m'avait impressionné. Je crus deviner au bout du fil un gloussement étouffé. Miriam savait bien que je n'entendais rien à la musique classique et ignorait tout de mes efforts pour pénétrer dans le monde de Talia. Je complimentai également l'élégance de sa fille, habillée ce soir-là d'un long fourreau de soie moirée. À mes yeux, Talia était un personnage surprenant. Elle était grande. Son visage était une composition de défauts, un teint très pâle, une bouche un peu trop grande aux lèvres très rouges, un nez légèrement busqué, un front exagérément large sans la moindre ride, une chevelure auburn, sans doute une teinture pour masquer les premiers cheveux blancs de la cinquantaine et des yeux d'un bleu indéfinissable sous un feston de sourcils ténébreux. Quand elle vint saluer un public enthousiaste auquel elle offrit trois rappels, son sourire, esquissé face à son clavier, s'épanouit, découvrant un parfait alignement de dents blanches.

Je décris ici son apparence au fond assez banale mais en la regardant je ressentais un trouble indéfinissable. Jamais auparavant je n'avais éprouvé une telle sensation, une attraction dont je ne parvenais pas à définir la cause. Mon cerveau était en ébullition, multipliant les hypothèses. Je peux dire avec certitude que je n'étais pas tombé amoureux. Toute mon attention était pourtant captée par cette femme. Était-ce la musique que je venais d'entendre qui me mettait dans cet état de confusion ? Je redoublai d'attention, détaillai son visage, son allure, ses gestes, scrutai les intonations de sa voix quand elle remercia le public. Mes sens et ma réflexion butaient contre des murs, ne trouvaient aucune issue, je ne m'expliquai pas mon malaise. Je pestais contre l'altération de mon intuition, cet atout dont j'imaginais jusqu'alors qu'il ferait ma force dans le travail que j'avais entrepris.

Il me fallut plusieurs jours pour me défaire de cet accablement et repartir à la recherche de Sfrec. C'est alors que je prêtai attention à un CD posé sur le lecteur que Jacob avait installé dans sa bibliothèque au milieu de ses milliers de livres et de ses innombrables disques. Son titre, *The Unanswered Question*, me troubla tant que je décidai aussitôt de l'écouter. Je découvris alors, interprétée par le New York Philarmonic dirigé par Leonard Bernstein, cette composition si mystérieuse de Charles Ives. Ce continuum sonore obsédant, joué par des cordes posant selon les mots même de son auteur « l'éternelle question de l'existence », reflétait si bien mon état hypnotique de flottement depuis le début de mes recherches que je n'ai plus jamais cessé de l'écouter.

De nouveau, tel un scribe, je me jetai dans l'océan des écrits personnels de Jacob. Je passai aussi des heures à la Bibliothèque François Mitterrand, me consacrant tout particulièrement à la période qui avait suivi l'attentat contre *Charlie Hebdo*. Je cherchai en vain une expression publique de Sfrec sur ce drame. Son silence était total. *Scripta manent* n'existait plus et personne ne le sollicitait alors qu'il était devenu sans doute aucun un bon connaisseur de l'islam idéologique si j'en juge par le nombre considérable d'ouvrages qu'il avait accumulés sur ce sujet. Je dénichai, griffonné dans un agenda que j'avais jusque-là négligé, qu'il s'était rendu pendant deux mois au Pakistan au cours de l'été 2006. Je plongeai dans ses affaires, nulle trace de passeport où j'aurais pu découvrir un visa, pas la moindre évocation de ce périple. Je fis des recherches dans les journaux et les magazines pour voir s'il avait publié un article rendant compte de ce qui devait être, selon moi, un reportage. Rien. Pas un mot non plus dans *Scripta manent* dont la parution avait été interrompue pendant cette période estivale. De leur côté, Miriam et Solonet, qui m'apprit que Jacob avait suivi des cours d'arabe au début des années 1990, me dirent qu'ils ignoraient tout de cette expédition et me demandèrent même de les tenir informés de ce que je pourrais dénicher sur ce sujet. Je conclus de cette découverte qu'il avait voulu observer de plus près le développement et les ressorts de la culture islamique. Toujours son obsession des faits.

Faute de piste et désappointé, concluant qu'un déplacement au Pakistan serait inutile, je m'en tins là tout en voyant dans ce voyage chez les oulémas la confirmation d'un trait de son caractère. Ce solitaire, farouchement indépendant, dont la discrétion était la marque, travaillait désormais pour l'essentiel à sa propre éducation. Il me revint que Miriam, dans une de ces digressions dont elle était coutumière, m'avait signalé que, lors d'un séjour en Israël où il couvrait les débuts de la première intifada en décembre 1987, Jacob avait été impressionné par la concentration des étudiants dans les yeshivas. Il lui avait expliqué qu'il en avait retenu la mitzvah, cette obligation essentielle de se plonger tout seul dans les textes talmudiques à l'image de Moïse et des quarante jours et quarante nuits qu'il avait passés sur les hauteurs du mont Sinaï pour apprendre le sens des commandements que Dieu lui avait demandé de transmettre à son peuple. Sans être pratiquant ni croyant, Jacob avait alors appris des bribes d'hébreu mais aussi opté pour des pratiques de travail quasi rabbiniques. Il forgeait ses convictions dans des recherches acharnées, pour autant il n'avait aucune envie d'être l'avocat de ses observations et de ses propres idées. Les confrontations télévisuelles, les éclats de voix, les mises en scène médiatiques étaient à l'opposé de la conception qu'il avait de son métier. En dépit de sa spectaculaire sortie du plateau en direct le soir des Européennes de 2014, en fait le point final de sa carrière, la querelle publique n'était pas son fort, ce qui ne l'empêchait pas d'admirer les intellectuels qui avaient le courage de s'exposer.

J'ai compris en lisant l'un de ses carnets qu'il écoutait tous les samedis matin *Répliques* sur France Culture, l'émission animée par le philosophe Alain Finkielkraut. Les brefs écrits de Jacob sur les questions qui y étaient débattues étaient le plus souvent des phrases à la dérive sans la moindre référence. En écoutant des podcasts de Culture, je pus en resituer certaines et prendre la mesure de son inquiétude sur l'évolution du monde et sur ses crispations. Il s'intéressait de près à l'aggravation des tensions entre la Russie et l'Ukraine depuis plusieurs années. Dès l'occupation russe de la Crimée en février 2014, il avait noté d'une écriture presque tremblante : « Guerre généralisée, voire mondiale, vraisemblable. »

La lecture de ce qui n'était en rien un journal mais une addition d'observations désordonnées et spontanées, jetées à la volée tantôt dans des petits carnets qui n'obéissaient à aucune chronologie, tantôt sur des feuilles volantes entassées dans des chemises, donnait l'impression d'avoir affaire à un homme proche de l'égarement. Il avait laissé derrière lui un entassement frénétique de pense-bêtes mais, en aucun cas, constitué une documentation destinée à la rédaction d'un ouvrage. Cet homme était désarticulé, ce qui éclaire aussi ma manière de le raconter par miscellanées et digressions. On peut imaginer combien, pour moi, fut fastidieuse cette période, éclairée seulement entre nos rendez-vous à New York de novembre 2024 et mars 2025 par des échanges téléphoniques avec Miriam, moments à la fois agréables et assez vains. Elle s'inquiétait de mes découvertes sans me donner grand-chose en échange.

J'en vins même à douter de ma capacité à mener mon entreprise à son terme. Le spectre de l'imposture revint rôder. Je piétinais, la vérité finale se dérobait. J'approfondissais sans ajouter des faits vraiment nouveaux à mon récit, sinon sur la vie quotidienne de Sfrec. Je finis par noter ces interrogations pour les affronter de visu et me convaincre jour après jour de la portée de mes petites avancées. Tous les soirs, je me mis ainsi à rédiger de courts comptes rendus qui m'apportaient la preuve écrite que je progressais dans mon travail. Ils finirent par m'éclairer sur le fantôme que je traquais. Voici l'une de ces synthèses quotidiennes : « D'une certaine manière, après 2015, Jacob entre dans une période de glaciation. Il ne produit plus rien de cohérent et bien construit. Il ne rend compte dans ses brefs écrits que des spasmes de sa pensée avec une évocation régulière du jaune, sa couleur favorite. Pour éclairer ce penchant chromatique, il se procure dès sa parution en 2019 l'ouvrage de Michel Pastoureau sur ce sujet et se perd en conjectures. Aime-t-il le jaune parce qu'il évoque la lumière comme pour les Grecs et les Romains ? Est-ce une manifestation de cette bile amère qui l'envahit ? Le Moyen Âge n'a-t-il pas fait du jaune, le jaune du soufre, une couleur démoniaque ! Ne devait-il pas y voir une hantise ? N'avait-il pas conservé l'étoile jaune que sa mère et sa grand-mère avaient portée sous l'occupation nazie ! » Les petits riens parfois en disent long.

À la fin de cette décennie 2010, Sfrec fut aussi ressaisi d'une boulimie littéraire. Pour « combler ses trous », a-t-il gribouillé sur un bout de papier, il achetait toutes les semaines des livres, essais et romans. Il voyageait à présent dans l'espace et le temps à travers ses lectures alors qu'il avait sillonné la planète. Pour l'essentiel, il lisait des œuvres nord et sud-américaines ou russes. Il rouvrait également les classiques français, de Balzac à Proust et Céline en passant par les grands auteurs du XIXe siècle. Il écoutait beaucoup de musique symphonique, d'opéras et du jazz, *Kind of Blue* de Miles Davis toujours en tête de gondole mais aussi « In a sentimental mood » de Duke Ellington et John Coltrane en fermant les yeux, j'en suis certain, pour voir Miriam. Il devait passer régulièrement les enregistrements de Talia car ils n'étaient pas noyés dans sa discothèque.

Après la disparition de Saül AAranson-Wahl, ses conversations avec Miriam devinrent moins irrégulières. Elle ne se sentait plus coupable de rien et, me confia-t-elle, trouvait dans leurs échanges un doux réconfort. Jacob n'y ergotait pas et veillait à être enjoué car il savait Miriam très affectée par le décès de son mari. Elle avait néanmoins fixé une règle du jeu à ces retrouvailles : ils devaient ne jamais revenir sur le passé et se comporter simplement comme de vieux complices. Ils réussirent à la respecter bien qu'elle plaça leurs rencontres sous l'emprise des faux-semblants. Ils vécurent ainsi dans un océan de mensonges, simulant le bonheur d'une amitié retrouvée. Jacob se rendit deux fois à New York, une petite semaine en mai 2017 puis en novembre 2018. Il s'installa alors dans un hôtel proche de Washington Square North mais ne vint jamais rejoindre Miriam chez elle. Son hôtel particulier était un sanctuaire. De son côté, elle résida deux fois une dizaine de jours à Paris, en mai 2016 et juin 2019, avant de se rendre en Italie. Pour chacun de ces séjours, elle réserva une chambre avec vue sur les Tuileries et la tour Eiffel à l'hôtel Regina, place des Pyramides. Jacob s'y rendit quotidiennement pour un déjeuner léger précédé d'un verre de whisky japonais pour lui et de Porto pour elle. Ils couraient ensuite les expositions du moment, sortaient tous les soirs, théâtre, concert, opéra, cinéma et dînaient tantôt à la Coupole pour y manger chacun un demi-homard, tantôt chez Kitchen Terre, boulevard Saint-Germain, la cantine de Jacob, à deux pas de son loft rue du Cardinal-Lemoine, lieu également interdit. Parfois, ils se rendaient au Coq Rico sur la butte Montmartre. Miriam y retrouvait la cuisine du restaurant jumeau que le chef avait ouvert à New York et qu'elle fréquentait régulièrement. Miriam avait une insatiable curiosité gastronomique qu'elle attribuait à ses racines françaises. Elle aimait aussi explorer les nouveaux bistros et bousculait Jacob prisonnier de ses habitudes plutôt sobres. En sa présence, il était un autre homme, de nouveau curieux de tout, bien différent de l'ermite qu'il redevenait dès que Miriam s'envolait vers New York ou Florence. L'épidémie de Covid-19 en 2020 mit un terme à ces pas de deux. Par la suite, et jusqu'à la disparition de Jacob, seul le téléphone les relia.

Mes recherches sur la vie quotidienne de Sfrec et Miriam durant cette période intermédiaire et floue finirent par me lasser. J'avais l'impression de faire du surplace. Après ma troisième rencontre avec Miriam au printemps 2025, j'en vins même à me demander ce qui m'avait pris de me lancer dans cette aventure. Étais-je à la hauteur ? Avais-je surestimé ma volonté d'aboutir ? Le sujet que j'avais choisi en valait-il la peine ? Ma rédactrice en chef au *Corsaire* n'avait-elle pas eu raison d'ironiser sur ma proposition d'enquêter sur Sfrec ? N'avais-je pas obéi à un simple caprice ? Ces questions me hantèrent pendant de longues semaines. Personne ne serait intéressé par le personnage de Sfrec, autant dire que je ne trouverais aucun éditeur pour publier un récit qui, maintenant, s'étiolait faute de matériau.

Après avoir mis de l'ordre dans tout ce que j'avais recueilli jusque-là, je pris donc la décision de faire une pause. Depuis près de deux ans et demi, Jacob me hantait jour et nuit. Il fallait que je prenne mes distances pour retrouver un peu de lucidité. Une cure au soleil m'y aiderait. Dès le mois de juin, je réservai des billets pour les Seychelles, bien décidé à y séjourner une quinzaine de jours à ne rien faire, sinon lire, auprès de l'avocate avec laquelle j'entretenais une agréable liaison depuis plusieurs mois. Tout était réglé pour la fin août et le début du mois de septembre quand, le 4 août, Miriam me demanda de venir la voir à New York au plus vite.

Intuitivement, je compris que quelque chose de grave s'était passé et qu'il fallait que je réponde aussitôt à cet appel au secours. Peut-être allais-je enfin percer le mystère Sfrec, entrer dans la tombe de Toutankhamon ? L'heure des découvertes était peut-être venue. Les voici.

17
Madame Dubreuilh

Il fallut un examen de routine au tournant des années 2000 pour que Madame Dubreuilh, alors âgée de soixante-six ans, acquière une certaine renommée dans le monde médical. Elle avait une petite lésion inégalement pigmentée sur la pommette droite. Une biopsie ainsi décrite par la suite par les dermatologues allemands Wilhelm Stolz et Richard Schiffner avait été réalisée par précaution : « Des points gris formant des cercles complets ou pas dans la zone supérieure de la lésion ; des structures annulaires granulaires, agrégats de points et de globules gris et bruns autour des follicules pileux ; des structures rhomboïdales et polygonales à type de parallélogrammes plus ou moins complets localisés entre les follicules pileux ; des aires homogènes gris bleu. » Au terme de ces travaux, ce cancer de la peau avait été appelé mélanome de Dubreuilh.

Je crois que Jacob, si exigeant sur les faits, aurait ainsi commencé le compte rendu des très longs entretiens que j'eus avec Miriam du 15 au 18 août 2025. Ils m'ont conduit à aller au terme de ma recherche.

Lorsqu'elle m'accueillit, je fus surpris par la lividité de son visage. Je ne l'avais plus revue depuis le mois de mars. Un venin lacté s'était glissé sous sa peau. Elle avait laissé pousser ses cheveux. Un habile et élégant brushing masquait désormais le haut de ses pommettes et ses minuscules oreilles qu'elle aimait jusqu'alors orner de pendentifs chaque jour différents. Une robe beige sans ceinture et volontairement flottante ne m'empêcha pas de remarquer qu'elle avait beaucoup maigri. Mon regard trahit sans doute mon étonnement. Il n'échappa pas à ses yeux plissés qui scrutaient mes réactions à travers des lunettes que je ne lui avais jamais vu porter jusque-là. Elle hocha légèrement la tête comme pour me signifier : « Oui, c'est ainsi ! » Puis, d'une voix que la maladie n'avait pas du tout altérée, elle me suggéra de rejoindre le salon avec cette formule : « Cher Sidné, vous connaissez le chemin, ici vous êtes à présent chez vous. »

Jamais, auparavant, elle n'avait prononcé mon prénom sur un ton aussi amical et complice. Elle m'indiqua le fauteuil Hoffmann que j'avais occupé lors de mes trois premières visites. Miriam s'installa face à moi et planta de nouveau son regard dans le mien en m'avertissant d'une voix soudain inflexible : « S'il vous plaît, ne m'interrompez pas pendant que je parle. Ce que je vais vous raconter est déjà suffisamment difficile à avouer. Vous aurez sans doute de nombreuses questions à me poser, vous le ferez quand j'en aurai fini. » En vérité, je n'eus jamais la tentation de l'interrompre tant ce qu'elle me confia me stupéfia et m'amena à douter aussi bien de mon intuition que de mon imagination. Rien de ce qui suit ne m'était venu à l'esprit ! À force de ne m'en tenir qu'aux faits, je n'avais pas essayé d'émettre des hypothèses au fil de mon travail. Je m'en fis le reproche, Jacob aurait sans doute agi autrement. Il savait ne pas perdre de temps.

J'ai choisi de faire un récit indirect de nos échanges sans ouvrir de guillemets sauf quand cela m'a paru nécessaire. Il y avait une telle souffrance dans la voix de Miriam, soulignée par un besoin régulier de reprendre son souffle sous le poids de ses révélations et du mal qui la rongeait, que le mot à mot ne peut en rendre compte. En dépit de tous mes efforts, je ne pense pas avoir le talent littéraire nécessaire pour redonner vie à cette confession telle qu'elle fut faite.

Miriam commença par évoquer sa santé en m'indiquant en préambule que Talia était informée d'absolument tout ce qu'elle allait me dévoiler. Sa fille lui avait donné son accord pour qu'elle me livre ses secrets. Je compris sur-le-champ que Miriam avait décidé de me faire passer une bonne fois pour toutes de l'autre côté du miroir et de m'associer à l'avenir de sa famille. J'en viens à l'avalanche de faits qui m'ensevelit trois jours durant.

Lors d'un examen de routine cinq mois plus tôt, son dermatologue lui avait découvert une tache à hauteur de la tempe, si bien dissimulée sous la masse encore dense de ses beaux cheveux blancs qu'elle n'y avait pris garde. Elle réalisa alors qu'il lui arrivait d'éprouver le besoin de masser cet endroit pour y soulager un très léger fourmillement. Le médecin voulut aussitôt la rassurer en lui expliquant doctement qu'il s'agissait sans doute d'un mélanome de Dubreuilh limité aux couches supérieures de l'épiderme et qu'il n'en était qu'au début de son développement. Sa détection étant précoce, on disposait, lui indiqua-t-il, d'un traitement efficace pour contenir et vaincre sans exérèse ce qu'il avait fini par appeler plus simplement un cancer en répondant à ses multiples questions. Il lui conseilla néanmoins de prévoir des examens complémentaires auprès d'un oncologue. Dans les heures qui suivirent ce diagnostic, elle se renseigna plus amplement, inquiète de cette tumeur que provoquait en général une exposition excessive au soleil. Or elle n'avait jamais aimé, me précisa-t-elle, perdre son temps à bronzer. Comme la petite tache pigmentée, peu homogène, allant du noir au marron, était née à l'ombre de ses cheveux, elle en conclut que cette saleté était plus sérieuse que le médecin ne le lui avait dit. Elle enchaîna les rendez-vous avec les meilleurs spécialistes new-yorkais et sut très vite que la tumeur de plus de 4 millimètres qui s'était développée sous son cuir chevelu était d'une extrême malignité. Le mélanome galopait et en était déjà au stade 3. Après qu'on lui a enlevé des ganglions lymphatiques occipitaux derrière la nuque dans le service de dermatologie du Tisch Hospital sur la First Avenue, elle exigea qu'on lui tienne un discours de vérité, aussi difficile à accepter soit-il. On lui annonça sans ménagement que des métastases étaient déjà en transit et qu'il fallait s'inquiéter d'une rapide prolifération. Elle entra alors dans un éprouvant tourbillon médical, commencé par une bithérapie, rapidement suivie d'une immunothérapie destinée à ralentir la progression des tumeurs. Elle poursuivait ce traitement mais elle m'expliqua sans détour et sans céder à l'émotion que ses jours étaient, selon elle, comptés car elle en était déjà au stade 4.

Prenant la véritable mesure de mon affection pour cette femme, je sentis à ce moment-là ma gorge s'étrangler. L'idée même de sa disparition m'écrasa de tristesse. Ne me quittant pas des yeux, elle devina mon trouble terrible mais poursuivit son récit et me laissa sans repos pendant les trois journées que nous passâmes ensemble. Malgré ses questions et ses exigences, les médecins ne lui avaient pas dit de combien de temps elle disposait. Elle pressentait qu'elle n'avait qu'une poignée de mois devant elle. Elle voulait se battre pour tenir au moins jusqu'à l'automne et effectuer le voyage prévu mi-septembre à Paris où Talia donnerait un récital Ravel avant de se rendre avec elle à Toulouse. Elle y jouerait le *Concerto pour piano en la mineur opus 54* de Schumann avec l'orchestre national du Capitole sous la direction du jeune chef finlandais Tarmo Peltokoski. Miriam aimait plus que tout le romantisme de l'*allegro affettuoso* et l'extraordinaire délicatesse de l'*intermezzo andantino gracioso* de l'unique concerto achevé par ce compositeur qu'elle appelait Eusebius par une coquetterie intellectuelle inhabituelle chez elle. Elle ne me donna pas toutes ces précisions par hasard. Au cours du festival d'Aix-en-Provence, en juillet 1970, elle avait découvert cette œuvre magiquement interprétée par Samson François deux mois avant qu'il ne succombe à une crise cardiaque. Elle n'avait plus cessé de l'écouter. Ce souvenir était à jamais indissociable de Jacob qui l'avait gardée serrée contre lui tout au long de cette soirée, leurs deux corps ne faisant qu'un pendant cet inoubliable voyage mélancolique. Entendre une dernière fois Talia interpréter cette partition était pour elle une raison de s'accrocher à la vie.

Quand elle eut fini l'exposé clinique de son état et de ses projets à court terme, elle marqua une pause pour boire un thé qu'une employée de maison strictement habillée d'une jupe noire et d'un chemisier blanc vint lui servir. Elle m'en proposa une tasse que je refusai, préférant un simple verre d'eau. Je restai silencieux par peur de la contrarier avec un mot maladroit. Mon regard était voilé par l'émotion qui m'avait gagné tout au long de ce procès-verbal médical livré avec une froideur calculée. Je me battais néanmoins contre moi-même pour dissimuler au mieux mon état. Je ne voulais pas lui imposer une commisération larmoyante. Après deux ou trois gorgées de thé lentement avalées, elle rejeta la tête en arrière, les yeux clos. Son mutisme dura de très longues secondes puis son regard retrouva le mien. Je pensai que nous en avions fini quand elle reprit la parole avec ces mots : « Maintenant, j'en viens à l'essentiel, je vais vous dire quelque chose que vous n'avez jamais envisagé une seule seconde depuis que nous nous connaissons. Je reconnais que je ne vous ai pas facilité les choses. En vérité, je ne pensais pas devoir vous le confier. J'étais sûre que vous caleriez avant que je sois amenée à le faire. La maladie m'y pousse, et puis je retrouve un peu de Jacob en vous. Votre acharnement me rappelle le sien. J'ajoute une fois encore que je vous parle avec l'assentiment de Talia, ce qui n'est pas sans importance, vous l'imaginez bien. »

Miriam poursuivit son récit par une très longue évocation de Saül AAranson-Wahl sans que je comprenne où elle voulait en venir. Elle s'employa à répéter combien cet homme avait été attentif avec elle et à quel point elle lui était reconnaissante de la vie qu'il lui avait offerte. « Jamais, me raconta-t-elle, je n'ai eu la tentation de le tromper après notre mariage et je crois qu'il en fut de même pour lui jusqu'à sa disparition. C'était un homme très riche comme en témoignent cette maison, les toiles exceptionnelles qui couvrent ses murs et celles qui se trouvent dans notre vaste demeure face à la plage à Wainscott dans les Hamptons dont je crois ne jamais vous avoir parlé pour une raison que vous allez vite comprendre. Comme vous l'avez découvert, Saül avait la réputation justifiée d'être dur en affaires mais, une fois qu'il entrait ici, il devenait un mari sensible et attentionné. Je crois pouvoir dire qu'il était follement amoureux de moi. J'en ai eu le constant témoignage. Je ne vous parlerai pas de notre intimité, sachez simplement que j'ai eu une vie sexuelle avec lui très agréable même si, de mon côté, elle n'a jamais été passionnée. Faire l'amour avec lui n'a pas été, à mes yeux, une obligation conjugale, c'était un amant délicat mais je vivais dans le souvenir de Jacob. Je n'ai jamais pu mesurer moi-même la férocité de Saül dans son business. J'ai pu entrevoir en une seule occasion combien il pouvait être rude dès lors qu'il sortait d'ici. Quand je l'ai convaincu de dîner avec Jacob à Paris fin 1989, il n'eut à son égard que des mots d'une rare cruauté. Il le décrivait comme un affreux connard. Se dévoilaient une vulgarité et une violence que je ne lui connaissais pas. L'idée que j'ai pu avoir une relation avec Jacob le déconcertait et il redoutait qu'une flamme se rallume entre nous. Comme je vous l'ai déjà raconté, à la suite de cette soirée à la Coupole, il cessa de s'inquiéter, s'étonnant que j'aie pu tomber dans les bras d'un homme "si moche" comme il disait en français et pensant que ça n'avait été qu'une erreur de jeunesse. Devant tant de mépris, je fis en sorte que nous ne parlions plus de lui. L'entendre traiter Jacob ainsi me blessait, m'irritait et me donnait envie de fuir. Je fis beaucoup d'efforts pour enterrer cette hache de guerre et retrouver le cours si plaisant de notre existence. »

Elle s'interrompit, éclata de rire et me lança : « Sidné, vous êtes en train de penser que j'aurais dû foutre le camp et que l'amour compte plus qu'un quotidien très confortable. » Je lui concédai qu'elle avait bien lu dans mes pensées. C'est alors que nous sommes passés sans transition à ce quelque chose que je cherchais à dénicher depuis deux ans et demi.

Il me faut revenir ici à la chronologie de sa rupture avec Jacob et aux années 1972-1973. Selon Miriam, jusqu'à la dernière seconde de leur séparation, ils ne cessèrent de faire l'amour. « Une période de fusion absolue », insista-t-elle. Ils voulaient graver pour l'éternité leur corps et leur passion dans le corps et le cœur de l'autre avant de fuir cet incendie qui, insista-t-elle, « ne s'est jamais éteint. » Dans les mois qui suivirent son départ pour New York, elle eut l'impression d'avoir « un boulet de canon dans l'estomac ». Elle avait lu cette expression évidemment dans un livre de Fitzgerald et trouvait qu'elle décrivait parfaitement son état durant cette période. Ce boulet disparut à l'instant même où elle revit Jacob pour les obsèques d'Ava en juin 1973. Elle passa dix jours à ses côtés et dans son lit « entre extase et souffrance », tous deux esclaves de leur servitude amoureuse, saisis d'une fièvre qu'ils savaient être la dernière qu'ils connaîtraient ensemble. Le jour de son départ, alors qu'ils avaient encore fait longuement l'amour, ils passèrent un temps infini dans la salle de bains, se lavant l'un l'autre sous la douche pour s'imprégner une dernière fois des détails les plus intimes de leur corps.

Dès son retour à New York, elle retrouva Saül et se jeta dans ses bras. « Il me fallait, dit-elle, aller vite, ne pas m'enfermer dans mon chagrin sauf à passer ma vie chez des psys. Je fus prise de panique à l'idée que ma vie sentimentale se soit arrêtée une fois pour toutes et que j'allais passer le restant de mon existence seule. Je n'étais plus à bien des égards la soixante-huitarde libérée que j'avais été. Malgré l'échec de mon mariage avec Jacob, je ressentais la nécessité confuse de fonder une famille. Mes parents, dont je vous ai peu parlé, étaient venus eux aussi s'installer à New York. Ma mère était très heureuse d'y rejoindre Sarah, sa propre mère. Je me suis alors retrouvée dans une atmosphère familiale très chaleureuse venue de nos origines juives. Elle a, sans doute, renforcé en moi l'envie de fonder un foyer conjugal solide après ce que je venais de traverser. Les jeunes héritières juives de la ville que je fréquentais à l'Université Yeshiva, où je m'étais inscrite dès le mois de septembre 1972 en doctorat, couraient après Saül, l'un des plus beaux partis de Manhattan. Il avait toutes les qualités dont elles rêvaient : il était beau, séduisant, riche, bref le parfait prince charmant américain. Par bonheur, Saül ne pensait qu'à moi et, comme il me le confia plus tard, il m'avait choisie au premier regard. Une amie commune nous avait présentés à la fin de l'année 1972 au cours d'un vernissage d'une exposition James Rosenquist dans la galerie de Leo Castelli alors sur la 40th Street, face à Bryant Park où vous m'avez dit vous rendre quelques fois. Nous nous sommes revus, je lui ai parlé de mon divorce, de ma vie avec Jacob, du doctorat que je préparais, de mes parents, de mes projets d'enseignement et de recherche. Avec délicatesse et élégance, il n'a rien précipité. Il avait sept ans de plus que moi et s'inquiétait de notre différence d'âge. Lorsque je suis repartie en France pour les obsèques d'Ava au printemps suivant, je compris qu'il était très impatient de m'épouser. Il avait peur que je l'oublie et ne revienne pas. Naturellement, à mon retour, je ne lui ai rien dit de ce qui s'était passé. Il y eut ce week-end à Long Island une semaine plus tard. C'est là que nous avons fait l'amour pour la première fois et qu'il m'a demandé en mariage. J'ai accepté. J'avais apprécié sa délicatesse, son attention, notre entente au lit et j'avais aussi une motivation inavouable de lui dire oui. »

Elle s'arrêta de parler, se redressa, s'arrachant du dossier de son fauteuil, croisa les bras fermement sur sa poitrine comme pour se donner du courage. Son regard se déroba quelques secondes avant de s'emparer de nouveau du mien. Comme elle avait une tasse de thé à portée de main, elle en but encore quelques gorgées sans doute froides. Elle éclaircit sa voix d'un bref raclement de gorge puis, après une forte inspiration, reprit d'un ton affermi : « J'ai accepté la demande de Saül pour une raison qui va me déshonorer à vos yeux. Je n'avais pas eu mes règles et je me demandais si je n'étais pas enceinte de Jacob. Je vais vous paraître cynique ou peut-être aussi romantique : au moment de nous séparer pour toujours, je savais que nous nous étions trop aimés pour ne pas avoir conçu un enfant. »

Je mentirais si je disais que j'avais anticipé ce scénario. J'aime laisser mon esprit vagabonder mais, me méfiant de moi-même, j'avais refusé dans mon enquête de me laisser aller à des divagations qui m'auraient égaré. J'avais été sfrecsien jusqu'au bout des ongles, les faits que les faits, rien d'autre ! Muet devant l'aveu de Miriam dont je mesurais sur son visage soudain décomposé combien il lui avait coûté, je perdis pied pendant plus d'une minute. Je revins sur la terre ferme d'une voix lente et d'un ton respectueux, presque intimidé : « Comment pourrais-je vous juger ? Je vais à mon tour vous surprendre, je vous envie. Je vous envie d'avoir vécu une telle passion. En vous écoutant, je me dis que ma propre existence est aussi médiocre qu'un alcool frelaté. Je réalise que jamais je n'ai vraiment aimé une femme. Je l'ai cru parfois mais les quelques sentiments que j'ai connus n'avaient rien à voir avec cette tempête qui vous a soulevés l'un et l'autre et ne s'est plus apaisée. Contrairement à vous, je n'ai été à aucun moment de mon existence ensorcelé par la magie d'un regard. Quand ce n'était pas moi, c'était ma compagne qui s'évadait sans que j'en souffre vraiment. En vous disant cela, je ne cherche pas d'autres confidences, pas plus que je ne m'emploie à vous trouver des excuses pour vos mensonges. Vous avez été plus réaliste que cynique, vous saviez que la vie avec Jacob était impossible. Avec Saül pour père, votre fille a connu le bonheur. Avec Jacob, serait-elle devenue l'artiste qu'elle est aujourd'hui ? » Je finis par sourire et me moquer de moi : « Je deviens pompeux comme Jacob dans certains de ses écrits. Je vous envie et vous admire tout simplement. Quelle vie que la vôtre ! Vous n'avez pas besoin d'absolution. Pas de patenôtres à la sortie de notre confessionnal. »

Miriam s'exclama en même temps qu'elle esquissait un sourire triste : « Venant de vous, je ne m'attendais pas à ça, Sidné ! Jamais vous ne vous êtes ainsi laissé aller devant moi. Merci pour votre compréhension. Vous pouvez me poser des questions maintenant, vous avez gagné le droit de le faire ! » Même si, dans mon for intérieur, je trépignais d'en savoir plus, je ne voulus pas paraître pressé. Notre tête-à-tête durait depuis plusieurs heures et je voyais bien qu'une immense fatigue l'avait envahie. La journée était avancée, je lui proposai de l'inviter à déjeuner le lendemain. À ma grande surprise, elle accepta tout en me disant : « Sortons d'ici, vous avez raison, mais trouvez quelque chose de simple et peu bruyant pour que nous puissions y poursuivre notre conversation. » Je connaissais à proximité un très agréable établissement, paisible, dont la cuisine haut de gamme était remarquable. Je le lui proposai : « Sans doute connaissez-vous *En*, la brasserie japonaise sur Hudson Street, il y a des salons privatifs. » Elle accepta sans hésiter en précisant : « Oui, j'y retournerai avec plaisir. Nous nous y sommes rendus plusieurs fois avec Talia. » Elle s'agita alors dans son fauteuil, je compris qu'il était temps de me retirer. Posée sur une table basse en bois signée sans doute par un designer italien, une pendulette raffinée en cristal vert de Baccarat indiquait dix-neuf heures. Je me levai, elle me sourit de nouveau en me disant, amusée : « Vous êtes intuitif Sidné, je suis éreintée et j'ai quelques médicaments à prendre. Je vous dis à demain. Je ne vous raccompagne pas, vous connaissez le chemin. »

À peine étais-je sorti du salon que la femme qui lui avait apporté son thé se précipita pour m'ouvrir la porte. Je descendis les quelques marches en marbre pour sortir de la maison, jetai un coup d'œil au souplex bordé de part et d'autre de cet escalier d'un carré de pelouse, puis je franchis la grille en fer forgé ouvrant sur la rue. Sans y réfléchir, je marquai un temps d'arrêt et me retournai pour admirer cette belle demeure en briques rouges. Miriam était à la fenêtre du salon, le regard perdu dans un lointain peuplé de souvenirs. À cet instant, j'eus peur, tant elle était pâle, de l'avoir vue pour la dernière fois et de ne pas connaître la fin de l'histoire.

La température était si agréable en cette fin de journée d'août que je décidai de rentrer à pied à mon hôtel, le Conrad, où j'avais pris une vaste chambre avec un salon pour pouvoir travailler. Cette mini-suite donnait sur l'Hudson. Le soir, on pouvait y admirer le soleil couchant sur le fleuve. La nuit se déployait sous mes yeux le festival de lumière de la skyline de Jersey City, presque aussi magique que Manhattan vu de Brooklyn. En passant par le Village puis Tribeca, une bonne demi-heure de marche m'attendait pour rejoindre Battery Park City.

Mon humeur était mélancolique et vagabonde. Sur West Broadway, je m'attardai devant une galerie, DTR Modern, qui exposait sur ses murs des Basquiat, les frères Connors dont je connaissais le travail, Keith Haring et bien d'autres artistes. Mis en valeur près de l'entrée, je découvris le tableau d'un certain Mr Brainwash. Cette toile très colorée m'envoûta. On y voyait un chimpanzé au regard facétieux muni d'une bombe de peinture qui se retournait l'air amusé vers son public, les passants attirés par ce tableau. Il avait écrit en rouge sur un mur déjà barbouillé de graffitis : *Follow your dreams*. Si la galerie avait été ouverte, j'aurais immédiatement acheté cette toile car j'y voyais un message. Depuis des mois et des mois, je poursuivais un spectre sans me décourager. J'avais traversé une période de doute sur ma capacité à mener à bien mon travail mais, finalement, je n'avais pas renoncé à mon rêve d'écrire la vie de Jacob, devenue aussi au fil du temps une biographie de Miriam, de Saül, de Talia, de leurs parents et grands-parents. Je venais de franchir une étape décisive et ce singe semblait me dire :

« Tu vois, tu touches au but, tu es en train de découvrir ce quelque chose qui jusqu'ici t'a échappé. »

J'aurais dû me réjouir mais je ne pus qu'étouffer cette exclamation : « À quoi bon ! » Une photo de Miriam rongée par le cancer me semblait accrochée à côté du tableau du chimpanzé. Une voix féminine me murmura alors en anglais : « *It looks like you're as fascinated by this monkey as I am. I get to see it everyday because I live right around the corner.* » Surpris, je me retournai et me retrouvai nez à nez avec une jeune femme rousse, dont le visage me rappela aussitôt celui de l'actrice Jessica Chastain. Elle arborait un sourire plein de malice. Je lui répondis : « *You can't imagine how much I am ! Sorry for my english and my accent, I am french.* » « Je le parle couramment, dit-elle avec un éclat de rire, je suis interprète aux Nations Unies. Et vous ? » Avais-je un travail ? Je ne sus que bredouiller : « Un peu long à expliquer… » Elle inclina la tête en esquissant une moue comme si elle était déçue par ma réponse. Je regardai furtivement ma montre, il était dix-neuf heures vingt. Je repris la parole : « Si vous avez du temps à perdre, nous pouvons prendre un verre ensemble, voire dîner. » « Vous êtes bien français vous ! Ici, vous savez, les hommes n'osent plus dire des trucs pareils. Je vous taquine mais soyez prudent tout de même. Bon, j'y vais, mon mari m'attend », conclut-elle. Elle m'accorda un sourire éclatant de bonheur, virevolta et disparut quelques mètres plus loin dans Prince Street. Je fis un clin d'œil au chimpanzé rieur et repris ma marche en essayant pour la première fois d'imaginer ce que Miriam pouvait encore me révéler. Comme elle m'avait donné son feu vert, il me fallait dresser la liste de toutes les questions que je comptais lui poser. Qu'avait-elle confié exactement à Talia ? Qu'en était-il de Saül ? Avait-elle parlé à Jacob avant sa disparition ? Si oui, depuis quand ? Avait-elle la moindre idée de ce qui lui était arrivé ?

Tout en marchant, je me mis enfin à échafauder des hypothèses. Cet exercice m'occupa tant que je ne me rendis pas compte que, longeant l'Hudson, j'avais dépassé le Conrad. J'étais à la hauteur du North Cove Yatch Harbor et de Brookfield Place, un luxueux centre commercial où sont installées des brasseries, des épiceries et une boulangerie françaises. De l'autre côté du port, je connaissais un restaurant soi-disant méditerranéen, Mezze on the River, dont les deux terrasses offraient une très belle vue sur l'Hudson. Il était plus de vingt heures tant j'avais flâné. Le soleil s'était couché et la nuit avançait à petits pas. On m'installa à une table en terrasse, je commandai des brochettes de saumon norvégien avec une salade grecque et un verre de chardonnay. Je sortis de ma poche le petit carnet sur lequel, comme toujours devant Miriam, je n'avais pris aucune note. Je ne voulais pas me comporter en prédateur de sa mémoire. Je reconstituais nos échanges après coup. Je commençais à noter l'essentiel quand une voix m'interpella : « Vous ici ! Décidément ! » La jumelle de Jessica Chastain passait au large de ma table au bras d'un très bel homme, sans doute son époux. Ils s'éloignèrent et rejoignirent un autre couple qui les attendait. Ils s'assirent et elle se mit à parler à l'italienne avec de grands gestes dont certains me désignaient puis tous éclatèrent de rire. Je songeai que, même dans les tragédies, il faut à un moment ou à un autre un divertimento pour détendre l'atmosphère. C'est pour cela que j'ai décidé de raconter cette scène qui n'apporte rien à mon enquête. Il n'y avait aucun fatum dans cette rencontre. Simple loi du hasard qui me permit de sortir du labyrinthe de Sfrec dans lequel j'étais retourné en picorant sans appétit dans mon assiette.

J'en étais là quand le mari de l'avatar de Jessica Chastain vint me trouver et me proposa avec beaucoup de gentillesse de prendre un verre avec eux. Sans hésiter, je répondis « *Yes* » à son « *Don't stay alone* » et finis la soirée en évoquant les vignobles de Bordeaux que ma famille possédait et les grands crus qu'on y produisait. Je voulus en commander une bouteille mais le restaurant n'en avait pas, ces vins étant réservés aux très grandes tables. Comme ils buvaient du blanc, je fis servir une bouteille de chardonnay 2020 aux saveurs explosives de chez Bread & Butter, un domaine de la Napa Valley que je connaissais. La conversation s'éternisa, légère, faite de nombreuses questions sur la France au point que je finis par leur donner mes coordonnées en leur disant : « Si un jour vous venez à Paris, appelez-moi… »

Il était plus de minuit quand je regagnai mon hôtel. En dépit de l'heure tardive, je n'avais pas sommeil. J'étais pressé de coucher sur le papier ce que Miriam m'avait confié et que je viens de relater. Ce travail me prit trois bonnes heures. J'en sortis plus éveillé que jamais, comme possédé par ce que j'avais appris et impatient de connaître la suite. À quelle heure me suis-je endormi ? Je ne sais. Mon sommeil fut secoué par un rêve éprouvant, une suite à ma conversation avec Miriam, Jacob, en chair et en os, me faisait face. Jeune reporter assis à une table de l'hôtel Le Royal de Phnom Penh, il répondait à chacune de mes questions en se moquant de ma naïveté. L'échange s'était conclu sur une de ces phrases grandiloquentes qu'il affectionnait quand il se mettait à philosopher : « La vérité se dérobe toujours quand on croit l'atteindre. » Je me réveillai en sursaut et maugréai : « Je t'aurai, mon salaud, je t'aurai. » Il était déjà neuf heures du matin et j'avais rendez-vous avec Miriam chez *En* à midi et demie.

Le salon était à la fois simple et chic, les murs recouverts d'un bois brun clair avec des reflets nacrés, la table cernée par deux immenses vases ornés de bouquets Ikebana avec une haute tige rigide tendue vers le ciel, d'autres tortueuses beaucoup moins grandes, des feuilles de cornouiller et des hibiscus blancs. L'ensemble constituait des sculptures florales d'une rare délicatesse que Miriam regarda longuement après s'être assise. Elle semblait emportée par une onde de nostalgie et rechercher dans ces compositions des souvenirs lointains. Elle sortit enfin de son mutisme en me disant : « Pardonnez-moi Sidné, j'essaye de retrouver le fil de notre conversation d'hier. C'est difficile, tant de choses se bousculent. » J'ouvris le carnet dans lequel j'avais noté les questions que je voulais lui poser puis le refermai. Je n'en avais pas besoin, tout était clair dans ma tête. Nous regardâmes le menu sans nous y attarder et passâmes commande. Miriam voulut un thé vert bio parfumé à la rose et au citron et me conseilla d'en faire de même.

Alors que j'acquiesçais, elle se lança dans son récit sans me laisser l'interrompre de tout le déjeuner sinon pour lui répondre lorsqu'elle me demandait si j'appréciais, comme elle, les petits plats façon tapas que l'on nous servait. L'heure des questions n'avait toujours pas sonné. Adviendrait-elle, d'ailleurs, Miriam entendait me faire découvrir la face cachée de son existence.

18
Saül et Talia

À la manière de Jacob, Miriam s'en tint aux faits. Elle me les livra d'une voix monocorde et sèche qui traduisait sa volonté de ne manifester aucun regret ou remords et un désir sincère de ne soulever aucune commisération. Elle assumait tous ses actes, n'en rejetait la responsabilité sur personne d'autre qu'elle-même. Nul ne l'avait contrainte, seul son libre arbitre l'avait guidée dans ses choix. À son retour de France, elle avait donc fait l'amour à Wainscott avec Saül pendant deux jours sans prendre, de manière délibérée, la moindre précaution. Il ne lui avait posé aucune question à ce sujet, ne s'était inquiété de rien. Revenue à Manhattan, elle avait saisi toutes les occasions pour se jeter dans ses bras et son lit. Elle le savait amoureux d'elle et se comportait pour qu'il ne s'interroge jamais sur sa paternité si advenait ce qu'elle pressentait au plus profond de son corps. Elle attendit cinq semaines après son retour à New York pour faire des examens qui confirmèrent ses intuitions. Sans doute, était-elle tombée enceinte de Jacob dans les toutes dernières heures de son séjour en France car elle avait alors négligé de prendre ses pilules contraceptives, un parfait acte manqué. Il lui fallait oublier ces moments de folie et mentir. Tout pouvant laisser croire à Saül qu'il en était le père, elle décida de lui dire qu'elle attendait un enfant. Avec une habileté cynique qu'elle assuma devant moi sans le moindre trouble, elle lui demanda de l'aider à se faire avorter « pour qu'il ne se sente pas obligé de l'épouser ». Il refusa tout net. Il avait trente-deux ans, il voulait que Miriam soit sa femme et l'espoir d'avoir un enfant d'elle le comblait. Sa réaction fut celle qu'elle espérait. Il lui proposa de se marier au plus vite pour éviter les ragots des langues de vipère de la haute société new-yorkaise. Talia vit le jour huit mois et demi plus tard, en mars 1994, sans que Saül, ou qui que ce soit d'autre, ne puisse s'interroger sur la date de sa conception. « Il ne m'a jamais posé la moindre question, précisa Miriam, pourtant j'étais convaincue avec raison qu'il pressentait la vérité. Il était très observateur, d'une rare intelligence et intuitif. Lorsque nous avons dîné avec Jacob en 1989, la ressemblance de ses yeux avec ceux de Talia l'a surpris, du moins en ai-je eu l'impression. Il s'est tourné une fraction de seconde vers moi sans dire un mot de son étonnement. Pour le reste, Talia me ressemble beaucoup et n'a heureusement aucun trait physique de son véritable père, pas la moindre de ses rides en tempête, ces sillons que l'on dirait creusés par l'effroi. Sa détermination fait en outre penser à Saül.

Probablement vous demandez-vous, Sidné, comment ai-je pu supporter le poids d'un tel mensonge ? Ma réponse va vous dérouter, peut-être vous indigner. J'étais heureuse de cette situation, heureuse que Talia soit la fille de Jacob, heureuse qu'elle soit élevée par un homme comme Saül. Il n'y avait pas une once de schizophrénie ou de paranoïa dans mon comportement, le destin m'a pris dans ses bras et m'a conduit à agir ainsi. Je n'ai jamais ressenti la moindre culpabilité car j'ai la conviction d'avoir offert le meilleur à ma fille pour son épanouissement. Elle est devenue l'immense artiste qu'elle est parce que j'ai pris ces décisions. Je me moque de tous les reproches dont on m'accablerait si on connaissait la vérité, je serais une manipulatrice, une calculatrice, une femme intéressée et je ne sais quoi encore ! Eh bien non, j'ai réalisé ce qui comptait le plus à mes yeux, créer les conditions du bonheur de Talia. »

Elle avait parlé d'un trait, tête baissée tel un taureau fonçant sur la muleta. Au fil de son récit, les mots s'étaient précipités comme si elle avait redouté de ne pas parvenir au terme de ses révélations. Elle se tut enfin, me regardant de nouveau pour mesurer l'effet de ses propos. J'étais à la fois sidéré et impassible. Je cherchais des mots mais ne les trouvais pas. Son sang-froid et sa force de caractère m'avaient tétanisé. Que pouvais-je lui dire qui ne serait pas maladroit ! Il ne me vint aucun jugement moral, aucun jugement tout court, devant cette femme plus nue que si elle avait été dévêtue devant moi. Je compris que je l'admirais plus que jamais. Il me revint alors la brève recherche que j'avais faite par pure curiosité sur l'origine de son prénom. Il lui venait de la sœur aînée de Moïse, prophétesse admirée pour sa détermination, sa ruse, sa ténacité et ses qualités de rassembleuse. Elle avait sauvé son frère à sa naissance puis s'était rebellée contre lui, défiant Dieu qui l'avait frappée de la lèpre avant de l'absoudre de sa faute. Je ne pus m'empêcher de trouver dans ses choix un écho de cette référence biblique. Devant mon silence, elle manifesta un bref signe d'impatience en tendant sa main gauche ouverte vers moi. Comme si elle m'invitait à parler. Il fallait que je prenne la parole, je le fis en lui livrant le cours de mes réflexions. Elle sourit, elle savait tout de la grande Myriam de la Torah car, me dit-elle, Saül l'avait évoquée le jour de leur mariage, retenant plutôt l'étymologie égyptienne de ce prénom : « la bien aimée ». J'ajoutai en m'efforçant de sourire que je commençais à croire qu'elle était beaucoup plus intéressante que Jacob et qu'elle devenait peu à peu le personnage central de mon projet. Elle me répondit assez vivement : « Vous avez tort, ce que je vais vous dire maintenant vous en apportera la preuve. Il s'est passé beaucoup d'autres choses. » Elle reprit aussitôt le fil de ses confidences. Les voici cette fois dans sa bouche.

« J'ai vécu dans le mensonge pendant quarante et un ans, jusqu'à la disparition de Saül fin 2014. Je ne regrette rien mais ma fin est désormais trop proche pour que je ne vous livre pas toute la vérité. Je dois corriger certaines des choses que je vous ai confiées lors de nos précédentes rencontres. Quand on voit la mort avancer vers soi, la parole devient libre et le mensonge superflu. C'est ce qui s'est passé entre Saül et moi dans l'ambulance qui le conduisait au Mount Sinaï Hospital le jour de son décès. Les mots intimes que je vous ai tus lorsque j'ai évoqué ce drame sont venus de Saül. Il avait retrouvé sa lucidité et ne se faisait aucune illusion sur l'issue de ce nouvel accident vasculaire. Il m'a regardée avec une intensité déchirante, s'est emparé avec délicatesse de ma main droite et l'a portée à ses lèvres. Un baiser d'adieu tendre et doux comme la relation que nous avions entretenue depuis quatre décennies. Ses doigts ont ensuite pressé très fortement les miens en veillant toutefois à ne pas me faire mal. Pour me parler, il a trouvé la force de surmonter la paralysie qui avait frappé la partie gauche de son visage et déformé sa bouche. J'ai dû me pencher vers lui pour entendre sa belle voix de baryton devenue un souffle rauque. Dans un ultime effort, il a serré ma main dans la sienne comme s'il voulait ne jamais la lâcher puis il m'a dit les yeux enfoncés dans les miens comme des dagues : « Talia est bien ma fille, j'ai fait faire des analyses ADN. Tu peux vivre en paix. » Sa voix s'est éteinte dans un ultime éraillement furtif et étrange. La pression de sa poigne s'est relâchée, il a esquissé un sourire qui ne fut qu'une grimace monstrueuse, a poussé un long soupir désespéré avant de fermer les yeux. Il a choisi de se taire et de ne plus revenir à moi. Les chirurgiens m'ont raconté qu'il avait rouvert les yeux et souri juste avant qu'ils l'anesthésient. Il est mort pendant l'intervention. Je l'ai beaucoup pleuré, j'ai aussi pleuré pour la première fois sur moi-même en songeant à ma vie de menteuse et de tricheuse ainsi qu'à ces nuits que j'allais désormais passer sans Saül à mes côtés. »

Il est aisé d'imaginer mon trouble sous le poids de cette avalanche de révélations et l'urgence que je ressentais d'y mettre un peu d'ordre. Tout ceci m'avait emmené bien loin de Jacob, de ce type parfois imbuvable que je poursuivais comme un égaré, tout en me rapprochant de ce quelque chose que je traquais. Ce fatras romanesque, pensai-je soudain exaspéré par ces rebondissements que je n'avais pas anticipés, est au fond d'une grande banalité, semblable à l'histoire de bien des gens. La plupart des existences ne sont faites que de duperies. Quand me vint cette réflexion, j'eus aussi peur que le pessimisme radical de Jacob m'ait gagné. Il était temps que j'arrête cette enquête dont je voyais bien qu'elle ne déboucherait sur rien, sinon sur une forme d'autodestruction. Sans doute avais-je la mine sombre car Miriam me lança comme si elle lisait à livre ouvert dans mes pensées : « Ne faites pas cette tête, Sidné, nous allons revenir à Jacob et vous comprendrez que vous n'avez pas perdu votre temps en lui consacrant tant de travail. Je ne veux pas jouer avec vos nerfs mais nous ne poursuivrons que demain, à présent j'ai besoin de me reposer. Je vais prendre un taxi, je n'ai pas le courage de rentrer à pied. Nous nous retrouverons à quatorze heures chez moi car je dois subir dans la matinée des soins qui m'épuisent. Allons Sidné, un peu de patience, souriez, vous n'êtes pas encore à l'âge où l'on se fêle. Le narrateur mis en scène par Scott Fitzgerald dans *The Crack-Up* s'effondre à trente-neuf ans, vous n'en avez que vingt-neuf ! Ne cédez pas à vos désordres comme Jacob après son reportage au Cambodge. Il s'est immolé lui-même à la manière de l'écrivain désespéré de *The Crack-Up*. Vous n'avez aucun air de famille avec lui. On peut me juger sévèrement pour ce que j'ai fait mais j'ai surmonté mon désespoir et j'ai vécu heureuse sans que mon passé ne cesse d'exister. Soyez de mon côté, Sidné. Ce que j'ai encore à vous dire, vous en convaincra. »

Je l'aidai à monter dans un taxi jaune que j'avais hélé. Alors qu'il démarrait, elle m'adressa un regard hésitant entre sourire et nostalgie. Je pensai qu'il était à l'image de sa vie, un ciel ennuagé traversé de rayons de soleil. Je relevai la tête. New York était enveloppée dans un drap bleu lumineux. Je ne sais pourquoi mais j'eus alors envie d'aller revoir le chimpanzé rieur de Mr Brainwash.

19
Talia

En arrivant le lendemain chez Miriam, à quatorze heures comme elle me l'avait ordonné, je pris la décision de ne pas la laisser se lancer dans un monologue. Les deux jours précédents, elle avait fait de nombreuses digressions sur sa vie new-yorkaise avec Saül. Elle m'avait d'ailleurs plusieurs fois glissé : « Vous ferez le tri dans ce que je vous raconte car j'ai le défaut de souvent emprunter des chemins de traverse. Cela plaisait bien à Saül, il disait que mes digressions le distrayaient de ses raisonnements rationnels de banquier allant toujours à l'essentiel. *Time is money*, n'est-ce pas ! Je préfère *Life is freedom.* »

De toute évidence, elle avait passé une nuit difficile, le traitement médical du matin ne l'avait guère apaisée et elle souffrait. Elle ne se leva pas de son fauteuil quand je m'approchai d'elle. Je lui tendis la main, elle la repoussa en me disant : « Embrassez-moi, je vous aime vraiment bien. » Je ne fis aucun commentaire sur son extrême pâleur. Bien qu'elle ait fait l'effort de se maquiller, le sang semblait s'être retiré de ses pommettes et de ses joues. Son visage avait perdu son vernis. Je m'installai dans « mon » fauteuil et, sans lui laisser le temps de prendre la parole, lui posai cette question : « Talia n'a donc jamais rien su du double jeu que vous avez mené pendant quatre décennies ? » Elle me répondit : « Vous allez trop vite, Sidné ! » et, imperturbable, elle reprit le court de son histoire là où elle l'avait laissée la veille sans que je puisse l'interrompre comme je l'avais décidé.

Miriam n'attendit pas les funérailles de Saül pour s'interroger sur l'affirmation de sa paternité à l'article de la mort. Jamais elle n'avait eu l'idée, voire la tentation, de se plonger dans les papiers personnels de son mari. Elle n'était pas de nature jalouse ou suspicieuse. « Que pouvais-je m'autoriser, s'exclama-t-elle, alors que j'étais moi-même une dissimulatrice ! » Il en allait différemment à présent. Saül avait lui-même allumé la mèche qui allait dynamiter la porte de ses propres secrets. Durant les quarante-huit heures nécessaires à Talia pour revenir à New York, Miriam fouilla méticuleusement le bureau de Saül et finit par trouver ce qu'elle cherchait dans ce lieu qu'elle avait jusqu'alors respecté comme un sanctuaire. Elle s'étonna que Saül, si soigneux et ordonné, ait conservé, au lieu de l'archiver, un agenda de 2013 dans un tiroir de sa table de travail. Elle le feuilleta et découvrit, écrit en minuscules à la date du 9 septembre, l'acronyme ADN associé à un numéro de téléphone. Rien de plus. Elle le composa aussitôt et apprit qu'il s'agissait d'un laboratoire spécialisé dans les recherches de paternité. Il était installé à Hoboken sur la rive droite de l'Hudson, face au nouveau et rutilant quartier des Hudson Yards et de Chelsea. Elle tenait une piste mais laissa passer les obsèques avant d'aller plus loin.

Conformément à la tradition juive, la cérémonie eut lieu au cimetière sans passer par la synagogue. Saül fut inhumé au Cedar Lawn Cimetery proche de leur maison des Hamptons. Pendant la mise en terre, le rabbin de la Conservative Synagogue voisine prononça un éloge funèbre très bref puis Talia récita le kaddish avec une dignité qui impressionna la centaine de personnes, quelques amis proches et des confrères banquiers, venue assister à l'inhumation. Miriam et sa fille avaient épinglé une petite pièce de soie bleu marine au niveau du cœur sur la veste de leur tailleur noir. Elles l'arrachèrent pour manifester leur tristesse après la mise en terre. Le respect du rituel s'arrêta là. Une réception eut lieu ensuite dans la demeure sur la plage de Wainscott. Très entourée, Talia y tint le rôle de maîtresse de maison au même titre que Miriam qui ne cessa d'observer son comportement. Elle avait l'aisance sociale de Saül, son charisme et son assurance. Elle était en représentation et se comportait comme si elle était devant un public dans une salle de concert. Elle dissimulait ses émotions sous des sourires que Miriam savait de pures circonstances. Elle avait été emportée par un flot de larmes lorsqu'elles s'étaient retrouvées dans la maison de Washington Square. Malgré sa peine, Miriam n'en avait jusque-là pas versé. Saül avait été l'homme de toute une vie sans être l'homme de sa vie. En le perdant, elle sut qu'elle ne l'avait pas vraiment aimé. Elle finit par pleurer dans les bras de sa fille, plus bouleversée par sa peine que par la perte de son mari. Son aveu sur le test ADN l'obsédait. Elle ne parvenait pas à croire qu'il fut le père de Talia. Son corps n'avait pas pu lui mentir. Observant Talia parmi leurs amis, elle détailla avec plus d'intensité que jamais ses traits, son regard, ses expressions et devina derrière la dignité marmoréenne qu'elle affichait le Jacob fracassé par la mort d'Ava. Jacob était son père. Pas Saül.

« La suite fut digne d'une enquête policière », dit-elle d'air soudain amusé. Le lendemain des obsèques, Miriam engagea un détective, hacker de haut vol, pour se procurer le test sans doute réalisé dans le laboratoire de Hoboken. La réponse vint trois jours plus tard. Saül n'était pas le père de Talia. « Il avait fait cette démarche au début du mois de septembre 2013, un peu plus d'un an avant sa mort, précisa Miriam. Que s'est-il passé pour qu'il soit soudain saisi d'un doute sur sa paternité ? J'avais des échanges téléphoniques irréguliers avec Jacob mais je ne l'avais plus revu depuis le dîner de 1989. Je n'informais pas Saül de ces conversations, il n'aurait pas compris que je maintienne des contacts avec cet homme dont je lui avais dressé un portrait détestable et que lui-même méprisait. Peut-être ses interrogations sont-elles nées lors de longues promenades avec Talia sur la plage de Wainscott à l'été 2013. Elle avait décidé de venir s'y reposer en août après un mois de juillet passé à donner des récitals à travers l'Europe et avant un automne qui la ferait aller de concert en concert des deux côtés de l'Atlantique puis au Japon. Depuis le début de sa carrière dans les années 1990 alors qu'elle n'avait que vingt ans, nous n'avions jamais passé autant de temps ensemble. Tout au long de son enfance, j'avais observé qu'en dehors de ses bonnes manières liées à son éducation très AAranson, sa personnalité et son caractère me rappelaient Jacob. Son tempérament tourmenté d'artiste ne pouvait venir que de lui. Il lui arrivait souvent de s'étonner de l'incompréhension de Saül devant ses doutes, son sentiment de solitude devant ces salles qui l'applaudissaient, ses craintes de ne pas être à la hauteur des génies qu'elle interprétait, son hypersensibilité aux égarements du monde. Elle avait pour son père une immense affection tout en étant consciente que son extrême émotivité ne trouvait que peu d'écho chez lui. Saül ne mesurait le bonheur de sa fille qu'à l'aune de son succès, de ses concerts à guichets fermés, des critiques toujours dithyrambiques. Elle s'en était ouverte plusieurs fois à moi. Je l'avais rassurée en louant la volonté qu'il avait de s'interdire toute intrusion dans les pensées intimes aussi bien de sa fille que de sa femme. Il a été élevé ainsi, concluais-je. Il a hérité de ses parents une humanité cadenassée mais c'est un homme merveilleux. »

C'est par ces deux derniers mots qu'elle commença sa conversation avec Talia quand elle décida de lui révéler le nom de son véritable père lors d'un séjour à Florence en septembre 2022, près de huit ans après le décès de Saül. Elle était reconnaissante à AAranson de ne pas avoir gâché leur dernière année de vie commune alors qu'il avait découvert que Talia n'était pas son enfant. Rien n'avait changé dans son comportement envers Miriam. En repensant aux derniers mois qu'ils avaient passés ensemble, il lui semblait même qu'il avait redoublé d'attention et de tendresse envers elle et Talia. Il n'avait laissé paraître ni amertume ni rancœur. Il ne cessait de répéter combien il avait été chanceux et heureux. Devant sa femme et sa fille, alors qu'ils venaient d'écouter le dernier enregistrement de Talia, des sonates de Beethoven parmi lesquelles figuraient la n° 26, soustitrée *Les Adieux, l'Absence et le Retour*, cet homme si retenu leur avait murmuré avec une timidité inattendue que cette œuvre exprimait de manière quasi divine l'affection qu'il leur portait. Il avait sans doute souffert de ce qu'il avait découvert et Miriam en avait vu le signe dans ses derniers mots. En lui mentant, il avait voulu lui dire, pensait-elle, que Talia serait son enfant au-delà de sa disparition et qu'elle ne cesserait jamais de l'être. Peut-être avait-il espéré écarter aussi toute tentation qu'aurait eue Miriam de lui révéler que Saül n'était pas son père. Elle réfléchit longtemps à cet ultime message et aux risques qu'elle courrait en dévoilant la vérité à sa fille. Elle décida de ne pas le faire avant le règlement de la succession de Saül. Il avait tout prévu avec une élégance rare qui traduisait son souhait que Talia et Miriam demeurent à jamais des AAranson-Wahl. Plus d'une année fut cependant nécessaire pour clore ce dossier qui les vit devenir actionnaires majoritaires de la banque à travers un trust dont les revenus leur étaient destinés. Miriam me confessa combien elle avait été touchée par l'attitude de Saül. Parler à Talia lui devint alors impossible. Toutes deux devaient rester fidèles à la mémoire de cet homme qui les avait tant aimées. Elle décida de taire la vérité après avoir une fois encore consulté le seul homme qui la connaissait et l'avait consignée dans ses dossiers : Eugène Solonet.

20
Solonet

Quand Miriam prononça son nom, je partis d'un grand éclat de rire qu'elle partagea. « Vous avez le sens du coup de théâtre et du rebondissement. Vous êtes aussi une manipulatrice de génie. Vous jouez sans cesse au chat et à la souris avec moi. Depuis le début de mon enquête, vous me suivez à la trace grâce à votre ami notaire, vous me tenez en laisse. Mais par quels méandres dois-je passer pour parvenir à la vérité sur la disparition de Jacob ? », lui lançai-je au risque de la blesser. Elle me sut gré en fait de la sincérité de ma réaction. « J'aurais détesté que vous la gardiez pour vous, me répondit-elle. Ce qui est dit n'est plus à dire. Et vous l'avez dit non sans humour. Vous ne ressasserez donc rien à mon sujet alors que j'ai tant de choses à me faire en apparence pardonner. Mais venons-en à Eugène. »

Miriam et Jacob l'avaient donc connu à Aix-en-Provence où il terminait ses études de notariat à la fin des années 1960. Il était drôle, fêtard, dragueur et bien décidé à rester célibataire pour profiter de la vie. La révolution sexuelle en cours contribuait à son bonheur de Casanova. Sa chevelure blonde faisait que Miriam lui trouvait un petit air de Léon Dupuis le premier amant de Madame Bovary. La timidité en moins. Il était sans illusion sur le métier qu'il avait choisi mais peu inquiet sur son avenir dans cette branche. Une place de premier clerc l'attendait dans l'étude parisienne d'un vieil oncle aussi fortuné que jouisseur qui avait décidé, faute d'avoir eu des enfants, d'en faire son successeur et de l'éduquer à son image. Aussitôt son diplôme en poche en 1969, il se rendit dans la capitale et y mena une vie de séducteur. La très prospère étude de son oncle devint la sienne dès 1972 et lui permit de vivre à sa guise. Bien qu'il en eût une connaissance exceptionnelle, le droit ne le passionnait guère. En revanche, il plongeait avec délice dans les dessous de la vie privée de ses clients. « Le bureau d'un notaire est un véritable confessionnal. Je suis un curé. Même s'il faut être une tombe, les actes de contrition et les confidences sont passionnants, un concentré de comédie et d'hypocrisie humaine », raconta-t-il à Miriam et Jacob quand ils vinrent s'installer à Paris. Ce fut naturellement à lui qu'ils confièrent le soin de s'occuper de leur divorce. Dès lors, il devint le confident des deux sans jamais les trahir. Il s'occupa de l'achat de l'appartement de la rue du Cardinal-Lemoine mais resta, surtout, le plus proche ami de Jacob. Ils dînaient ensemble une fois par mois au bar de la Closerie des Lilas ; Eugène fringant, plus flambeur que jamais ; Jacob, fasciné par les portraits acides que son ami dressait de la bourgeoisie parisienne, amusé par les frasques de ce célibataire endurci peu soucieux de la bonne santé de son étude faute d'avoir un héritier. Elle ne mit pas moins de quarante ans à péricliter, perdant ses clients au fil de leur décès. Eugène avait décidé que son office disparaîtrait avec lui. Il possédait assez d'argent pour ne pas souffrir de son lent déclin. À partir de 2005, alors qu'il venait de fêter ses soixante-cinq ans, il ne garda qu'un seul clerc, une femme tout juste plus jeune que lui qui était devenue sa maîtresse. Il savait tout de son tempérament volage et elle de ses nombreuses aventures. Eugène aimait à dire combien il était agréable pour eux deux de ne pas se faire des serments de fidélité éternelle. Il fut cependant très malheureux quand elle fut emportée par la première vague de la Covid-19 au printemps 2020. Si le sexe comptait encore beaucoup dans leur relation en dépit de leur âge, ce long compagnonnage libertin avait fait grandir entre eux, presque à leur insu, une immense affection. Il l'avoua à Jacob qui, en retour, lui raconta ses retrouvailles avec Miriam. Toutes choses que Solonet savait depuis fort longtemps.

Dès qu'elle avait eu la confirmation qu'elle était enceinte en 1973, Miriam l'avait contacté pour l'en informer et lui confier le secret de cette future naissance. Elle voulait entendre ses conseils ne sachant si elle devait se taire ou tout dire à Saül et à Jacob. Eugène lui recommanda de prendre un temps de réflexion et de ne rien précipiter. Ce qu'elle fit. Prétextant un problème à régler dans sa famille française, elle le vit à Paris un an après la naissance de Talia. Il la convainquit de ne toujours rien dire. Il n'accabla pas Jacob devant elle mais il lui avoua sa tristesse de le voir devenir de plus en plus morose et solitaire. Il voulait claquer la porte de *Vues* et s'enfonçait dans une forme de misanthropie qu'Eugène lui reprochait ouvertement. Jacob acceptait ses remarques sans pour autant changer. Il lui fallait mettre son nez dans toutes les guerres pour prendre la mesure des précipices dans lesquels l'espèce humaine pouvait se jeter. Solonet le jugeait incapable d'assumer sa paternité. Il ne ferait que le malheur de Talia et de Miriam bien qu'il ne cessât jamais de parler d'elle et de ce bonheur qu'il avait détruit. Il calquait son comportement autodestructeur sur celui des hommes qu'il voyait s'entre-tuer. Eugène avait même dit à Miriam : « Tu sais, quelque chose l'a rendu cinglé mais je ne sais pas quoi. » Elle avait pris sa décision après avoir beaucoup pleuré et n'avait plus cessé d'échanger avec Eugène qu'elle avait baptisé « son ange gardien ». « Dès que vous l'avez approché, poursuivit Miriam, il m'a informée de votre projet. Il vous a piloté de près dans ce jeu de piste et s'en amusait. Il a organisé votre rencontre avec son ami le commissaire Franklin. Lorsque vous l'avez contacté, il m'a informée. Il pensait qu'on pouvait vous faire confiance et vous arrêter si votre travail prenait un tour désagréable. » Agacé d'avoir été leur jouet, je voulus l'interrompre mais elle brandit sous mon nez le plat de sa main droite pour me signifier de me taire. Elle poursuivit sans se préoccuper de mon sentiment d'humiliation.

« Lorsque j'ai ressenti le besoin de me confier à Talia, enchaîna-t-elle, je me suis à nouveau tourné vers Eugène qui m'avait conseillé de ne jamais lui révéler mon secret. Il m'a simplement répondu en riant : "*O tempora o mores*, je vais me déjuger. Le temps est sans doute venu de lui parler, mais ne te précipite pas. Il faut que ton désir devienne une évidence paisible." » Elle marqua un silence puis elle ajouta après cet instant d'hésitation : « Il m'a dit aussi : "Tu dois en parler... à Jacob." »

Sans doute perçut-elle la nouvelle onde de choc qui traversa mon corps. J'eus l'impression de recevoir un violent coup à l'estomac irradiant ma poitrine d'une douleur extrême et me coupant le souffle. Je réussis à maîtriser le tremblement qui s'empara de mes mains, signe chez moi d'une extrême émotion, en les croisant mais ne put m'empêcher de me plier légèrement en deux, tête et buste en avant pour chasser la contraction qui bloquait ma respiration. Bien que ce moment de surprise fût bref, il laissa le temps à Miriam de se redresser, de s'approcher de moi, de s'asseoir sur l'accoudoir du fauteuil pour passer son bras droit autour de mes épaules et m'attirer vers elle de manière presque maternelle. Elle murmura : « Pardonnez-moi, je ne pensais pas que vous seriez à ce point surpris. Comprenez-moi aussi, il nous a fallu parcourir un long chemin tous les trois pour décider de tout vous dire et de vous laisser le choix soit de ne rien raconter soit d'écrire ce livre qui vous hante et cette histoire que vous ferez en quelque sorte naître au grand jour. »

21
Eugène

Il faut bien que je reparle de moi à ce moment de mon récit avant d'en livrer les derniers fragments. J'en avais été jusque-là un spectateur engagé, et parfois découragé, j'en devenais soudain un acteur. J'entrais de plain-pied dans les familles Sfrec et AAranson-Wahl et ma responsabilité cessait d'être celle d'un apprenti reporter en quête de succès. Miriam m'avait soudain associé à leur destin qui devenait aussi le mien. Je mis peu de temps à me ressaisir après ces révélations et la découverte de ce jeu de dupes dont j'avais été la victime. Une question s'imposa dans le tumulte de mes pensées : pourquoi m'avaient-ils pris dans leurs filets ? Je fis en moi-même le point sur la situation que j'avais à gérer. Mon obstination avait payé et ces aveux récompensaient mes efforts. Mais, soudain, je n'étais plus simplement le journaliste que j'entendais être en me lançant à la recherche de Sfrec. Je me reconnus ce talent tout en sachant que mon statut avait changé. Miriam m'avait embarqué dans leur longue partie d'échecs et fait de moi un de ses pions. Avant de l'interroger sur le rôle final qu'elle entendait m'attribuer, il me fallait malgré tout obtenir toutes les clés de cette saga opaque et ténébreuse. Quand Miriam avait-elle révélé la vérité à Jacob ? Où se cachait-il depuis sa disparition car l'hypothèse de sa mort semblait s'effondrer ? Pourrais-je le rencontrer ? Quand Talia avait-elle appris que Saül n'était pas son père ?

Je commençais par la dernière question. Miriam ne prit pas ses détours habituels pour me répondre. Elle était arrivée au terme de ses révélations et je devinais qu'elle voulait en finir assez vite. Elle s'était rassise, épuisée. Elle s'exprima sur un ton froid pour ne rien laisser paraître de son émotion au souvenir de sa conversation avec Talia. Elle avait rejoint sa fille à Florence pour y passer le mois de septembre 2022, près de huit ans après la disparition de Saül. Elle n'avait cessé jusque-là de reculer l'heure de ces aveux en se mentant à elle-même. Les raisons de taire la vérité se bousculaient dans sa tête. Elle trahirait une fois encore Saül en lui enlevant la paternité de sa fille. Elle craignait que l'extrême sensibilité de Talia transforme leur échange en drame. Elle redoutait qu'elle la chasse de son existence. Elle s'ouvrait régulièrement de ses tourments à Solonet qui lui disait de patienter. Le jour viendrait où la nécessité la pousserait à parler, lui disait-il pour la rassurer. Les mois et les années filèrent, puis ce jour vint : elle ne ressentait plus la moindre inquiétude à l'idée de le faire.

Miriam s'arrêta à Paris avant de rejoindre Talia à Florence et eut une ultime conversation avec Eugène. Elle lui confia qu'elle éprouvait désormais plus qu'un désir de se délivrer de son secret, un pressentiment l'animait sans qu'elle puisse le définir. « L'heure est sans doute venue, admit-il. Je t'ai retenue de parler depuis plus de sept ans et la parenthèse de la Covid-19 a encore retardé ce moment mais Talia va avoir cinquante ans, il ne faut plus attendre. Tu sais bien néanmoins que tu vas te jeter dans un engrenage que tu ne pourras plus arrêter. Il te faudra lui dire toute la vérité, ne rien lui cacher, vider cet abcès. Tu trouveras, j'en suis sûr, les mots pour expliquer ton si long silence depuis le décès de Saül. Elle voudra savoir évidemment qui est son père, tu devras le lui dire. Voudra-t-elle le rencontrer ? Je n'ai pas la réponse. » Elle l'interrompit : « Elle l'exigera car elle comprendra enfin d'où lui vient cette extrême sensibilité artistique qu'elle n'a jamais entrevue chez Saül. » Il reprit : « Je pense plus raisonnable d'attendre que tu lui parles avant de tout dire à Jacob. Sa psychologie actuelle est telle qu'il ne supporterait pas qu'elle ne veuille pas le connaître. Même s'il est moins sombre, découvrir qu'il a une fille sans pouvoir la voir l'anéantirait. Tu vas devoir faire les choses dans l'ordre et tu sais bien que je serai toujours là pour t'accompagner. Vous êtes, ta fille, Jacob et toi les êtres qui me sont le plus proches au monde. Je couvre ce secret depuis un demi-siècle maintenant. J'aimerais que cette histoire finisse en *happy end*, comme on dit chez toi à New York. » Quand ils se séparèrent, Eugène rajouta : « Si Talia veut rencontrer Jacob, je t'aiderai pour que tout se passe au mieux avec ce cher cinglé » et il éclata de rire.

Miriam se confia à Talia dès son arrivée à Florence. Sa fille y faisait une pause de deux semaines, ce qui leur laisserait un peu de temps pour encaisser le choc. Rien ne se passa cependant comme elle l'avait imaginé. Le lendemain de leurs retrouvailles, vers onze heures, Miriam proposa à Talia de se promener dans le parc qui entourait la villa pour profiter de la douceur de cette fin de matinée d'automne. Quand elles parvinrent à son extrémité, en surplomb de l'Arno et de la ville dont les toits de tuiles encore nimbés de fraîcheur matinale étaient rosés par le soleil, elles s'assirent sur un banc pour se laisser envahir par ce paysage dont l'invraisemblable beauté rend l'imagination muette. Talia prit la parole et dit à Miriam surprise : « Depuis ton arrivée hier soir, je te sens nerveuse. Jamais je ne t'ai vue aussi tendue. Que se passe-t-il ? » Miriam avait répété mille fois dans sa tête le début de cette conversation, imaginé des périphrases, mais, se tournant brusquement vers elle, il ne lui vint qu'une exclamation qu'elle prononça de ce ton sec qu'elle avait dans les moments délicats : « Saül n'était pas ton père ! » Elle s'était statufiée, prête à affronter l'orage. Il ne vint pas. Talia posa ses mains sur ses genoux et écarta les doigts comme si elle les plaçait sur le clavier de son Bösendorfer Impérial. Elle prit une légère inspiration, la même qu'au moment de débuter un récital, puis elle répondit sans baisser les yeux : « Je crois que je le savais. » Leurs regards se détournèrent pour masquer leur trouble respectif. Elles se perdirent quelques secondes dans la contemplation de la cité des Lys. Bien que brûlant de la questionner, Miriam n'osa pas rompre ce silence. Elle attendit que sa fille reprenne la parole et se confesse à son tour.

Talia l'attira enfin contre elle et, dans un geste de tendresse inhabituel, Miriam laissa sa tête reposer sur l'épaule de sa fille. La voix de Talia ne fut qu'un murmure comme si elle redoutait que son faux père disparu l'entende : « C'est étrange d'aimer son père alors qu'on devine qu'il ne l'est pas. Cette idée trouble m'est venue très tôt, dès que j'ai commencé le piano, ensuite elle ne m'a plus quittée. Saül était attentif, affectueux, protecteur, un père parfait mais les cordes de son être ne vibraient pas à l'unisson de celles de mon piano. Nos sensibilités profondes étaient désaccordées mais c'était un père si bienveillant que j'ai accepté sans me révolter son incapacité à prendre en charge mes doutes, à comprendre mes interrogations, à s'ouvrir à ma quête jamais satisfaite de la perfection, à saisir la relation mystique et tumultueuse qu'entretient l'esprit d'un artiste avec l'âme du compositeur. Au fond, le piano n'était à ses yeux que technique. Je le dis sans cruauté mais il pensait que j'en jouais comme le banquier si avisé qu'il était jouait avec l'argent. Il ignorait le péril de l'interprétation, le danger de la liberté qu'elle offre, le passage de la pesanteur du travail de répétition à « l'insoutenable légèreté » du soliste sur scène. Bien que l'affection et l'admiration qu'il me manifestait aient été d'une sincérité absolue, jamais elles ne trouvaient un écho complice au plus profond de moi. Il m'offrait un confort affectif à nul autre pareil, je lui en étais infiniment reconnaissante et il me manque beaucoup, pourtant, un fossé nous séparait, celui qu'il y a entre l'affection et l'amour, celui-là même, j'en suis certaine, qui le séparait de toi. Je ne souffrais pas de cette situation et toi-même tu en semblais si heureuse que je pense que tu lui as été d'une totale fidélité. Il est inutile de me le confirmer, je le sais et Saül le savait. Vous étiez un couple uni, vous avez fabriqué du bonheur et je vous en suis redevable mais ce bonheur était construit sur un mensonge que seule toi connaissais et que moi je devinais. » Puis, changeant de ton, elle lui posa quatre questions brutales, à la manière de Saül : « A-t-il à un moment découvert la vérité ? Mon véritable père est-il ton premier mari dont tu m'as fait un terrible portrait ? L'as-tu un seul instant aimé ? Vit-il toujours ? »

Miriam avait vite relevé la tête pendant que sa fille parlait. Elle ne voulait pas que leur échange soit troublé par l'émotion. Elle lui raconta alors son histoire, sa passion jamais éteinte et tenue depuis près de cinquante années à distance. Elle lui révéla les interrogations de Saül dans la dernière année de sa vie, ses derniers mots en dépit de la découverte peu de temps avant sa mort qu'il n'était pas le père de Talia, l'analyse qu'elle en avait faite, le choix qui l'avait conduite à attendre si longtemps pour tout lui avouer sur Jacob Sfrec, les nouvelles qu'elle en avait par Eugène Solonet dont elle décrivit le rôle depuis tant d'années. Elle conclut par cette question : « Il ignore que tu es sa fille. Veux-tu qu'on le lui dise ? » Talia n'hésita pas une seconde.

Elles se levèrent et vinrent s'appuyer côte à côte sur le balcon du parc, Florence et son tumultueux passé à leurs pieds. Talia éprouva à ce moment-là le besoin de dire à sa mère : « Comme dirait ton cher Fitzgerald, tu t'es dépensée à vivre, résolue à réussir pour vaincre ton premier échec. La vie nous est rendue maintenant. » Devant le spectacle de l'éternité florentine, elles se virent l'une et l'autre comme deux femmes auxquelles on offrait cette « cuillerée de magie » déversée sur la ville au fil des siècles.

Les jours qui suivirent ce tête-à-tête ressemblent à un film en accéléré. Talia voulut que tout se précipite. Le récit de sa mère balaya comme un coup de vent l'interrogation spectrale qui la hantait depuis tant d'années et elle ressentit une urgence absolue : elle voulait connaître Jacob au plus vite. Elle était si bouleversée qu'elle ne parvenait plus à se rendre dans son pavillon de musique. Son esprit était trop encombré de questions pour travailler. Répéter mille fois ce que l'on a tant et tant étudié pour y trouver encore et encore des voies et des sentiments inconnus. S'arrêter sur une note ou une phrase et la reprendre pour lui donner une couleur nouvelle. Rester fidèle à une composition et, dans le même temps, la réinventer était le paradoxe qu'elle devait résoudre à chaque concert. Cette aporie, qui la plongeait dans des abîmes d'incertitude ou l'emmenait vers des sommets de bonheur, la plaçait pendant des heures hors de ce monde réel dont elle était désormais prisonnière. Pour redevenir l'exceptionnelle artiste qu'elle avait été jusqu'alors, il lui fallait faire la connaissance de son véritable père. Le reste était secondaire. Elle devait impérativement le rencontrer pour espérer renaître à la musique.

L'ineffable Eugène Solonet entra de nouveau en scène. D'un commun accord, Miriam et Talia lui proposèrent de venir à Florence. Il s'y rendit sur le champ. Il dressa devant elles un long portrait de Jacob, complétant ce que Miriam avait pu en dire déjà à sa fille. Les deux hommes n'avaient cessé de se voir depuis cinquante ans. Leur dîner mensuel à la Closerie des Lilas ou à la Coupole, raconta le notaire pour détendre l'atmosphère, commençait toujours par les dernières blagues juives que Jacob avait recueillies. Solonet tint à le souligner car, pour le reste, leurs conversations étaient embrumées par le pessimisme de Sfrec sur la marche du monde dont j'ai longuement rendu compte dans des fragments précédents et par son sentiment galopant d'inutilité. « Il faut que je l'aime comme un frère, dit en souriant Solonet, pour supporter depuis si longtemps cette machine à casser le moral. Mais, voyez-vous Talia, il n'en demeure pas moins un type formidable qui n'a cessé d'adorer votre mère. Il a fabriqué sciemment son malheur, il l'a laissée partir car il savait qu'il lui rendrait la vie trop difficile. Pour autant, même si d'autres femmes ont brièvement traversé son existence, je suis certain qu'il ne se passe pas un jour sans qu'il pense à elle. J'ai vu ces deux-là s'aimer pendant deux ans comme personne au monde. » Il prit un air faussement apitoyé en précisant : « Je sais ce dont je parle car, moi, j'ai passé mon temps à chercher un amour durable et je n'ai connu que de brèves rencontres, le bonheur par intermittence. Leurs deux années de mariage ont valu toute une vie et vous avez la chance inouïe d'être née de cette passion. Ce sont eux qui ont fait de vous ce que vous êtes. Lorsque je vous écoute, ce qui m'arrive souvent, je les retrouve. Sans doute pourriez-vous me reprocher d'avoir conseillé à votre mère de ne rien vous dire pendant de si longues années, je me demande à présent si j'ai eu raison de le faire. Je le crois cependant. Cette passion existait toujours mais elle ne pouvait renaître d'un nouvel échec. Détruire la famille AAranson n'aurait créé que du malheur, pour Saül bien sûr, mais aussi pour vous et Miriam. Les notaires à l'ancienne comme moi sont, vous le découvrirez, de vieux apothicaires, ils passent leur temps à doser juridiquement et psychologiquement la situation de leurs clients avant de délivrer leur posologie. À présent, il n'y a plus rien à détruire dans vos existences. Saül n'est plus là et, si je ne me trompe pas, Jacob en est au point où il a besoin de connaître la vérité pour continuer à vivre. Plus tôt eût été trop tôt. Il n'est pas en paix mais je devine parfois chez lui le désir d'échapper à ce qu'il appelle parfois en citant Péguy les "radotages d'un homme fatigué". Il flâne de plus en plus sur les bords de Seine. Il a retrouvé le chemin des salles de cinéma, des expositions et des salles de concert. Il écoute beaucoup de musique. Il se divertit pour s'éloigner de ses fantômes. Jamais nous avons parlé de vous mais je sais que, sur mes conseils duplices, il a écouté vos enregistrements. J'ai vu plusieurs d'entre eux sur sa table de travail où s'accumule dans un énorme capharnaüm tout ce qui lui tient à cœur. Il lit moins les journaux et a renoué avec la littérature qu'il avait abandonnée depuis bien des années pour les essais et la philosophie. Il y a surtout ces échanges téléphoniques désormais très réguliers avec Miriam. Sfrec, comme j'aime l'appeler, me parle d'elle avec une lumière dans les yeux que je ne lui avais plus vue depuis fort longtemps. Il ne rêve pas d'une existence commune mais il voudrait pouvoir dire en toute liberté “comme je l’ai aimée et comme je l’aime encore”. Il est temps que vous vous voyiez tous les trois. » Puis il ajouta à l’adresse de Miriam : « Peut-être t’en voudra-t-il de ce si long mensonge mais tu trouveras les mots pour qu’il le comprenne. Talia, il vous reviendra aussi de lui faire accepter la vérité comme vous-même l’avez fait. »

Mes interrogations personnelles à ce moment du récit de Miriam paraîtront peut-être superflues. Néanmoins, je ne pus m’empêcher de revenir sur les quelque trente mois que je venais de consacrer à cette histoire. Je m’étais intéressé à Jacob car j’imaginais plonger dans l’existence d’un journaliste original et y trouver des réponses à mes propres interrogations sur cette profession qui m’attirait tant. J’en avais trouvé certaines dans le mal-être qui l’avait frappé. Le terrible inconfort dans lequel s’était perdu Jacob dévoilait l’essentiel de ce métier, la nécessité de se mettre aussi bien physiquement qu’intellectuellement en danger, de se retourner contre soi-même, de refuser de se conduire comme une autorité au nom de la liberté. Sfrec avait été victime de ce permanent porte-à-faux. Sur un tout autre terrain, n’étais-je pas moi-même en train de le subir ? J’étais obsédé par les personnages de mon enquête et de plus en plus prisonnier de leurs émotions. Telle une mygale, Miriam n’essayait-elle pas de me paralyser dans sa toile de soie et de me priver de mon indépendance d’esprit ? Ne fallait-il pas que je me dresse contre mes obsessions et que je retrouve le chemin de la raison ? Voire que je renonce faute de pouvoir mettre un peu de rationalité dans cet imbroglio ? Ne m'étais-je pas consacré durant tout ce temps à un imbroglio familial dont Feydeau aurait fait une comédie de mœurs ?

Miriam me vit absent et me le fit remarquer. Sans que je l'écoute vraiment, elle avait évoqué un nouvel échange avec Solonet consacré pour l'essentiel à l'organisation de la rencontre avec Jacob. Je lui mentis en prétendant mettre mentalement de l'ordre dans les questions que je voulais lui poser. Son sourire dubitatif me signifia qu'elle n'en croyait pas un mot. Elle ne me questionna pas plus avant sur mon trouble soudain et profita de ce flottement pour renvoyer au lendemain la fin de ses aveux. J'insistai maladroitement pour qu'elle poursuive, elle trancha en me rappelant son extrême fatigue. Elle était inscrite sur son visage qui devint même terreux après qu'elle eut fait l'effort de se lever pour me dire : « Au revoir, Sidné, retrouvons-nous à nouveau ici demain à midi pour déjeuner ensemble. C'est le moment de la journée où je me sens le mieux. Nous clorons le dernier chapitre de votre enquête. »

Il était dix-huit heures ce 17 août 2025. La température était si agréable que je décidai une fois encore de rentrer à pied à mon hôtel et de saluer au passage mon ami le petit chimpanzé de Mr Brainwash. Personne ne l'avait acheté. Il m'attendait toujours aussi fascinant dans son tableau. Jusqu'alors, j'avais été hypnotisé par son regard et par la phrase peinte à gauche de sa tête : *Follow your dreams*. Je ne m'étais pas arrêté sur le graffiti peint en capitales jaunes en bas à gauche de la toile : *Never never give up* ! Je crois qu'un certain nombre de passants se retournèrent étonnés par mon immense éclat de rire. Je tenais une réponse simiesque à mes tourments : « Jamais, n'abandonne jamais ! » Je dus rester un bon quart d'heure planté devant la vitrine au point que la galeriste finit par venir me parler. Elle me lança, joyeuse : « *I'have been watching you for a while, I'm sure you want this painting* ! » Je lui répondis : « *I have got it, I have got it !* » Elle enchaîna en français d'une voix douce enjolivant un merveilleux accent américain : « Vous êtes un peu fou, non ! » « Un peu, oui ! » Le regard amusé, elle entra dans la galerie à reculons et me laissa seul sur le trottoir. Je repris ma marche le nez au vent, j'aperçus, ou crus apercevoir, de l'autre côté de la rue, Jessica Chastain qui marchait d'un pas rapide. Cette vision acheva de me redonner l'envie d'aller au terme de cette longue traversée biographique en me jurant tout de même de ne pas devenir prisonnier des tourments de ses protagonistes. Il fallait que je reste extérieur à leur tumulte existentiel.

22
Jacob

Miriam m'avait offert dès notre deuxième rencontre un livre qu'elle aimait beaucoup. Elle en avait fait son bréviaire comme moi avec les *Pensées* de Pascal. Leur lecture était une manière de m'exonérer de ma légèreté, un acte intellectuel de contrition en quelque sorte. J'avais annoté mon recueil pour en retenir des phrases qui me permettaient à la fois de m'interroger sur moi-même et, je le confesse, de briller dans les dîners. L'une d'entre elles faisait mon bonheur personnel en décrivant le monde dans lequel j'évoluais jusqu'alors, loin, si loin de celui de Jacob : « La vie n'est qu'une illusion perpétuelle, on ne fait que s'entre-tromper et s'entre-flatter. » Cette citation reflétait assez bien, en revanche, le comportement de Miriam pendant les cinquante années qu'elle avait traversées accompagnée dans ses pensées par la fleur vénéneuse de ses mensonges. Elle s'en consolait en lisant jour après jour les *Carnets* de Francis Scott Fitzgerald depuis leur parution en 1978 chez Harcourt Brace Jovanovich. Elle avait acheté ce livre, que j'ai déjà plusieurs fois évoqué tant il est indissociable d'elle, pour parfaire sa connaissance de son auteur favori et ne s'en était plus jamais départi. Elle avait souligné dans cet épais ouvrage, démantelé à force d'être feuilleté, de nombreuses phrases dont celle-ci : « Je ne me raconte pas de mensonges qui pourraient avoir de la valeur pour moi et, deuxièmement, je ne mens pas à moi-même. » Et cette autre qui en disait si long sur le pardon qu'elle recherchait : « Après tout, n'importe quel moment a sa valeur ; il peut être remis en cause à la lumière des événements ultérieurs, mais le moment demeure. Les jeunes princes en velours qui se retrouvaient dans la délicieuse domesticité régnant autour de la reine peuvent bien grandir et devenir Pierre le Cruel et Charles le Fou, le moment de la beauté aura existé. »

Le 18 août 2025, c'est elle qui vint m'ouvrir la porte comme pour solenniser cet ultime rendez-vous. Je fus frappé par la lenteur de ses gestes qui traduisait sans aucun doute possible un épuisement qu'elle n'avait pu dissimuler sur son visage par un maquillage trop appuyé. Elle me précisa qu'elle avait offert quelques heures de détente à son personnel de maison pour que nous ne soyons pas dérangés pendant le déjeuner qu'elle avait fait préparer. Nous nous rendîmes directement dans la salle à manger. Sur le ton futile que parfois elle affectait, Miriam me confia qu'elle l'avait rénovée après la disparition de Saül. Je compris en vérité pourquoi. Le long d'un mur filait une longue desserte faite de casiers en frêne teinté de différentes couleurs inspirée du style de Le Corbusier et Charlotte Perriand. Sur le pan opposé était accroché un tableau poignant de Roy

Lichtenstein intitulé *Ohhh... Alright...*, le portrait d'une belle femme aux sourcils noirs et aux cheveux rouges, qui aurait pu être une Miriam de comics, tenant des deux mains un téléphone et murmurant comme à regret à un homme : « Ohhh... D'accord... » Au centre de la pièce se déployait une grande table ovale en argile polie blanche reposant sur un simple socle en aluminium. Elle me précisa avec un brin d'afféterie surprenant chez elle qu'elle était signée Philippe Stark tout comme les chaises translucides dans le style Louis XIV. Je ne réagis pas, elle comprit que sa précision était inutile. N'avais-je pas grandi dans ce monde des apparences.

La table était dressée et un repas froid déjà disposé sur des sets blancs brodés du double *A* d'AAranson, manière sans doute de me signifier qu'elle n'oubliait pas Saül et qu'elle ne craignait pas de convoquer sa présence dans notre discussion. Je l'avais interrogée mais jamais taquinée sur cette capitale doublée au début du patronyme de Saül. Je le fis à cet instant sans réfléchir. Miriam haussa les épaules et sourit : « Une coquetterie de son grand-père pour singulariser la banque, du marketing avant l'heure en quelque sorte. Un vrai succès, n'est-ce pas ! Je vous avoue qu'à la fois je m'en moque et que je m'amuse du trouble que ça suscite. Curieusement, Jacob ne m'a jamais posé la question. »

Elle m'invita à m'asseoir face à elle. Devant chacun de nous avaient été déposées deux tranches de saumon gravlax dans des assiettes ovales décorées chacune d'une œuvre de Miro, à côté de nos couverts se trouvaient deux délicates coupes en cristal de Bohême, l'une remplie d'un cocktail de crevettes décortiquées nappées d'une légère sauce rose, l'autre de caviar. Miriam avait déjà fait ouvrir une bouteille de Chevalier-Montrachet blanc encore couverte d'un nuage de buée et me dit : « Vous ne m'en voudrez pas Sidné de ne pas vous servir du bordeaux mais il m'a semblé que ce bourgogne était mieux adapté à notre menu. » Je ne pus m'empêcher de lui rétorquer sur un ton un brin vulgaire : « Je vois que vous avez mis les petits plats dans les grands. » « N'imaginez pas que ce soit toujours ainsi, loin de là, mais les circonstances exigent que nous sortions de l'ordinaire », me répondit-elle sans le moindre signe d'agacement mais avec un froncement aristocratique. « Peut-être ne nous reverrons plus après cela, qui sait ! » Était-ce une menace ou l'expression d'une inquiétude ? Elle ne me laissa pas le temps de réagir et enchaîna aussitôt sur ce qu'elle voulait me raconter. Je n'eus plus qu'à écouter.

« Sidné, nous arrivons vraiment au terme de cette histoire en même temps que s'approche la fin de ma vie. Ce cancer va triompher dans les semaines ou les mois qui viennent, tout mon corps me le dit. Servez-nous ce vin, goûtons-le et buvons d'abord aux caprices du destin. » Je m'exécutai en silence. Elle ferma les yeux en dégustant une gorgée de ce vin blanc à la robe d'or puis reprit la parole : « Il est à la hauteur de ce que je vais vous raconter, le moment le plus difficile de mon existence et de l'existence de Talia. J'y viens. Eugène resta à nos côtés pour mettre au point le scénario de la venue de Jacob que je n'avais plus vu depuis l'épidémie de Covid-19, mais aussi pour pouvoir intervenir si les choses tournaient mal. Il se chargea de l'appeler et lui annonça qu'il était à Florence et que, par un incroyable hasard, il m'y avait rencontrée. Il lui dit que j'y avais loué une maison pour plusieurs jours. Sans détour, il lui lança que je voulais lui parler. Il me passa son portable mais ma voix s'enraya aussitôt et m'abandonna. Jacob répéta plusieurs fois : « Miriam, Miriam, Miriam » sans que je puisse prononcer un mot. Eugène reprit son téléphone et ajouta : « Elle a une méchante trachéite, elle n'est pas très en forme, elle serait heureuse que tu nous rejoignes à Florence. Je trouve que c'est une jolie occasion de nous retrouver tous les trois après tant et tant d'années passées à jouer à cache-cache. Et puis merde, je ne vais pas te raconter d'histoires, elle a vraiment besoin de toi, c'est urgent, ne tarde pas si tu veux la revoir. » Jacob manifesta aussitôt son désarroi par des « quoi, quoi, quoi » proches du borborygme puis, retrouvant ses esprits, il promit d'acheter un billet d'avion au plus vite, pour les rejoindre le lendemain sans doute. Il n'arriva que deux jours plus tard, nous laissant dans une attente stressante. Eugène partit le chercher à l'aéroport et fit tout son possible pendant le trajet de retour pour le préparer au choc en lui précisant que ma fille m'accompagnait. »

Miriam attendit Jacob sous un doux soleil d'automne au pied des escaliers à double révolution donnant sur cette délicieuse villa du XVIIe siècle. Un chemin rectiligne, bordé de statues antiques et d'un jardin à l'italienne obéissant aux codes de l'art topiaire, y conduisait depuis le large portail d'entrée en fer forgé. Cette entrée était à la fois noble et d'une simplicité raffinée comme l'intérieur de la demeure aux murs recouverts de stucs florentins faits de chaux, de sable et de poudre de brique. Talia avait voulu ce lieu à son image. Elle avait su conjuguer du mobilier toscan traditionnel et du design italien, quelques peintures de la Renaissance et des toiles contemporaines que ses parents lui avaient offertes au fil des ans dont un dessin d'Andy Warhol de 1954 intitulé *Deux Mains sur un piano.*

« Sfrec descendit très lentement de la confortable Mercedes Classe A noire que Solonet avait louée, me raconta Miriam d'une voix hésitante qui traduisait le trouble qu'elle avait alors ressenti. Jacob était tendu, le visage crispé dans un fracas de rides, légèrement voûté mais les yeux brillants d'impatience tendus vers les miens embrumés. Je fus surprise par son élégance. Je gardais le souvenir de nos dernières rencontres depuis la mort de Saül, il n'était pas mal habillé mais son pantalon était souvent froissé, son blazer bleu marine défraîchi et le col de sa chemise visiblement usé. Il portait ce jour-là un costume en toile gris foncé semblable au vôtre aujourd'hui Sidné, sans doute acheté chez Arthur & Fox, tout comme sa chemise en coton brossé blanche. Ces remarques vestimentaires vous semblent sans doute superflues, pas à moi. Je m'intéresse toujours à l'accessoire quand un changement s'opère dans mon existence. Le décor est le reflet des états d'âme. Jacob voulait que je le retrouve différent. Il s'approcha de moi tandis qu'Eugène récupérait son bagage, un sac à dos noir siglé North Face bien dans son style grand reporter d'autrefois. J'étais bouleversée de le découvrir à la fois vieilli et inchangé. Un fin rideau de larmes voila mon regard, alors que je n'avais pleuré que sur moi-même lors du décès de Saül. Ses beaux yeux étaient toujours, comme vous les décrivez, "d'un bleu pâle brumeux avec une trace de vert". Il me fixa longuement sans prononcer un mot, puis il ouvrit ses bras en grand et m'étreignit. Nous murmurâmes en même temps : "Qu'avons-nous fait de notre vie..." Eugène resta planté près de la Mercedes. Il n'y eut pas de baisers comme jadis à Aix-en-Provence, ces temps-là étaient à jamais révolus, mais nous savions que rien n'avait changé de cette passion enfouie qui nous avait dévorés si jeunes et ne nous avait jamais quittés. »

« Nous avions convenu avec Talia qu'elle ne nous rejoindrait qu'après que j'ai révélé à Jacob qu'elle était sa fille. Elle nous avait observés depuis le salon donnant sur l'entrée de la villa et rien ne lui avait échappé de cette scène. Sa sensibilité à fleur de peau lui dicta de nous rejoindre sans plus attendre. Quand notre étreinte se défit, elle était là, une marche au-dessus de nous, nous souriant comme si nous avions été depuis toujours sa mère et son père. Elle descendit à notre hauteur, me saisit la main droite et dit simplement à Jacob en le regardant droit dans les yeux : "Je suis Talia, votre fille et je vous attends depuis très longtemps." Sans un mot de plus, elle nous prit tous les deux par les épaules et nous fit asseoir sur une marche de l'escalier. Elle avait vu que les jambes de Jacob chancelaient. Notre silence fut interminable. Jacob releva enfin la tête. Sa respiration était difficile. Il se mit à parler par phrases heurtées. “En vous découvrant, Talia, je l’ai su. Dans votre regard, j’ai vu qu’il ne pouvait qu’en être ainsi. En une fraction de seconde tout m’est revenu, cette dernière nuit de mai 1973 avant cette séparation définitive après la disparition de ma mère. Elle a dû tout vous dire sur moi, elle me connaît mieux que moi-même, et il est vain que je revienne sur cette histoire. Je suis certain qu’elle a agi au mieux pour vous depuis votre naissance, elle vous a offert une vraie famille, un père affectueux et présent. Vous leur devez d’être devenue la grande pianiste que vous êtes et que j’ai souvent écoutée sans savoir que vous étiez mon enfant. Mes démons qu’elle a dû vous décrire étaient trop virulents. Il fallait que je voie de près toutes ces marmites à sorcières qui rendent la vie sur terre si atroce pour bien des êtres humains. J’ai cherché à comprendre et je n’ai rien trouvé. Pas de réponse. Mon caractère en est devenu lugubre comme peut en témoigner mon indéfectible ami Eugène.” »

« Il lui fit alors signe de nous rejoindre et trouva la force de se relever. Nous fîmes de même, toujours pressées contre lui. Il poursuivit : “Je suis sûr que ce vieux filou savait tout depuis le début et qu’il a écrit le script de ces retrouvailles. Elles me comblent de joie même si je pense qu’elles auraient pu avoir lieu plus tôt. Pourquoi avoir attendu tant d’années après la mort de Saül ?” Eugène Solonet prit la parole sans me laisser le temps de répondre : “Je suis le coupable. Miriam se pose la question depuis son décès mais je lui ai conseillé d'attendre aussi bien pour parler à Talia qu'à toi. Il fallait qu'il n'y ait vraiment plus rien à détruire dans vos existences, aussi bien dans celles de Miriam et Talia que dans la tienne, que le temps rende les mensonges acceptables et compréhensibles. Quand Miriam a jugé le moment venu de tout dire à Talia, cette rencontre est devenue une évidence. Talia était d'autant plus impatiente de te connaître qu'elle a accueilli cette révélation comme un soulagement. De mon côté, j'ai assuré que tu étais prêt à accepter la vérité sans fureur, sans révolte, sans rancœur, sans désespoir. J'espère ne pas m'être trompé. Ton indifférence à tout m'inquiète mais je t'ai vu aussi ces dernières années t'apaiser, déposer ton sac à dos de tristesse, de mélancolie… Je t'en prie, ne t'en prends à personne." Eugène n'alla pas plus loin.

Jacob ne lui répondit pas. Il nous tourna le dos et, sans desserrer les dents, partit d'un pas lourd dans le jardin. Eugène nous conseilla de ne pas le suivre et même de rentrer dans la maison. "Pas d'impatience, nous dit-il. Laissez-le revenir à vous à son rythme. Cet homme vit seul depuis si longtemps ! Il veut prendre ses décisions loin de vos regards et de vos émotions, sans doute souhaite-t-il aussi par pudeur cacher les siennes." Il se tourna vers Talia et ajouta : "Il agit également comme le journaliste qu'il a toujours été, en dominant ses sentiments pour raisonner avec froideur."

Jacob ne nous rejoignit qu'au bout d'une bonne demi-heure qui ne fut faite que d'appréhensions pour nous. Nous l'avions suivi du regard depuis les fenêtres du salon. Il avait marché vers le balcon donnant sur Florence et disparu derrière une haie de cyprès. Nous vîmes à son retour que son pas était plus assuré, ses épaules étaient sans voussure, il était droit comme un I tel Escamillo entrant en scène. J'en frémis et Talia s'accrocha à moi. Il pénétra dans le hall où Solonet s'avança à sa rencontre. Il le prit par le bras pour le conduire jusqu'à nous dans le salon et il m'avoua lui avoir murmuré à l'oreille : "Ne déconne pas !" Son visage avait changé, ses rides s'évanouissaient dans un timide sourire. Il demanda que tout le monde s'assoie sur le ton aussi assuré qu'inattendu d'un vieux père de famille. Solonet proposa de nous laisser tous les trois mais Jacob lui demanda de rester en précisant que son rôle n'était pas terminé. "Si Miriam et Talia sont d'accord avec ce que je vais dire, j'aurai besoin de ta complicité, Eugène. Je veux rattraper un peu de tout ce temps perdu et, si Talia l'accepte, je souhaite m'installer à Florence pour la voir le plus souvent possible. L'âge et mon humeur font que je ne la suivrai sans doute pas dans ses voyages. Je veux être là quand elle reviendra dans son refuge. Je n'habiterai pas dans sa maison mais tout près pour partager un peu de son existence. Miriam a sa vie à New York, peut-être viendra-t-elle plus souvent ici ?"

Sans attendre la moindre réponse, il se leva, arpenta la pièce d'un pas lent et nous signifia d'un geste enveloppant de rester assis comme s'il avait besoin de prendre possession de nous pour ce qu'il avait maintenant à nous confier. Il le fit d'une voix si neutre que j'eus l'impression d'entendre un compte rendu journalistique : "Une idée que je ne peux combattre me pousse à disparaître de Paris, déclara-t-il comme un postulat. Il y a cinquante ans, j'ai choisi de prendre le large, destination le pire. Première disparition. En renonçant à courir sur tous les fronts de la planète au milieu des années 1990, j'ai décidé de poser mes valises dans les marges d'un monde que je retrouvais pour mieux l'observer. Un pied dedans, un pied dehors. Je n'y ai pas trouvé beaucoup de raisons d'espérer. En arrêtant la publication de *Scripta Manent*, j'ai mis un terme à cette autre vie. J'eus alors envie de m'effacer, sans doute pour me libérer de mes obsessions morbides et de mon pessimisme. Ne plus voir, ne plus savoir. Pauvre imbécile ! J'ai enfin compris que toutes les violences, physique, verbale, religieuse, idéologique, morale, sont invincibles. J'ai rendu les armes et me suis tu. Deuxième disparition. J'avais alors la conviction de n'avoir parcouru qu'un long tunnel. J'ai choisi la vacuité, un vagabondage en pantoufles. Eugène n'a cessé de me bassiner avec cette phrase durant cette période : "Tu te comportes toujours comme si tu ne voulais pas laisser de traces. Même tes écrits semblaient dire aux lecteurs : ne prenez rien de ce que je raconte pour un message. Je ne revendique rien."

À peine ces derniers mots prononcés, Jacob cessa de déambuler, s'immobilisa devant Talia et lui fit cet aveu prononcé sur un ton froid pour n'éveiller aucune compassion, sentiment qu'il abhorrait : "J'ai sacrifié mon mariage pour plonger dans des boucheries et y découvrir l'envers des hommes. J'ai vécu un demi-siècle au fond de cette fosse barbare à cuver mes obsessions. J'ai connu durant toutes ces années une existence informe. J'ai appris une chose que la paix en Europe a fait oublier :

jamais les guerres ne cesseront. Quand j'en ai été définitivement convaincu, j'ai fait un pas de côté que j'ai cru définitif. J'ai cherché à cesser d'exister pour les autres et à me dissoudre dans une quotidienneté faite de livres, de promenades, d'expositions, de dîners avec Eugène et parfois avec Miriam. Cet effacement m'a apaisé sans me réconcilier pour autant avec mes congénères. Au cours de ces heures dilettantes, j'ai découvert que la disparition était un thème littéraire assez fréquent. Fuir pour oublier, fuir pour découvrir ou nier la réalité, fuir pour renaître, que de facettes a-t-elle ! Que j'aie passé mon temps à fuir pour explorer la face cachée des hommes m'a paru finalement assez banal. Disons que je suis devenu un personnage ordinaire, prisonnier de ses passions tristes mais les tenant à distance en vivant comme un proscrit. Au fil de l'eau de ces dix dernières années, jamais ne m'est venue l'envie de sortir de cet exil intérieur. Ce qui m'arrive maintenant est comme un tremblement de terre qui arase le paysage dans lequel je suis installé depuis si longtemps. Pour la première fois depuis un demi-siècle, j'ai envie d'espérer. Pour saisir cette chance, il faut aussi que rien de ce passé ne vous rattrape. Vous êtes les héritières d'une immense fortune et vous n'avez cessé d'honorer la mémoire de Saül. Vous êtes célèbre, Talia, et toi, Miriam, tu évolues dans un petit milieu new-yorkais. Que dira-t-on si l'on découvre cette histoire ! Il faut que rien de tout ça ne se sache. Personne ne viendra me chercher à Florence quand mon nom sera oublié."

Aucun de nous trois ne rompit le silence qu'il marqua. Il en avait fini avec la théorisation de son existence ratée. Il détailla alors le scénario qu'il avait imaginé. Il changea de ton et parla comme un auteur de polar exalté par l'histoire qu'il a écrite : "Je compte sur toi, Eugène, pour organiser ma disparition finale avec la complicité de ton grand ami le commissaire Pacelli avec lequel nous avons dîné plusieurs fois. Tu lui diras toute la vérité, il n'ouvrira pas d'enquête et ne dira rien de mon départ en Italie. Il peut aussi gérer des échos de presse qui feraient état de mon évaporation et éteindre l'affaire. Louise Mannier, la concierge de la rue du Cardinal-Lemoine et ma fidèle femme de ménage, ne manquera pas de s'inquiéter, voire de bavarder un peu. Ce ne seront malgré tout que des clapotis car je n'intéresse plus personne. Si, par un improbable hasard, un type trop curieux et un peu débrouillard venait à poser des questions, il s'adressera très vite à toi, Eugène. Si ça arrive, tu sauras te débrouiller pour le décourager ou l'égarer. Je veux que plus personne ne m'emmerde et profiter en passager clandestin du futur que vous m'offrez." »

Je ne juge pas nécessaire de poursuivre plus avant le récit de Miriam empreint d'un peu de ce pathos qui collait à la personne de Jacob après un demi-siècle de solitude. Elle me dit qu'il retrouva assez vite des mots plus simples, comme si son esprit s'était soudain vidé des désordres qui s'y étaient accumulés. Tous les fragments que j'ai livrés dans les pages précédentes témoignent que les choses se sont passées comme Jacob l'avait souhaité. Il était devenu un inconnu vivant discrètement à Florence. Il ne laissait pas d'amis derrière lui qui auraient pu chercher à éclaircir le mystère de sa disparition puisqu'il n'y en avait qu'un qui savait tout, Eugène Solonet. Il fut vraiment surpris qu'un type s'acharne sur son dossier. Ma curiosité fut soumise à Jacob dès ma première rencontre avec Solonet au début de l'année 2023. Il s'en agaça, conseilla à Eugène de m'enfumer. Mon obstination finit cependant par éveiller sa curiosité journalistique, dernière griffe de son passé. Peut-on vraiment se refaire ? Sans doute est-ce illusoire de le croire. Je devins alors, paraît-il, un sujet de conversation entre Solonet, Miriam, Talia et lui. Cela dura toute l'année 2023 qui me vit surtout effectuer un travail de documentation. Jacob avait dit : « On va voir si ce jeune chien bien nourri est vraiment journaliste dans l'âme. Eugène, tu vas le ferrer comme le marlin d'Hemingway dans *Le Vieil Homme et la Mer* puis tu le laisseras s'agiter un bon bout de temps. Nous verrons comment ce fouineur se comporte. Sans doute s'épuisera-t-il. Laissons-le patauger dans ses recherches. »

Quand Miriam me raconta sans la moindre précaution ce qui avait fait de moi leur marionnette, je ne pus dissimuler mon amertume en lui lançant : « Vous m'avez bien roulé. » Elle me répondit du tac au tac : « Non ! Grâce à Jacob, vous, l'enfant gâté, celui qu'on considérait comme un pistonné et un incapable, vous avez appris votre métier, vous avez découvert la ténacité, la curiosité forcenée qu'il exige, compris que la volonté de découvrir la vérité doit primer. Vous n'avez pas perdu une seule minute depuis le début de vos recherches et vous avez prouvé que vous aviez les qualités d'un vrai journaliste en surmontant vos doutes. Sans que vous le sachiez, Jacob est devenu votre mentor, il s'est lui-même pris au jeu. » « Pour se distraire ! », m'exclamai-je. Elle me regarda sévèrement puis me lança d'un ton sec : « Ne gâchez pas tout ! Il s'est pris d'estime pour vous et a cherché à vous transmettre tout ce qu'il avait appris pour faire de vous ce que vous êtes aujourd'hui, un journaliste sérieux, obstiné, acharné. C'est ce que pensait Jacob, c'est pour cela que nous avons finalement décidé de tout vous dire. »

Je ne perdis pas de temps à lui faire des reproches. À la fois parce qu'elle semblait à présent épuisée et parce qu'elle avait sans doute raison. Je partais de loin, j'aurais pu vivre de mes rentes, me la couler douce en poursuivant mon insignifiante existence d'héritier. Ils m'avaient mis à l'épreuve et, à force de patience, je leur avais prouvé ma valeur. Miriam ne venait-elle pas de m'avouer ce que Jacob avait voulu cacher ? Je me sentis obligé de capituler : « Je ne vous en veux pas. Il n'est pas de récompense plus belle que ce que vous venez de me dire, d'autant que cela vient de vous pour qui j'ai tant d'estime. Puis-je vous demander une dernière faveur, Jacob accepterait-il de me rencontrer ? » Elle me répondit en se mettant soudain à pleurer sans retenue : « Nous étions chez Talia au mois de mai dernier. Il y est mort d'une foudroyante crise cardiaque en se promenant dans le parc de la propriété. Le cancer qui commençait à me ronger l'obsédait, il craignait de perdre ce qu'il avait enfin retrouvé mais rien ne laissait présager cet infarctus. Comme chaque fois qu'il venait chez Talia, il s'est d'abord dirigé vers le balcon qui surplombe la ville. Il adorait ce lieu. Ne le voyant pas revenir, nous sommes partis à sa rencontre. Nous l'avons retrouvé là, gisant sur le sol. Il n'y avait plus rien à faire. Il est mort sans souffrir. Comme il n'avait jamais évoqué ses dernières volontés, j'ai songé qu'il pourrait rejoindre Ava et Edgard dans le Sud Luberon. Mais Talia a décidé que notre sépulture commune serait florentine. Nous l'avons donc enterré à Florence avec un chœur chantant le « Va Pensiero ». Je suis rentré à New York après les obsèques mais je vais quitter la ville dans les prochains jours pour rejoindre ma fille en Italie, via Paris. Je ne pense pas revenir ici où j'ai tout mis en ordre. Vous pourrez vous recueillir sur sa tombe qui sera bientôt la mienne. » Ma gorge s'est étranglée, puis j'ai doucement sangloté, autant sur le sort de Jacob, de Miriam et de Talia que sur le mien, invité par effraction dans ce malheur.

23
Sidné

Me voici depuis le mois de février 2026 installé dans l'atelier de Jacob rue du Cardinal-Lemoine. J'ai voulu l'acheter, Talia n'a consenti qu'à me le louer. Elle n'entend pas se séparer du refuge de son père mais ne veut pas que ce lieu dépérisse en restant inhabité. En y écrivant, je m'emploie à en entretenir l'esprit. Il est austère sans que cela me pèse. Pour la plupart de mes connaissances, je suis le dandy que j'ai toujours été. Je ne fais rien qui puisse leur faire croire le contraire. Cette vie mondaine au demeurant ne me déplaît guère. Elle me permet de vivre masqué. Sans doute, l'âge venant, elle prendra un tour assez déplaisant et j'abandonnerai sans regret ce monde de l'insignifiance. Mais je n'ai que trente ans et cette légèreté me permet de supporter la mélancolie que les trois années que je viens de passer avec les Sfrec et les AAranson-Wahl ont fait naître en moi et qui me tient encore. J'en finirai peut-être avec eux en achevant ce texte. J'essayerai alors de vivre sans leur envahissante compagnie. Je n'en suis pas là car je reste profondément affecté par le décès de Miriam au mois de novembre dernier et la révélation de la mort de Jacob au terme de ma longue traque. J'aurais tant aimé le rencontrer, me confronter à lui, me faire une opinion sur lui sans le moindre filtre, en tête-à-tête, à mains et idées nues. Ma frustration demeure entière et je suis en colère contre moi-même d'avoir laissé filer ma proie. Je me reproche de ne pas avoir su accélérer les choses, d'avoir donné trop de temps au temps, d'avoir raté ma cible. Jacob Sfrec n'aurait pas commis cette faute. Il m'arrive de m'adresser aux murs de cet atelier et de hurler des injures contre ce « salaud » qui m'a mené par le bout du nez, s'est tiré avant que je le trouve et m'a privé d'aller à la racine de ce que je recherchais. Puis je me ressaisis pour ne pas tomber dans le piège qu'il m'a tendu : me refiler ses hantises au moment où il s'en débarrassait en retrouvant sa femme et découvrant sa fille.

Une fin d'après-midi au tout début du mois de septembre 2025, je me suis rendu sur la tombe de Jacob, une large et épaisse plaque de marbre noir surmontée d'un cippe rectangulaire sur lequel est gravé son prénom, son nom, les dates de sa naissance et de sa mort. Il repose dans le vieux cimetière juif monumental de Florence, Viale Ariosto, sur la rive droite de l'Arno, hors des murs de la vieille ville, selon le sort réservé aux Juifs quand fut ouverte en 1777 cette vaste nécropole. Deux galets gris d'un ovale parfait avaient été déposés sur la dalle du caveau, sans doute par Miriam et Talia. Je ne me sentis pas autorisé à en ajouter un troisième. J'espérais que cette visite m'inspirerait dans mon travail de rédaction. Jacob n'était-il pas là, à deux pas sous terre, si lointain et si proche ? Je savais mon attente vaine mais je divaguais en imaginant qu'il me devienne à ce moment-là proche spirituellement. Bien que me sentant aimanté par son monument funéraire, il n'en fut naturellement rien. De très, très longues minutes s'écoulèrent avant que je parvienne à m'arracher à ce qui ressemblait à un anéantissement, une incapacité de penser et de bouger. Je n'entendrais jamais sa voix, je ne plongerais jamais dans son fascinant regard, je ne gagnerais jamais sa confiance, je ne recevrais jamais ses confidences, je ne rentrerais jamais dans l'intimité de cet homme dont le cœur avait battu au rythme des fracas du monde.

Une main soudain se posa sur mon épaule et je sursautai. Je me retournai, espérant une heureuse rencontre. Ce n'était qu'un gardien du cimetière qui venait me signifier que l'heure de la fermeture approchait. Je repartis lentement à pied à travers les allées. Il me fallut marcher longtemps avant de héler un taxi, le temps de me décider à aller frapper à la porte de Talia qui, jusque-là, n'avait pas répondu à mes sollicitations. Je n'avais pas précipité les choses depuis près de trois ans, je le regrettais de plus en plus amèrement, il était temps de le faire. Je ne voulais pas courir le risque que Talia m'échappe. Il m'était indispensable de la rencontrer pour achever mon long voyage.

Comme je le redoutais, elle n'était pas là. À la grille du parc qui entourait la maison, la voix indifférente d'une femme me répondit à l'interphone : « Mademoiselle est absente. » J'insistai pour savoir quand elle serait de retour. La voix me demanda de décliner mon identité.

« Sidné Guillaume, je suis un grand ami de sa mère, Mme Miriam AAranson Wahl, et de M. Eugène Solonet que vous connaissez sans doute, dis-je pour la convaincre. Mlle AAranson sait également qui je suis. Pouvez-vous lui faire savoir que je suis de passage à Florence ? » « Mademoiselle est aux côtés de Mme Miriam à New York », m'indiqua la voix soudain moins assurée.

Je n'avais pas pris de nouvelles de Miriam depuis mon retour des États-Unis deux semaines plus tôt. Une inquiétude me saisit, sa santé s'était peut-être dégradée plus vite que prévu. Je rentrai à mon hôtel, le Lungarno, où j'avais pris une chambre avec vue sur l'Arno et le Ponte Vecchio. Ce lieu me rappelait un lointain séjour que j'y avais fait enfant avec mes parents, *il tempo dell innocenza*. Le décalage horaire ne posait pas de problème, j'appelai donc Miriam sur son portable. Ce fut Talia qui décrocha. Je commençai à décliner mon identité, elle me coupa net d'une voix beaucoup plus douce que celle de sa mère : « Inutile de vous présenter, Monsieur Guillaume, votre nom est apparu sur le téléphone de maman. » « Elle va bien ? demandai-je précipitamment. » « Le moins mal possible, dirais-je, puisque vous savez tout de sa maladie. Elle me parle de vous depuis longtemps et je suis informée aussi bien de vos recherches que de ce qu'elle a pu vous révéler. Comme vous le savez, elle l'a fait en accord avec mon père et moi. Je profite de cette conversation pour vous prier de croire que ce n'était pas un jeu. Ni pour eux ni pour moi. Après toutes ces années qui nous avaient laissés comme des naufragés abandonnés sur trois îles désertes différentes, nous voulions nous protéger. Nous avons redouté que ma notoriété déclenche une curiosité malsaine et nous nous sommes tus. Au fil de votre enquête, nous vous avons d'une certaine manière adopté. Mon père vous a observé de près et vous avez gagné son estime. Il avait disparu pour renaître et rester un homme invisible dans un monde qui désormais interdit de l'être. Vous imaginez aisément que ma célébrité fait que je suis sensible à ces questions. Ma mère redoutait aussi que notre histoire soit rendue publique. Juste avant de mourir dans les conditions que vous savez, il avait néanmoins décidé d'enfin vous rencontrer. Il appréciait votre opiniâtreté mais il aurait tout fait pour vous dissuader de raconter notre vie… »

Elle marqua un silence à l'évocation de Jacob, sans doute nécessaire pour dominer son trouble. Elle reprit après s'être excusée : « Vous pouvez comprendre aussi que nous voulions, ma mère et moi, éviter que l'image de Saül soit écornée. Je suis sincèrement désolée de ne pas avoir donné suite à vos demandes, mon emploi du temps est surchargé, je passe ma vie dans des avions, des hôtels et, depuis quelques jours, je reste auprès de ma mère. Veuillez nous excuser d'avoir pu vous donner l'impression que nous nous jouions de vous comme d'un pantin. Sans doute voulez-vous lui parler ? J'ai répondu à sa place car elle se repose dans sa chambre après sa chimio quotidienne. Je lui ferai part de votre appel. Mais avant que vous raccrochiez, je veux vous proposer un rendez-vous à Paris. Nous y serons, je pense, j'espère, toutes les deux à partir du 20 septembre car je donne un récital au théâtre des Champs-Élysées le 22. Comme notre ami Eugène Solonet, vous allez recevoir un carton d'invitation. Ma mère y tient, moi aussi. Votre détermination et votre délicatesse tout au long de votre travail m'ont impressionnée. Ensuite, nous nous retrouverons chez moi à Florence où nous aurons tout loisir de discuter. »

La suite se déroula telle que Talia l'avait décidée. Je la vis pour la première fois dans sa loge à l'issue d'un récital entièrement consacré à Ravel que j'avais partagé aux côtés d'Eugène et de Miriam, très affaiblie mais heureuse d'être là. Elle avait d'abord joué *Gaspard de la nuit*, *Une barque sur l'océan,* les *Valses nobles et sentimentales* puis, après l'entracte, elle avait enchaîné avec *Le Tombeau de Couperin.* Je n'ai pas trouvé les mots justes pour la féliciter. Je me suis contenté de lui adresser un modeste bravo tandis qu'une foule d'admirateurs à la porte de sa loge commentaient à voix haute « son extraordinaire précision, son souci du détail mais aussi sa sensibilité qui lui permettait de faire passer ce délicat grain de folie si personnel qu'elle mettait dans toutes ses interprétations ». Elle offrait un sourire chaleureux à ses admirateurs tout en gardant une certaine réserve. Je me dis que cette retenue devant les flatteurs lui venait sans le moindre doute de Jacob, cet homme qui considérait, à la manière de Péguy, que seules comptent les paroles des personnes qui ne parlent pas.

Quand la cohue se dissipa, Talia demanda à sa mère, à Eugène et moi-même de rester et de fermer la porte de la loge. Sa gaieté se dissipa et elle s'interrogea à voix haute sur sa prestation. Elle était mécontente de ce qu'elle avait fait de la fugue dans *Le Tombeau de Couperin.* Elle n'avait pas su, confia-t-elle attristée, retrouver l'impression de badinage qu'elle avait réussi à créer en répétition. Je vis dans cette réaction des traits de Jacob, une exigence radicale, un sens de l'autocritique et une insatisfaction permanente. Miriam dut penser la même chose mais elle la rassura en lui distillant les commentaires qu'elle avait entendus dans les couloirs à la fin du concert. J'ajoutai avec maladresse que personne ne s'était rendu compte de ce qu'elle déplorait. Solonet se moqua de moi en m'applaudissant en sourdine : « Au moins, notre biographe ne joue pas les experts. » Talia éclata d'un grand rire qui donna un éclat lumineux à ses yeux, la parfaite réplique de ceux de Jacob. J'en fus à ce point envoûté qu'elle se rendit compte combien son regard, que je ne parvenais pas à lâcher jusqu'à en être incorrect, me troublait. Elle le détacha de moi et, se tournant vers Miriam, elle murmura à son adresse : « Je crois que Sidné a enfin vérifié qu'il ne s'est pas trompé en parlant des yeux couleur de l'océan de papa, ce bleu pâle brumeux avec des traces de vert. Vous voyez, je vous ai même lu ! » Son rire redevint un sourire qui me fit fondre d'affection pour elle. Elle ajouta en regardant Miriam : « Nous partons demain pour deux jours à Toulouse puis nous gagnerons Florence où maman va désormais vivre. Je crois qu'elle serait très heureuse si vous acceptiez de nous y rejoindre comme je vous l'ai déjà proposé. À votre guise, lorsque vous en aurez le temps. » « Sans trop tarder malgré tout, insista Miriam, vous savez pourquoi. » Alors qu'il était derrière moi, je sentis que Solonet sortait discrètement de la loge. L'heure était sans doute venue de laisser Talia se changer. Miriam demeura avec elle. Je rejoignis Eugène dans le couloir. Il me confia la voix fêlée : « Son état se détériore, après Jacob que je considérais comme un frère, je vais perdre ma meilleure amie. C'est très douloureux pour moi et terrible pour Talia. Le succès la prive de beaucoup de choses, tous ceux qui l'approchent ne le font que par intérêt. Vous n'imaginez pas les calculs de certains hommes qui n'ont d'autre but que d'épouser une célébrité. Elle n'est pas dupe et en vient à se surprotéger. Vous arrivez à point nommé pour la soutenir dans l'épreuve qui l'attend. Si vous aviez seulement son âge... » Il poussa un soupir et ajouta : « Je dis des sottises. » En effet ! J'étais un dandy, en aucun cas un gigolo. Et Talia n'était pas une diva croqueuse d'hommes.

Une complicité s'est nouée entre elle et moi ce soir-là qui est devenue une grande amitié lors de mon séjour à Florence quinze jours plus tard. Talia me confia alors qu'elle entretenait depuis plusieurs années une relation très discrète, plus affectueuse qu'amoureuse, avec un galeriste florentin de l'élégante Via Tornabuoni, un homme de son âge aussi charmant que discret, mélomane averti, dont la passion première était cette ville dont il disait en citant Stendhal que c'était « là que la civilisation avait recommencé après *il Medioevo* ».

Mon séjour fut surtout consacré à revisiter et préciser avec Talia tout ce que j'avais appris sur les Sfrec et les AAranson-Wahl. Miriam participait à nos conversations, s'efforçant de masquer sa souffrance et son effroi devant la mort qui s'avançait avec acharnement. En dépit du traitement qu'elle suivait, ses forces déclinaient jour après jour. Talia avait annulé tous ses concerts jusqu'à la fin de l'année pour rester à ses côtés. Miriam la couvait sans cesse du regard et me disait dès que nous étions seuls « qu'elle voyait Jacob dans les yeux de sa fille ». Elle ne se plaignait pas et aimait répéter qu'elle avait eu une vie merveilleuse. Les deux années qui lui avaient rendu Jacob avaient effacé, disait-elle, les décennies qui les avaient séparés, ajoutant aussitôt combien Saül avait été un compagnon irréprochable et un père admirable. Sa passion pour Jacob était intacte et Talia, à sa manière, la partageait. Sfrec ne s'était jamais apaisé mais quand il sentait refluer en lui la vague de désenchantement qui l'avait submergé à la mort de sa mère, durant son reportage au Cambodge et à la découverte de l'assassinat de Baruch, ce quelque chose qui l'avait à la fois surhumanisé et déshumanisé, contraint à glacer ses émotions pour exposer froidement toutes les horreurs qu'il voyait dans ses reportages de guerre, poussé à s'identifier aux victimes sur lesquelles il posait son regard comme une mouche sur de la chair putréfiée, il s'éloignait dans le parc et allait s'appuyer sur le balcon embrassant Florence. « Cette ville, disait-il, est l'incarnation de la pureté même si son histoire est faite de bien des souffrances. » Il ne restait jamais longtemps loin de Miriam et de Talia. Il les retrouvait toujours enjoué. Toutes les deux refusaient de faire de leur quotidien un conte de fées. Du passé, elles n'avaient pas fait table rase. Elles obligeaient Jacob à parler de tout ce qu'il avait connu et vécu. Il répondait à toutes leurs questions comme s'il faisait de ses récits une thérapie. Rien venant d'elles ne le torturait, il s'était fait une obligation de leur répondre avec sincérité et sereinement. Il vidait sa mémoire des détritus qu'il y avait entassés. Il se livrait mais, me confièrent-elles toutes les deux, sans pouvoir guérir. Il s'était immolé trop tôt pour renaître vraiment. À leurs côtés, cet homme à jamais sombre avait au moins appris à profiter des instants de bonheur qu'elles lui offraient parce qu'elles l'aimaient passionnément envers et contre ses éternels tourments, peut-être même à cause d'eux.

Elles me dirent tout ça, puis je retournai à Paris pour écrire. Un mois et demi plus tard, Talia m'appela pour que je revienne au plus vite. Miriam s'en allait. Je fis le voyage en voiture avec Eugène Solonet, l'indéfectible ami. Miriam n'était plus qu'un souffle de vie. Elle était perfusée, sous morphine, suivie en permanence par des infirmières, ne souffrait plus, souriait sans parler et ne voulait pas lâcher les mains de Talia comme si elles lui permettaient de s'accrocher à la vie. Elle s'est éteinte huit jours plus tard après une sédation totale de quelques heures. Elle mourut le visage serein, Talia tenant ses mains entre les siennes. Son compagnon florentin se chargea des formalités et nous nous retrouvâmes tous les quatre autour du cercueil de Miriam devant la tombe où reposait Jacob. Alors qu'elle disait ne croire en rien, elle avait demandé la présence d'un rabbin qui lut sobrement le kaddish des endeuillés et s'en alla après nous avoir salués. Quand le tombeau fut refermé, nous y déposâmes chacun un galet ovale gris et nous repartîmes pressés les uns contre les autres, muets, écrasés de chagrin, incapables de dire pour nous réconforter que Miriam et Jacob s'étaient pour toujours retrouvés.

Talia nous demanda de demeurer à ses côtés, si nous le pouvions, jusqu'aux fêtes de fin d'année qu'elle redoutait de passer seule. Chaque vendredi soir à la tombée de la nuit, nous allâmes allumer quatre petites bougies sur le caveau de Miriam et Jacob. Pour nous étourdir, nous passâmes le réveillon de la Saint-Sylvestre à l'Enoteca Pinchiorri, merveilleux restaurant près de la basilique Santa Croce où reposent Machiavel et Michel-Ange, le diable et le bon Dieu. Il nous fallait renouer avec la vie. Comment, de mon côté, allais-je m'y prendre ? Devais-je d'ailleurs dévoiler cette histoire ? Jacob s'y serait probablement opposé. Avant de rentrer à Paris, je posai ces questions à Talia en lui disant que je me plierais à sa décision sans en débattre. Leur vie ne m'appartenait pas, je ne voulais rien piétiner et je souhaitais préserver notre amitié. Elle m'apparaissait plus importante que le défi que je m'étais lancé près de trois ans plus tôt en quittant *Le Corsaire*. Après tout n'étais-je pas arrivé à mes fins et était-il nécessaire d'écrire un livre ? Après m'avoir écouté, Talia se dirigea vers un vieux clavicorde posé comme un décor sur une console Art déco dans le salon où nous nous trouvions. Elle y tapa d'un trait trois notes à la fois aiguës, déchirantes, fondues en une seule, elle se retourna vers moi et me dit simplement : « Je ne sais pas. » Nous en restâmes là. Sans autre mot. Sans sourire. Acceptant tous les deux la décision du destin.

Le mois de janvier 2026 nous ramena chacun à notre quotidien avec ce fardeau nommé Sfrec comme compagnon. Talia s'envola vers New York pour y redevenir la fille et l'héritière de Saül AAranson-Wahl avant de reprendre ses incessants voyages de star internationale. Son sage et discret amant demeura à Florence où elle savait pouvoir se réconforter en le retrouvant. Eugène Solonet regagna le calme de son étude somnolente et nous prîmes l'habitude de dîner d'un demi-homard tous les vendredis soir à la Coupole. Nous parlons peu du passé mais je lui fais lire ce que j'écris. En notaire précis et exigeant, il annote, corrige, clarifie et je vois là un encouragement à publier. Je travaille chaque jour à l'atelier de Jacob, jouissant du silence qui y règne. Je ne le trouble qu'en écoutant *The Unanswered Question* de Charles Ives, cette longue mélopée fait écho aux trois années que je viens de traverser. J'essaye de vivre avec ces ombres qui hanteront à jamais mon esprit et d'évaluer l'homme que je suis devenu. Il s'est passé tant de choses…

Remerciements

Ce roman ne serait pas ce qu'il est sans les conseils de mon éditrice Cécile Rivière.

Photocomposition Nord Compo

Achevé d'imprimer en février 2024
par CPI BUSSIÈRE (18200 Saint-Amand-Montrond)
pour le compte des Éditions Calmann-Lévy
21, rue du Montparnasse, 75006 Paris

PAPIER CERTIFIÉ

CALMANN LÉVY s'engage
pour l'environnement en réduisant
l'empreinte carbone de ses livres.
Celle de cet exemplaire est de :
950 g éq. CO_2
Rendez-vous sur
www.calmann-levy-durable.fr

N° d'éditeur : 5489094/1
N° d'imprimeur : 2076507
Dépôt légal : mars 2024
Imprimé en France.